灯火渐暖

李焕道

—— 著 ——

天津出版传媒集团

天津人民出版社

图书在版编目（CIP）数据

灯火渐暖 / 李焕道著 . -- 天津：天津人民出版社，
2024.3
ISBN 978-7-201-20174-0

Ⅰ . ①灯… Ⅱ . ①李… Ⅲ . ①长篇小说－中国－当代
Ⅳ . ① I247.5

中国国家版本馆 CIP 数据核字 (2024) 第 044344 号

灯火渐暖
DENGHUO JIANNUAN

出　　版	天津人民出版社
出 版 人	刘锦泉
地　　址	天津市和平区西康路 35 号康岳大厦
邮政编码	300051
邮购电话	（022）23332469
电子信箱	reader@tjrmcbs.com
责任编辑	岳　勇
装帧设计	欤　月
制版印刷	三河市天润建兴印务有限公司
经　　销	新华书店
开　　本	710 毫米 × 1000 毫米　1/16
印　　张	19.5
字　　数	180 千字
版次印次	2024 年 9 月第 1 版　2024 年 9 月第 1 次印刷
定　　价	68.00 元

谨以此书献给我工作和生活过的城市！

谁会告别昨天（序）

亲爱的读者：

您好！

时光的脚步永不停息，长篇小说《灯火渐暖》在一个阳光斜照窗台的午后完成了最后一个标点，它仿佛是一座竣工的大厦站在我的面前，尽管在高楼林立的长篇巨著的森林里，它并不耀眼，但它却是我心中一座巍然屹立的丰碑。因为从它打地基开始到封顶，再到装修，每一步都是我劳动的见证。我为它流汗，甚至流泪，我一个人在战斗着，没有鲜花，没有掌声，独立的劳动虽然艰难，但我始终都不觉得辛苦，反而倍感欣慰，因为我拼尽全力撑起的这座大厦，现在，它终于在我的呵护下初具规模了。为此，我忍不住热泪盈眶，感慨万千，心中充满了诸多美好的期待。

《灯火渐暖》已经是我出版的第四部长篇小说了，小说并没有沿用我先前的创作角度，我第一次严肃地把目光由故乡投向我工作的城市。我已经在这个北方的重工业城市工作、生活了十四年了，十四年来，我每天的生活几乎都与这个城市有关。无论是开车还是坐公交车，当我穿梭在城市的大街小巷时，我一遍又一遍地审视着这个城市的角落，欢声笑语和唉声叹气并存，无数的人尽最大努力向世人展现自己夺目的光彩，而内心深处却总有一丝阴霾，令人欣慰的是阴霾最终也会被阳光驱散，小说的主人公钟曼文由此诞生了。

小说以西海市为背景，书写了这个城市里普通劳动者的喜怒哀乐，尽管生活不易，但他们从没有丧失对生活的热爱，而是用热情和信念支撑起了人生的理想，温暖别人，也温暖了自己，这是小说要着力表现的主题。

　　生活在给予我们丰富多彩的人生的同时，似乎总还时不时给人制造这样或那样的不幸，英文翻译钟曼文一出场就死了丈夫，这对一个三十多岁才初尝爱情的姑娘来说，实在太不公平，然而这又是钟曼文无法摆脱的现实。面对亲人的离世，钟曼文痛苦，经常活在和丈夫相处的那段日子里不能自拔。为了改变目前的心境，她选择辞去原来的工作，想平静地度过一段为自己疗伤的日子。就在她独自疗伤的时候，无意间路过人才市场，遇到了正在招聘新员工的唐锦川，她的气质吸引了唐锦川的注意，于是在唐锦川的竭力邀请下，钟曼文带着试试看的心态进了锦川摄影公司，充当外国顾客的翻译。她工作认真，与外国客人沟通起来亲切而又充满激情，赢得了来自世界各地的顾客的尊敬，在公司树立了威信。白天繁忙的工作暂时让钟曼文忘掉了失去亲人的悲伤，可是晚上回到冰冷的家时，她内心就会重新陷入孤独和难以名状的恐慌之中。一个单身女人，在这个繁华的城市里，尽管有父母和公婆的陪伴，但每天透过窗台，看到万家灯火，她依然感到孤单。每一扇窗户的灯火里都有一个或悲伤或欢喜或失落或兴奋的故事，她无疑充当了其中一个悲伤故事的主角。未来的生活还得继续，每个人都是生活的跋涉者，就看你怎么迈开脚步前行了。黑夜里，有了灯火的存在，眼睛才会散发出光芒，钟曼文努力寻找着生活的光芒。为此，她沉重地思考着，拼命地追寻着，但面对未来她依旧感到一片迷茫，唯有在暗夜里对着窗外的万家灯火悄悄流泪，然后祈祷第二天的黎明早些来到。

　　好在钟曼文有一个和她亲密无间的弟弟曼武，这个比她小十岁的弟弟具有和他的年龄不匹配的成熟与稳重，成了她的精神支柱。如果没有曼武在背后的强大支持，她或许早已倒下去了。但是让她难过的是，她十七岁上大学的前夕知道了曼武与她没有任何血缘关系，她真的无法接受，然而爸爸妈妈告诉她这是不能更改的事实。沉重的心理负担一度让她痛苦、绝望，这么多年来，她给予曼武无私的关怀，不只是为了尽一个姐姐的责任，更是为了温暖一个对自己身世浑然不知的可怜的灵魂。她的温情的关怀让曼武对生活有了新的认识，异父异母的姐弟俩在繁忙的城市里互相慰藉、互相鼓励。同样，钟曼文也在用爱和责任温暖着公公婆婆，就算丈夫已经远去，她依然把照顾公公婆婆的责任扛在肩上，这就是她善良而诚挚的内心的真实流露。她活着不只是为自己，更是让温暖的亲情得以在冰冷的现实面前发光发热。

《灯火渐暖》这本书就像它的名字一样，让人在看到光明的同时，也会渐渐感受到它的温暖。钟曼文在关爱别人的同时，她自己也并不缺乏关爱，她受到来自公婆、父母、弟弟的关心，甚至她的上司唐锦川和葛景尧也不断地向她伸出援助之手。她虽不善表达情感，但心存感激，把每个人对她的爱都深藏于心，以待来日深情回报。

温情的延续并不只表现在钟曼文一个人身上，唐锦川为了养活朋友留下的女儿宫小薇，前半生选择独身，他拼尽全力给宫小薇提供了优渥的生活环境，为的就是兑现自己对死去的朋友的诺言。他含辛茹苦养大朋友的女儿之后，蓦然回首，才发现他已经步入中年，遇到钟曼文，燃起了他内心即将熄灭的爱情之火，他要找回原本属于他的美好年华。

当生活的帆船又一次启航的时候，唐锦川却无法掌握前行的方向，一是钟曼文还无法接受他，二是女儿宫小薇的倔强叛逆，让他心力交瘁，不能自拔。工作给了他丰富的物质，但没有给他向往的精神，他在苦苦思索未来的人生航向。

每个人都有自己的人生，梁冰告别妈妈独自在西海市打拼，他唯一的心愿就是能在西海安家落户，再把妈妈接来共同居住，后来他遇到了富家女宫小薇，还找到了失散多年的双胞胎哥哥——钟曼武。在曼武要给他以帮助的时候，他心存感激却委婉拒绝了，他要用自己的双手来创造新生活。兄弟的相认让温暖的人生延续着，钟曼武并没有因为找到自己的亲生母亲和弟弟就离开养父母，是爸爸妈妈还有姐姐给了他无私的关爱，让他在这个城市里长大成人。他与这家人的关系早已超越了血缘关系，那种知恩图报、相互依靠的亲情才是他永远的人生归属。他大学毕业放弃考研并回到西海就是为了照顾养父母，承担一个儿子的责任。在姐夫去世，姐姐无助和痛苦的时候，他努力温暖着姐姐那颗受伤的心。

小说不仅仅局限于个人家庭的儿女情长，它把目光投向了更广阔的视野，为了接过丈夫手里的爱心接力棒，钟曼文尽心地帮助丈夫生前资助的山村女孩小萌，她把小萌当作亲人一般，毫无保留地把爱心献给了这个小女孩，小萌在爷爷去世后成了孤儿，钟曼文毫不犹豫地决定带她回城市念书，小萌对她的称呼也由"阿姨"变成了"妈妈"。两个没有任何血缘关系的人在飘扬的雪花中拥抱着，感动和激动的眼泪动情地顺着母女二人的脸庞淌下。虽然夜幕渐渐降临，但远方的灯火却越来越明亮了。

又一个黎明来到的时候，昨天就永远成了过去，但谁会告别昨天呢？留在记忆深处的往事必将成为明天前进的动力，在漫漫路途中跋涉的人们，回首昨天，不管是幸福还是凄苦，都不能停下脚步，因为未来的生活还要继续。

感谢昨天的陪伴，我们才有了今天的执着。

2022 年 9 月 29 日上午于大同睿和锦城

目　录

上

窗内有灯光

01

钟曼文走上过街天桥的时候，天空开始落雨，她从白色的挎包里掏出一把红色的小伞撑起来，遮住头顶那稀稀疏疏的雨滴，这是一把已经旧了的小红伞，如果她没记错的话，这把小红伞已经整整陪伴她三年零九个月零四天了。三年多的时间里，小红伞不仅帮她挡住雨雪，还在炎热的夏季里为她遮住火辣的阳光。大概是经历了太多风吹日晒的原因，这把小伞先前的鲜红色渐渐褪去了光泽，颜色越来越淡了，但钟曼文一直没有换一把新伞，因为这把小伞见证了她太多的美好记忆。

小红伞是罗启铭送给她的。对钟曼文来说，罗启铭，这个名字像小红伞一样一直伴随了她三年零九个月零四天，她知道今后还会继续伴随下去，她真的无法忘掉他。原本她是决心和罗启铭相伴到老的，但生活给她开了一个很大的玩笑，罗启铭还是在两个月前离她而去了，而且永远也不会再真实地出现在她的生活里了。她和罗启铭是三年前经朋友介绍认识的，那时候，她无意去相亲，但经不住朋友的劝说，最后还是去了。出乎意料，她对罗启铭的印象不错，罗启铭也对她感觉很好，这样，两个人就开始相处了。

钟曼文记得第一次跟罗启铭见面是在单位对面的街心公园里，他们沿着林荫道走着走着，天就下起了小雨，她没有带伞，罗启铭就从自己的背包里掏出这把小红伞给她遮住了雨。他一路给她撑着伞，小红伞有点小，原本就只能供一个人用，为了能完全遮住她，他一直让伞向她倾斜。最后，他自己的后背却淋湿了。钟曼文很是过意不去。临分别的时候，天早已放晴，罗启铭把伞送给了钟曼文，说："伞是刚买的，今天第一次派上用场了，很有纪念意义，预示着我将来要像这把伞一样为你遮风挡雨。"

钟曼文听了罗启铭的话很感动，她没说话，只是朝他笑了笑。

后来他们恋爱了，两年后，他们结婚了。婚姻生活是甜蜜的，可是这种甜蜜没有持续多久，才过了一年多，罗启铭由于心肌梗塞离开了这个世界，也离开了她。在最初的一段日子里，她无限悲伤，不能走出失去罗启铭的阴影。直到有一天，她决定搬出她和罗启铭共同居住过的房子，然后鼓起勇气对公公婆婆说："爸，妈，我想搬出去住。"

公公罗良才是西海大学退休的教授，婆婆曹慧芳也早已退休，先前是西海妇产医院的一名医生，两位老人见儿媳要搬走，都有些意外。

罗良才问："曼文，住得好好的，为什么要搬走啊？"

钟曼文说："爸，我想自己静一静。"

曹慧芳问："你要搬到哪儿？"

钟曼文说："我租了一个一室一厅的公寓，离单位不远。"

曹慧芳说："那好吧，什么时候想家了你就回来，我们随时都欢迎你。"

钟曼文朝婆婆点点头，轻声说："妈，我知道了。"

就这样，钟曼文离开了原来和罗启铭共同生活的房子，搬到了现在的公寓。她搬出去是有理由的，只不过不想伤公公婆婆的心才说想出去静一静的。其实，她待在原来的房子里，更多是痛苦的回忆，那里有她和罗启铭美好的婚姻生活，因为过于美好，所以她总是在回忆过去。可现实是她再也不可能见到罗启铭了，这种美好就成了痛苦的源泉了。在半夜里，她常常是带着美好进入梦乡的，醒来望着空荡荡的房间，却只有悲伤，她不愿就这么在悲伤中继续生活，为了改变一下目前的心境，她想换个环境，试图走出过去，迎接未来。她也曾想着回到自己的爸爸妈妈身边住一段日子，可都不是长久之计。爸爸妈妈渐渐老了，看着她这个样子也只会心疼和难受，再说了，弟弟曼武也刚刚大学毕业参加工作，为了节约开支，他暂时跟爸爸妈妈住在一起，如果这时候，她再回到家里，尽管爸爸妈妈和弟弟都想让她回去住，但她觉得太不合适了，就没有同意，想来想去，租房是最好的办法。只是搬出去租房的事她只告诉了曼武，没有告诉爸妈。

又想了这么多，钟曼文头有些发胀，她拨弄了一下额前的一缕儿头发，拨弄头发的时候，小红伞倾斜了一下，伞上的一滴水珠落到了她的额上，顺着眉间，淌过脸颊，她没有伸手去擦，她静静地享受着这滴水珠滑过脸庞的瞬间，然而，水珠没有在她脸上停留多久就悄无声息地滑到衣领上了。唉！钟曼文忍不住感叹："美好的事物总是转瞬即逝。"罗启铭就像这晶莹的水珠一样，只带给她短暂的美好，就消失得无影无踪了，她的世界也从蓝天白云进入了长时间的阴雨连绵。因为长时间的心情抑郁，她竟然渐渐喜欢上了阴雨连绵，她觉得只有在这样的天气里，大自然也仿佛在陪伴她，为她难过，身边似乎多了一位同情兼理解的伴侣。每每看着窗外的细雨，她都有走进雨地的冲动。

钟曼文依然站在过街天桥上，没有马上离开，尽管下着小雨，她却想在这里再待一会儿。她扶着被雨打湿的栏杆，眺望着生她养她的城市，这个叫"西海"的城市，其实离大海很远，是个典型的内陆重工业城市。至于为什么叫"西海"，史料上没有太多的记载，据说在历史上这里曾经有一大片水域，因为水域面积很大，就被人当作海来看待了，城市是在这片水域的西边建立起来的，自然也就叫"西海"了。西海市这几年发展得很快，高楼大厦拔地而起，尤其是城市东部更是一派大城市的热闹气象。但现在，钟曼文看到的西海是在雨帘下的，它静静地沐浴在小雨之中，弥漫着一种神秘的色彩。但西海并没有因为下雨而放慢它紧张的脚步，依旧是那么繁忙。

钟曼文俯视桥下的滚滚车流，一辆辆轿车一闪而过，她知道，每一辆轿车里都有一个故事，或美好，或凄惨，或幸福，或悲伤……

她有些伤感，因为这些故事里也曾有她的影子。她竭力克制着自己不去想以前的事，可又实在忍不住去想。她已经三十五岁了，一个姑娘到了这个年龄，再加上丈夫已经去世，如果没有找到新的归宿的话，周围的闲言碎语就会像子弹一样不间断地朝她袭来。如果足够强大，也许能阻挡住这些"子弹";如果有些脆弱,就有可能被"子弹"击中,直到伤痕累累。钟曼文不知道自己到底是强大还是脆弱,或者兼而有之,她只知道自己应该好好活着。

不知什么时候,小雨停了,钟曼文抬起头看了看天空,天空是灰白色的,这种灰白色一直弥漫到整个城市,远处的蓝色的写字楼在这灰白的背景里早已失去了往日的生机。钟曼文却喜欢这种色彩,也许与她的心情有关。

该走了,钟曼文催促自己,过去的已经过去,未来的生活还得继续。她折叠起小红伞,走下过街天桥,到公交站牌等公交车。这里人很多,大家都在朝公交车开来的方向张望,不断有人埋怨:"车太慢了,这么久都没来一辆车。"有人挤过钟曼文的身边,差点儿撞倒她;更有甚者,抖动着随身携带的雨伞,弄得她裤腿上、上衣上都是雨点。她只是看了看身边这些慌张的人,她知道大家都很焦急,因为上班时间快到了,她非常能理解他们。

6路公交车开来了,钟曼文准备朝前走,一群人一下子涌向车门,大家谁也不让谁,纷纷挤向车门,有的人挤不过别的人,就忍不住嘟囔:"挤什么挤?挤上去也没有空座位。"钟曼文在人群中努力往前挤,她也是挤公交车的高手了,这是多年上下班练就的本领。车门口堵了很多人,有刷卡刷不上去的,只好连续试刷;有的扫描公交二维码,没有及时刷新手机,造成扫描延误的;还有人准备投币,由于没准备好,上了车才在包里来回找,好不容易找到了钱,却发现面额太大,车上又不设找零服务,没办法,只好尴尬地站在车门口等待别的投币者,好把自己的钱换开。这样一来耽误了不少时间,后面的人又开始埋怨了。钟曼文好不容易挤上车,刷了卡,发现车上早已没了空座位,过道里也都是站着的人,她只好站在了过道中间握住了扶杆,生怕小红伞上残留的雨滴散落到别人身上,她把小红伞夹在胳肢窝处,顿时,衣服浸湿了一大片,但她觉得没什么,以前也经历过。

公交车终于开动了,由于刚下过雨,车速很慢,有人就不高兴了,又嘟囔开了:"这么慢,上班要迟到了。"

一个光头的中年男人朝司机喊:"师傅!能不能开快点儿,我上班要迟到了。"

司机是个性格直率的小伙子，边开车边说："路上太滑，不能开快，安全第一。"

光头男人粗声粗气地说："你这什么水平啊？开不了车就别开。"

小伙子一听，急了，说："你这是什么话嘛！不要命了。"

光头男人立刻火了，说："你会不会说人话？什么态度？我要投诉你。"

小伙子也不甘示弱，说："你投诉啊！"

光头男人说："你看我敢不敢？"说着，他就要拨打公交公司的投诉电话，他旁边的人都纷纷劝阻："算了，这天气的确不能开快，还是要注意安全的。"

光头男人说："我上班迟到了是要扣工资的。"

一个妇女说："特殊情况，跟领导说清楚了，领导一定会理解的。"

在大家的劝说下，光头男人不再拨打投诉电话了，但依旧骂骂咧咧的，司机小伙子已经不再搭理他了。

钟曼文夹在人群中晃晃悠悠的，她对刚才那个光头男人顿生厌恶，只顾自己的利益，太不把一车人的生命当回事了。她很同情那位司机小伙子，每天都要在城市里往返多次，起早贪黑，不辞辛苦，把人们送向城市的许多角落，方便了大家，他自己却时不时要遭受某些人的恶言恶语。公交司机，这是一个多么崇高的职业啊！我们每一个人都应该尊重他们，生活中却还是有一些人在亵渎他们。钟曼文悄悄瞟了一眼那个光头男人，长得五大三粗的样子，好面熟，可就是记不起在哪里见过了，也许是在大街上偶然碰到过吧！或者是他长着一张大众脸。她抬起手腕看了看表，还好，时间还来得及，估计上班不会迟到的。

好不容易，公交车到站了，钟曼文下了车，离开了车厢那个沉闷的空间，身体一下子自由了，雨后的空气如此清新，夹杂着泥土和落叶的气息。钟曼文深深吸了一口气，又拨弄了一下额前的头发，然后摸了一下自己脑后的长发，抬起头朝前走去。

　　钟曼文在一家翻译公司工作，她二十一岁大学毕业，一直到现在，十四年都没有离开过这家公司，但今天她来上班的意义与以前完全不同，她的挎包里塞着早已写好的辞职报告，她决定辞职了。事先她没有告诉过任何人，谁也不知道她即将辞职。像往常一样，她进了公司大楼的电梯，熟悉的人朝她微笑着点点头，她也礼貌地朝人家点点头，或者互相问一声好。

　　电梯到了七层，公司到了，钟曼文走出电梯，长长吁了一口气，她知道自己将要做出人生中一个重大的决定了，就像和罗启铭恋爱了两年后决定和他结婚一样，她是不会改变的。她屏息静气，稳定了一下自己的情绪，然后就走进了单位的玻璃大门，同事们都跟她打招呼："早啊！曼文！"

　　钟曼文也朝大家说："早！"

　　一切都像昨天一样，大家各司其职，马上就进入了工作状态。钟曼文走到自己的办公桌前，边收拾东西边悄悄看了看经理的办公室。经理办公室的门依然关着，她知道经理还没有来，因为通常情况下，只要经理进了办公室，那扇门一定是敞开着的，就算他正在忙碌地办公或者会见客户，门也不会关，这是他工作的习惯。他在公司会议上多次说过，经理和员工一样，都是这个集体的一部分，没有必要在上班的时候把经理室的门关起来，他想和大家融为一体，不分彼此。如果关上门，反倒与员工拉开了距离，产生了隔阂，这不是他工作的作风。

　　钟曼文每隔一会儿就会朝经理办公室看一眼，然后再低下头看一眼自己的包，那里面有她的辞职报告。为了稳定自己的情绪，她时不时会喝上一口水。

　　过了一会儿，有人在背后说："经理早！"

　　钟曼文悄悄回过头，看到经理进了办公区，这个叫葛景尧的中年男人一边走一边跟大家微笑着打招呼，他走过钟曼文身边，钟曼文没有抬头，装作在看电脑，眼睛的余光却一直盯着葛景尧推开了经理办公室的门。钟曼文小心翼翼地从包里拿出辞职报告，站了起来，她径直朝葛景尧的办公室走去，来到门旁，她轻轻敲了敲那扇开着的门。

"请进！"屋里传来葛景尧那浑厚的男中音。

钟曼文进了办公室，她看到葛景尧正坐在办公桌前摆弄电脑。

葛景尧见是钟曼文，问："曼文，你有事吗？"

钟曼文把辞职报告放到葛景尧面前，说："葛经理，我打算辞职了。"

"什么？"葛景尧惊讶地看了看桌上的辞职报告，然后问钟曼文，"为什么？我需要你给我一个解释，如果你不能用充足的理由说服我，你想都别想。"

钟曼文平静地说："我在这里工作了十四年了，最好的年华都留在这里了，我想换个环境。"

葛景尧拉着脸说："你是公司的骨干，你知不知道？你的离开会对公司造成多大的损失？"

钟曼文说："我离开了，地球还是要转的。公司人才济济，不差我一个。"

葛景尧说："曼文，你是不是早有这个打算？"

钟曼文说："不是，做出这个决定也就是最近几天的事。"

葛景尧说："那你一定是另有高就了？"

钟曼文摇摇头，说："不是。"

葛景尧说："干得好好的，怎么说不干就不干了，你这性子也太急了吧？你要不要再考虑考虑，毕竟跳一回槽也不容易。"

钟曼文平静地说："我已经决定了。"

葛景尧没有办法，连连叹气，极力挽留钟曼文，但钟曼文一再坚持自己的决定。

最后，钟曼文的坚持战胜了葛景尧的挽留，不过，葛景尧对钟曼文说："如果你想回来，我们随时欢迎你。"

钟曼文微笑着对葛景尧说了声："谢谢！"

然后，她就走出了葛景尧的办公室，回到自己的办公桌前开始收拾东西，同事们看到她在收拾东西，纷纷问她怎么回事，她微笑着告诉大家：

"我辞职了。"

同事们惊讶地询问原因时，钟曼文说："我只是想换一个环境，仅此而已。"

还有想继续追问的同事，钟曼文一概不再回答了。有几个平时关系不错的同事上前帮她收拾东西，然后把她送出了公司大门，她没有再让她们继续送她，礼貌地请她们留步，然后独自进了电梯，电梯门关闭的一瞬间，她的眼泪就盈满了眼眶。

走出公司大楼，钟曼文泪眼蒙眬地回头看了看这幢她陪伴了十四年的城市地标性的建筑，自言自语着："别了，我的青春记忆。"

02

　　钟曼文在街上逛了一整天，她才拖着疲惫的身体回到了她租住的那个房子里。她本可以早早回家的，但她就是想在街上溜达一阵，她知道回到出租屋一个人独处的时候，她一定会胡思乱想的，与其胡思乱想，还不如在街上打发时间。于是，她从西海市的东头逛到了西边，直到天色渐晚，街上已经是灯火通明，她才回了家。一回到家，她就躺到了床上，她从公司辞职，其实她并没有想好未来要做什么，她只是简单地想安静一些日子，这段时间，她心力交瘁，有点应付不过来了。辞职的事，她还没有告诉公公婆婆，甚至都没有告诉自己的爸爸妈妈，她不想让老人们担心，只是悄悄告诉过弟弟钟曼武。她比曼武大十岁，但曼武是个早熟的孩子，做什么事都很有规划，有时候看问题比她这个姐姐还要透彻，眼光更加长远。她对曼武说了这件事后，曼武想都没想就说："姐！如果你觉得原来的工作不开心或者想换个环境的话，你完全可以遵从你的内心，我支持你。"

　　现在想起曼武的这句话，钟曼文心里依然很踏实。这个比她小十岁的弟弟，其实和她并没有血缘关系，十七岁之前，她根本不知道，她刚过十七岁生日没多久要去上大学时，爸爸妈妈才告诉她的，她听了大哭了一场，因为她不愿接受这个现实。她和曼武的感情很好，在她的心里，曼武实际上是她的精神支柱，在她最艰难的时候，是这个跟她没有任何血缘关系的弟弟陪她度过的，好多事她不想让爸爸妈妈担心，只能告诉曼武，曼武也总是在她无法坚持的时候，给她力量和信心。爸爸妈妈给他们取名字的时候，就注定要把他们联系在一起，她的"文"和弟弟的"武"是分不开的。她很想知道曼武是怎么来的，但爸爸妈妈不肯说，只是告诉她曼武是抱养的，至于是抱养谁的孩子？那个家庭什么样子？为什么要抱养？她一概不知，时间越长她越想知道。多次询问爸爸妈妈，爸爸妈妈都说还不到说的时候。后来，她也就不再问了。

钟曼文想了很多，丈夫去世了，工作辞了，她未来的生活还不知道会是什么样子呢！她一个人躺在床上，凝望着黑暗中的天花板，惆怅地叹了一口气，她又开始思念罗启铭了。

罗启铭生前是西海市第一人民医院的一名普通的眼科医生，他没有按照他爸爸给他安排的报考工科的求学之路发展，而是另辟蹊径选择了医科大学，后来专攻眼科，他告诉钟曼文他太喜欢眼科了，他说眼睛是心灵的窗户，和眼睛打交道，让病人的眼睛恢复光明，看到五颜六色的世界是他最大的快乐。他们刚相识的时候，罗启铭三十五岁，她三十二岁。两个大龄青年到了这个年龄才走到一起，不是由于他们太挑剔，主要是都忙于工作，没有太多的空闲时间去谈情说爱。罗启铭的同事曾经给罗启铭介绍过一个姑娘，彼此感觉都还不错，只是那个姑娘太需要罗启铭陪伴了，有时候罗启铭正在工作，无暇顾及姑娘，姑娘后来就不再跟他联系了。罗启铭这样的经历有过好几次，后来好长时间他都没有去相亲，他相信那个懂他的姑娘一定会出现。钟曼文和罗启铭的经历相似，二十八岁时，她遇到一个公务员，人家约她吃饭或者逛街时，她却要赶时间翻译作品，无法去约会，久而久之，公务员就离她远去了。时光总是在不经意间流走的，一晃又是好几年过去了，等到罗启铭和钟曼文回头时才发现，身边的同龄人早已步入了婚姻的殿堂，合适的人选越来越少。所以两个人都是"被迫"又去相亲的，机缘就是这么巧合，两个不算年轻的人在他们到了而立之年的时候终于遇到了对的人，虽然没有二十多岁时的激情，但平静地面对也是一种美丽，于是，他们开始了恋爱的旅程。

钟曼文记得他们刚认识没几天，罗启铭就要到北京参加一次学术会议，临行的前一天晚上，他们共进了晚餐。罗启铭请钟曼文在西海市第一人民医院西门对面的"牛香坊"火锅店吃火锅，以往他的朋友来了，他总是在这家火锅店请他们吃饭，一是的确好吃，二是离单位很近，非常方便。之所以要吃火锅，是因为他们第一次见面时，罗启铭问过钟曼文喜欢吃什么，钟曼文说她喜欢吃火锅，罗启铭就记住了。点菜的时候，罗启铭不断给她介绍这家店的特色，钟曼文对火锅只是喜欢吃而已，并没有太多的研究。她是个吃饭很随意的人，也不太讲究是不是美味佳肴，当然更不看重餐厅是否高档，只要可口就行，这是小时候受妈妈的影响。妈妈每次带着她出去吃饭，就会对她进行一次教育，说只要能吃饱吃好就行，其他都不重要。后来有了弟弟，妈妈也是这样教育弟弟的。

罗启铭让钟曼文点她喜欢的菜，钟曼文说："你经常来这里吃，还是你来点吧！"罗启铭只好点了菜。点完菜，在等待的间隙里，罗启铭说："曼文，你跟我在一起随意就好，不用太拘谨。"

钟曼文笑了笑，说："没有啊！我已经很随意了。"

罗启铭说："我已经三十五岁了，我可能不会像二十多岁的小伙子那样给你浪漫，如果我做得不好，你一定别往心里去。"

钟曼文觉得罗启铭说话太直了，心里有点儿不高兴，但又一想，这也许是罗启铭的直爽的一面，不会藏着掖着，心里怎么想就怎么说，比那些城府深的男人强太多了，你不用去绞尽脑汁猜测对方心里怎么想，与这样的人相处也有好处，于是，就说："不会的，我原本也不喜欢浪漫，况且我也已经过了浪漫的年龄了。"

罗启铭说："那就好，不瞒你说，我就是因为不懂浪漫，才被人误解过很多次。"

钟曼文知道罗启铭是在委婉说他以前的经历，她能理解他，她自己何尝不是呢？如果稍微懂点儿浪漫，稍微从工作中挤出一点儿时间，她也不会错过那个公务员，也不至于等到三十二岁还要相亲。

菜上齐了，他们边涮边吃，钟曼文有点儿矜持，罗启铭为了活跃气氛，就开玩笑："曼文，你撕开嘴吃啊！争取吃到肚子撑为止。"

罗启铭的话把钟曼文逗乐了，她说："你真幽默。"

罗启铭给钟曼文夹了一些羊肉，说："男人不幽默，女人就不喜欢了，来，你多吃点儿羊肉，增加些营养，看你瘦的。"

钟曼文说："你也吃啊！"

罗启铭说："我不能吃太多肉的，再吃就更胖了，我的体重一个劲儿涨个不停呢！"

钟曼文看了一眼罗启铭，说："我觉得你并不算太胖。"

罗启铭说："我现在都一百七十斤了，还不算胖啊？"

钟曼文说："男人太瘦了也不行，还是稍胖点儿好。"

钟曼文的话句句说到了罗启铭的心坎儿上，以前的女孩子都会嫌弃他太胖，但钟曼文不会，大概这就是缘分吧，遇到了挡也挡不住。无疑，罗启铭喜欢上了钟曼文。钟曼文当然对迟到的爱情也非常期待，她对罗启铭印象不错。

吃完饭，罗启铭和钟曼文又沿着市一医院西边的街道走了走，身边不断有年轻的情侣拉着手经过。两个大龄青年都觉得不好意思，他们很羡慕这些比他们要小的男孩女孩。终于，罗启铭伸出手拉住了钟曼文的手，钟曼文没有拒绝，罗启铭的手宽厚而温暖，钟曼文第一次感觉到爱情的美好。

回忆是如此美好，美好又是多么短暂啊！手机突然响了，钟曼文才从美好的回忆中回到了现实，啊！只有她一个人在出租屋里，她不情愿地拿起手机，发现是弟弟打来的，她接通电话，说："曼武！"

钟曼武说："姐，你在哪儿？"

钟曼文说："我回出租屋了。"

钟曼武说："你要是觉得难受，你就回家里来住。"

钟曼文知道弟弟是担心她，他总是能在她难过的时候来安慰她，但她真的不想回到爸爸妈妈那里，如果回去了，只会增加爸爸妈妈的痛苦。

于是，钟曼文说："我没事儿！一切都还好，辞了职我想先安静一段时间。曼武，你要好好工作，趁着年轻，多做一些事。"

钟曼武说："姐！我知道了，没别的事，你就早点休息，我抽时间过去看你。"

钟曼文的眼泪立刻就涌出来了，但她强忍着，生怕曼武能感觉到，说："好，爸妈就先交给你了。"

钟曼武说："姐你放心，爸妈都很好，经常念叨你。"

姐弟俩挂了电话后，钟曼文一点儿睡意都没有，她走到窗前，看到了窗外夜色中的城市，如果是在以前这个时候，她一定会站在窗前等待罗启铭回家。可是现在他走了，留给她的只是无尽的思念和回味。

突然感到肚子有点儿饿，钟曼文这才想起还没有吃晚饭，她走进厨房，开始泡面，没有了丈夫的日子，生活失去了规律，如果罗启铭还在，无论多晚都会给她做饭的，哪怕只是一碗面。罗启铭做的饭很好吃，他不仅是个出色的眼科大夫，还是一位优秀的营养师，他在工作之余喜欢看各种美食视频，然后还要试着做一做。钟曼文就不是这样，她是个喜欢简单的人，能凑合的就凑合，可罗启铭决不凑合，他说："人一辈子最不能亏欠的就是自己的胃。"

有时候，钟曼文就跟他开玩笑："所以你把自己的肚子撑大了。"

每当这个时候，罗启铭就笑着撩开自己的衬衣，摸摸自己日渐鼓起的大肚子，说："还真是啊！以后我得减肥了。"

钟曼文不想让罗启铭节食减肥，就说："你不能亏了自己的胃，该吃还是要吃的，胖就胖了，我不会嫌弃你的。"

罗启铭"扑哧"笑了，说："你就是嫌弃我也来不及了，因为你都嫁给我了。"

两个人就这么你一言我一语地轻松地聊着，不知不觉中，罗启铭就已经给钟曼文做好了一碗热气腾腾的面，钟曼文很喜欢罗启铭做的面，色香味俱全，就算食材不是太丰富，他也能做得有滋有味。钟曼文忍不住问："启铭，做饭是讲究门道的，你是怎么做到的？"

罗启铭说："多年练出来的，我喜欢做饭，其实，很简单，就看你是否去做了。我年轻的时候经常值班，饿了就自己动手做，也看了不少美食方面的书，久而久之，就会做很多种饭了。我觉得一个人学会了做饭那简直就是人生中最幸福的事了。你想想，无论我们快乐也好，悲伤也好，都是要吃饭的，只有吃饱了肚子才有力量去面对未知的生活。"

钟曼文很佩服罗启铭，他的每一句话几乎都能说到她的心坎儿上，迟来的爱情未必不好，也许这是命中注定的，就该这么晚才会遇到罗启铭。

不知什么时候，有一滴什么东西突然落到了钟曼文的手背上，她感到一丝凉意，钟曼文这才又回到了现实里，哦！那是一滴泪珠，她流泪了，她安慰自己：不要哭了，一切都会过去的。

碗里放着一块儿还没有泡的方便面，钟曼文端起暖壶准备往碗里倒开水，这才发现暖壶里根本没有水。唉！她连连叹气，罗启铭不在的日子真的难受，以往根本不用她操心的事，现在都得她自己来做。于是，她只好去烧水，泡面，一个人静静地吃完那碗没什么味道的面。

肚子是不饿了，但精神依然"饿"着，她不知不觉又走到窗前，万家灯火映入眼帘，每一个发光的窗户里或许都有一个温暖的故事，她也曾经拥有，但现在她失去了。接下来该怎么办？日子还得过下去的，她才三十五岁，三十五岁虽然不算年轻，但依然是人的黄金年龄。很多人都是在三十五岁以后成熟起来的，甚至有不少人在这个年龄之后获得了巨大的成功。董明珠三十六岁辞去原来的职务，到格力公司从一名基层业务员做起，用自己的坚韧和执着创造了让人无不佩服的职场传奇；电影演员刘晓庆在将近四十岁的时候依然能拍出经典电视剧《武则天》，用精湛的演技完美塑造了一代女皇的少年、青年、中年和老年的形象；美国网球女运动员塞雷娜·威廉姆斯在三十五岁的时候照样可以获得大满贯单打冠军；更令人敬佩的是，英国女作家佩内洛普·菲茨杰拉德年近六十才开始写作，而且成绩斐然，还获得了当代英语小说界的最高奖——布克奖。这些伟大女性的励志故事激励着钟曼文，钟曼文自言自语："我为什么就不能像她们一样呢？也许我的生活才刚刚开始。"

钟曼文突然感到一阵温暖，全身似乎充满了力量，她转过身，走向书桌，对着书桌上镶有一张罗启铭照片的摆台说："启铭，我要好好地活下去，你一定要祝福我！"

摆台里，罗启铭正微笑着看着她，好像在说："我相信你的。"

钟曼文闭上眼，眼前仿佛闪耀着七彩的灯火，似乎把她包围了。当她正沉浸在这暖暖的灯火中的时候，手机突然唱起了歌，谁这么晚还打电话？钟曼文拿起手机，哦！是婆婆打来的。唉！钟曼文知道婆婆一定是不放心她，才会在这时候打电话，接通电话的一瞬间，钟曼文就流泪了，一滴泪珠顺着脸颊淌下，她说："妈！"

婆婆曹慧芳说："曼文，你睡了没？"

钟曼文说："还没有。"

曹慧芳说："你和启铭的那套房子过段时间你卖了吧，我们知道你心里难受。"

钟曼文说："妈，那房子我不能卖，那是启铭最喜欢的地方，那里面曾经有他的生活，我暂时搬出来只是因为我想静一段时间。"

曹慧芳说："我们都能理解你，你一个人太难了，我和你爸商量了一下，要是你不适应外边的生活，你就回到我们身边住，我和你爸都退休了，也没什么事，可以顺便照顾你的生活。"

钟曼文说："妈！您和爸爸都要照顾好身体，您血压高，不要忘了测量和吃药，爸爸的腿不好，要注意保暖，过几天，我就回去看你们。"

还能说什么呢，曹慧芳在电话里开始抽搭，钟曼文听到婆婆的抽搭声，就着急地问："妈！您怎么了？"

曹慧芳哽咽着说："曼文，我没事，就是心里难受，我和你爸都不放心你呢！"

钟曼文听了，心里一阵阵难过，两位老人太可怜了，他们失去了儿子，如果再失去她这个儿媳，那他们的精神寄托就彻底没有了，她能理解他们的心情。于是，她说："妈！您和我爸一定要保重身体，我是不会离开你们的，启铭走了，我就是你们的女儿。"

曹慧芳再也忍不住了，在电话那头哭了起来，钟曼文又是一阵安慰，好长时间过去了，钟曼文才算把婆婆哄好，嘱咐老人早点休息。

挂了电话之后，钟曼文想：今后该为两位老人做些什么呢？

她已经开始严肃地审视这个问题了。

03

生活依然要继续的。早上六点整，钟曼文就被闹钟的铃声叫醒了，这是她给手机特意设置的闹钟，已经好多年了，她看了一眼手机，立刻起床，下意识地说："呀！要迟到了，快！"

钟曼文跑到卫生间，刚洗了一下脸，才意识到自己昨天已经辞职了，不用再去上班了，她顿觉好笑，真的是工作惯了。职业女性啊！往往就是这样，一下子闲下来还真的不适应。

钟曼文放慢了速度，洗脸、刷牙，就算不出去工作了，依然要简单化一下妆，化妆对一个女人来说真的很重要，人不但显得精神，工作和生活的激情也会成倍增长的。化妆的时候，她就在想，今天要做什么事？不能一直待在家，可是做什么呢？她有些茫然，看来人必须得工作，否则人就会颓废的。要不今天先出去随意看看，再仔细想想自己能做些什么，也许还能遇到自己的下一个职业呢！就像她在十四年前大学毕业时，她原本没想从事翻译工作，只是偶尔路过原先的单位，看到了公司大楼前贴的一张招聘广告，只是抱着好玩的心态去公司面试的，没想到就成了公司的一员，这一干就是十四年。生活中这样的巧事也挺多，罗启铭其实也是这样，他大学毕业那阵，根本没想过能进西海市第一人民医院工作，那是全市最好的医院，录用条件很高的。他本来是到市眼科医院应聘的，只是在坐公交车的时候，和他坐在一起的是一个中年女人，那个中年女人不知道跟谁打电话说到了白内障需要注意的事项，出于专业的本能，罗启铭随口补充了几句，比如提到了避免剧烈运动，外出戴防紫外线的眼镜，饮食多吃一些蔬菜水果等。那女人就问他："你怎么知道这些的？"

罗启铭说："我刚从医科大学毕业，正要到眼科医院去应聘，所以知道一点。"中年女人又问："你为什么不到市第一医院试试？"

罗启铭说："进第一医院难度太大，我恐怕不行。"

中年女人说："不去试试怎么知道自己不行呢？万一要是行呢？"

罗启铭听了女人的话，就硬着头皮先去了市第一医院应聘了，令他没想到的是，当时面试他的主考官就是在公交车上和他坐在一起的中年女人，他考试很顺利，很快就被西海市第一人民医院聘用了，后来他才知道那位中年女人是他们眼科的胡瑞欣主任。

啊！只是坐了几站地的公交车，就改变了罗启铭的人生经历。

钟曼文下定决心，无论如何也要出去走走，她的生活里说不准也会出现很多偶然事件呢！

化完妆后，钟曼文下楼，在小区旁边的快餐店里简单吃了一碗豆腐脑、一根油条外加一碟咸菜就匆匆奔公交车去了。

因为是早班的时间，公交站有很多人在等车，钟曼文还没有想好要坐几路车，通往以前单位的6路公交车开来了，她习惯性地往前挪了挪身子，她太熟悉这路公交车了，过去她没觉得6路车有多么与众不同，现在她却对它充满了感激之情，甚至有些留恋，正是它载着她每天往返于家和单位之间。要是在以前她肯定会毫不犹豫地挤上车，可是现在，她知道自己将来乘坐6路公交车的机会肯定会越来越少的，忍不住苦笑了一下。她看着6路车从她身边开走很远了，才回过头来漫无目的地等下一路车。

5路公交车开来了，钟曼文看到车上人不多，有好多空座位，她就上车了，径直走到车厢后排，找了个靠窗户的座位坐下了。她喜欢坐在公交车的后排，一是因为安静，二是视野更开阔。她每天很享受坐公交车的时刻，坐在公交车靠在车窗旁，静静地看着车窗外的风景，想着心事，不知不觉就到站了，那种感觉真的很好。好多人问她为什么不开车上下班，她统一的回答就是坐公交车的乐趣很多，更贴近生活。她和罗启铭刚结婚时，他们买了一辆车，基本上都是罗启铭在开，她虽然有驾照，但她真的不太喜欢开车，她觉得开车太费神，还不如坐公交车。后来，罗启铭走了，她让曼武开走了那辆车，为了不让公公婆婆多心，她把一张十万块的银行卡轻轻放在两位老人的面前，说："爸，妈，曼武买下了我和启铭那辆车，这是他付的十万块钱。"

两位老人说什么也不要，曹慧芳说："启铭不在了，你又不想开车，那辆车闲着也是闲着，让曼武开也挺好，钱，我和你爸不要。"

罗良才也说："曼文，再说了，那是你和启铭共同买的，也有你的一半，曼武开也比长期停放强多了，你把钱还给曼武，他还没结婚，正是需要钱的时候。"

钟曼文一再坚持，两位老人拗不过她，最终还是收下了。

刚开始，钟曼武不知道姐姐做的这些事，直到有一天，他接到了罗良才的电话，罗良才让他到家里来拿走银行卡，他才知道姐姐的良苦用心。他没有去拿，反而对罗良才说："大伯，那些钱就是给您和大妈的，我买车理所应当付钱的。"

罗良才说："要付钱也应该给你姐姐才对啊！"

钟曼武说："那是我姐夫的车。"

罗良才说："他们是一家人。"

钟曼武仍然坚持不要，罗良才在叹气声中挂了电话。

钟曼武一刻都没停，随即就给姐姐发了一条信息：姐，那十万块钱，我将来一定还你。

钟曼文看到信息就明白了是怎么回事，很快就回复弟弟：那是姐姐送给你的。

钟曼武还要再坚持的时候，钟曼文只回复了他三个字：不说了。

"前方到站'市人才市场'站——"5路公交车的报站声让钟曼文从回忆中回到了现实，她抬头看了看车窗外，想：我要不要到人才市场看看呢？

或许会遇到什么惊喜。

一瞬间，钟曼文就决定了要到人才市场看看。

于是，她站起身，走向车门，公交车到站，她下了车。走到人才市场大门的时候，她有点儿不想进去了，她为什么要到这里来？人真是奇怪，放着好好的工作不做，偏要辞职去寻找新的生活。但人有时候就是这样，就算是一个待遇不错的单位，待久了也会感到厌烦的。这种厌烦是多种因素造成的，比如人际关系、工作环境、晋升机会、工作压力，甚至是家庭变故，钟曼文离开原来的翻译公司，无疑是最后一条，丈夫的突然离世让她来不及叹息，工作的激情也随之丧失了大部分，她想要缓一缓崩溃的神经，才决定离开了相伴十四年的翻译公司。既然这样，为什么还要急于寻找新的工作呢？不，不是寻找，而完全是为了放松心情，来到这里只是出于偶然。啊！这是一个职业女性给自己找的理由。

脚步实在不听使唤，钟曼文还是走进了人才市场，她来得尚早，人还不多，有几家招聘单位的工作人员在摆桌子、贴宣传广告，她静静地走过一个又一个招聘单位的展位，她上一次走进人才市场还是十四年前刚大学毕业时，一晃十四年过去了，今天她又来到了这个熟悉又陌生的地方。

钟曼文走到一家招聘单位的展位前，停下了脚步，看了看他们的招聘广告，就转身离开了，身后却有人喊她："这位女士，你是要找工作吗？"

钟曼文回过头来，一位比她年龄稍大一些的中年男人正看着她，钟曼文赶忙说："我是路过，随便来看看的。"

中年男人笑着说："如果不是来找工作，谁也不会到这里来的，你要是对我们公司有兴趣，可以先了解一下。"

中年男人的话让钟曼文有些不好意思，是啊！不找工作来这里干吗？她这才注意到这是一家摄影公司，公司的名字也挺有意思，叫锦川摄影公司，她想：这跟我的专业没什么关系啊？

于是，钟曼文对中年男人说："你们是摄影公司，可我不会摄影啊？"

中年男人说："摄影公司不一定非得搞摄影啊！我们公司有很多岗位

的。如果你愿意进一步了解我们公司，你可以告诉我你有什么专长。"

啊！钟曼文心里一阵温暖，立刻改变了她对这家公司的认识。虽然她还是十四年前参加过招聘会，可是受部分影视剧的影响，一些公司招聘者给她的印象就是坐在招聘台后面、摆出一副高高在上的样子。今天这位中年男人却不是这样，在对她一无所知的情况下，反而如此热情地询问她。她也不好意思马上离开了，就说："我是英语专业毕业，做过十四年的笔译工作。"

钟曼文以为人家肯定会说她的专业不对口，谁知道那中年男人激动地说："我们公司正需要一位懂英语的人，我们好好谈谈吧！"

面对中年男人的激动和热情，钟曼文却多了一丝顾虑，现在懂英语的人多的是，而且比她年轻的大有人在，这个公司为什么要招一位中年女人呢？该不会是骗子公司吧？她听曼武说现在有好多骗子公司，曼武开始找工作的时候就遇到过好几次，幸亏曼武比较理智才没有造成什么损失。

中年男人见钟曼文没回答，就又问了一句："我们聊聊好吗？"

钟曼文这才说："我……不合适吧？我都这个年纪了，现在懂英语的年轻人比我强太多了，你可以问问他们。"

中年男人说："我们就想招有工作经验的，年纪大一点儿没关系啊！"

钟曼文说："可我……"

中年男人问："你是不是有什么顾虑啊？你放心，谈不成也没关系，聊聊总还是可以的，就当是认识一下了，说不准将来我们还能成为朋友呢！多一个朋友就多一缕阳光，你说是不是？"

中年男人的话再次打动了钟曼文，她想，来都来了，反正也没什么事，谈谈也无妨，就当是消磨一下时间了，就说："好吧！"

中年男人站起来，指着身旁的围了四把白椅子的圆桌高兴地说："请到里边谈吧！"

钟曼文进了他们展位，中年男人说："请坐！"

然后他又对旁边正在张贴摄影广告图的年轻姑娘说："小薇，给这位阿姨接杯水。"那个叫小薇的漂亮姑娘起身到饮水机旁，用一次性水杯接了一杯水，放在了钟曼文面前的桌子上，她很不情愿喊一个陌生女人"阿姨"，瞪了一眼中年男人，但出于礼貌，她只好轻轻地说了一句"阿姨，请喝水"。

钟曼文听到有人叫她阿姨，心里虽不高兴，但依旧对小薇礼貌地说："谢谢！"还不忘再夸上一句："你真漂亮！"

小薇的脸立刻红了，说了句"不客气"就又开始贴那些图片。

中年男人对小薇说："别贴了，你去接待一下别的应聘者。"

小薇就停下了手头的工作，坐在了中年男人原来的座位上，等待着别的应聘者的到来。

中年男人对钟曼文说："我叫唐锦川，你贵姓？"说着，他还晃了晃自己胸前的工作牌给钟曼文看，钟曼文看到牌子上唐锦川的职务是"总经理"，这时，她才明白了这个公司为什么叫锦川摄影公司，还不是为了凸显唐锦川的名字吗？现在好多私营公司的老板都爱把自己的名字加进公司的名字里，以彰显自己的声望。前几天，她有颗牙齿需要补，就随意到街上的一家牙科诊所去看牙，那家牙科诊所取名"淑云牙科"，"淑云"就是那家牙科诊所主治医生的名字。如果她将来开公司，是不是也要在公司名字前加上"曼文"二字呢？钟曼文想想就觉得好笑。

钟曼文报上了自己的姓名，然后喝了一口水，问："唐经理，我一个学英语的能在咱们公司做什么呢？"

唐锦川说："曼文，你能做的事太多了。"

唐锦川把钟曼文的姓"钟"给省掉了，直接称呼"曼文"，这是他一贯的与人交流的方式，他觉得直呼对方的全名显得关系疏远，如果省掉前边的姓的话就不一样了，会拉近双方的距离。他是对的，唐锦川称呼她"曼文"，让她顿感温暖。

唐锦川接着说："我们公司虽然主要是搞摄影，但每年都会有大量的外国人来我们公司拍摄，沟通不够畅通而导致合作不愉快的例子时有发生，为此，我们急需一位懂英语的员工。你如果真有意的话，可以把你的基本信息在这张表上填一下。"说着，唐锦川就从隔壁的桌子上拿来一张表，放在了钟曼文的面前。

钟曼文随即就填了起来，填好后，钟曼文说："其实，我今天并不是来找工作的，只是路过了随意来看看的。"

唐锦川说："这有什么啊？人生就是由很多巧合组成的，无心插柳柳成荫的故事每天都在上演，就拿我自己来说吧，我原本不是搞摄影的，也是无意间才进入这个行业的。"

钟曼文说："可你有这个能力，做得这么好，我就不一定了。"

唐锦川说："你先不要匆忙地下结论，先考虑考虑，说实话，我真的很需要你这样的人才。"

钟曼文说："我觉得年轻人更适合这个工作，他们更有活力，做事效率也更高，我虽然英语还不错，但毕竟已经不太年轻了。"

唐锦川摇了摇头，说："我们以前先后招过两个年轻的女大学生，都是干了没多久就辞职了，我们先前对她们的培养都白费了。后来，我们就不太愿意招年轻的大学生了。你这个年龄其实很符合我们的要求，家庭稳定，又有了一定的社会阅历和工作经验，工作起来值得信赖。"

听到唐锦川说她家庭稳定，钟曼文心里有些难过，她这个样子，还不如那些年轻的大学生呢！人家至少有家庭做后盾，而她目前的状态真的是一言难尽。她知道唐锦川说这话是无意的，他只是凭主观判断，他并不了解她的处境。

这时候，小薇扭过头对唐锦川说："爸爸，我去上趟洗手间。"

唐锦川说："去吧！"

钟曼文感到很奇怪，立刻皱起了眉头，小薇怎么会喊唐锦川爸爸呢？通常情况下小薇应该是唐锦川的员工才对啊，难道她是他女儿，于是，就冒昧地问了一句："小薇是你女儿呀？"

唐锦川笑着说："算是吧！小薇其实姓宫，是我朋友宫岩的孩子。不瞒你说，二十年前，小薇才刚一岁，宫岩患了重病，他是我最好的朋友，在即将离开这个世界的时候，为了让小薇长大后能看到他的样子，而且还不想让小薇以后看到他生病的模样，他强烈希望我能带他去照相馆拍一张艺术照，他要把最帅的一面留给小薇。我强忍着悲痛把他背到了一个照相馆，那天化妆师小姑娘听了我们的要求后，含着眼泪把他打扮得帅气极了，摄影师小伙子运用了各种技巧掩盖了他的病容，老板也没有要我们的钱。照片取出来，他只看了一眼就微笑着去世了。从那时起，我就决定做摄影工作了，我觉得把影像留给这个世界是很多人的愿望，我希望尽我所能让更多的人留住人生的美丽瞬间。这也就是我前边谈到的，我也是偶然才进入这个行业的。"

钟曼文问："那小薇的妈妈呢？"

唐锦川叹了口气，说："小薇出生后不久她妈妈就跟着一个外国人去了新西兰，至今没有回来。"

啊！不幸的人！钟曼文觉得小薇比自己更不幸。

钟曼文问："那她怎么会叫你爸爸呢？"

唐锦川说："是我把她养大的，她一直都这么叫，她十岁时，我把她爸爸的照片拿给她看，她怎么也不相信，后来还是接受了现实。我让她改口叫我叔叔，她咬着牙说一辈子都不会改口，还说她失去了生她的爸爸，决不会再失去我这个养她的爸爸。"

钟曼文听了，心情很沉重，不知道是为小薇，还是为唐锦川。她没想到只有一面之交的唐锦川竟然跟她说了这么多话，而且他的经历深深触动了她的心弦。唐锦川为什么要对一个他还不十分熟悉的人说这些事呢？难道是为了打动她？想想又觉得没必要吧，打动她一个求职者干嘛？这世界人多的是，不缺她一个的。头有些发胀，情绪复杂，她不知道自己是怎么离开人才市场的，只听到唐锦川在她身后喊："曼文，你回去好好考虑考虑，我们公司真的需要你。"

04

钟曼文是在回家的公交车上接到胡瑞欣的电话的，胡瑞欣告诉她要她来一趟医院，钟曼文问什么事，胡瑞欣说电话里说不清楚，还是当面谈吧！

钟曼文怀着忐忑不安的心情下了公交车，又上了开往西海市第一人民医院的另一路公交车，一路上她都在想，会是什么事呢？难道是罗启铭留在医院什么东西了？不，不可能，罗启铭遗留在医院的东西，一个月前她就已经全部搬回家了。胡瑞欣作为罗启铭的直接领导，这时候找她肯定依旧是关于罗启铭的事，在钟曼文的印象中，胡瑞欣人很不错，脸上总是挂着微笑，对谁说话都很温和。她们虽然直接交流不多，但罗启铭经常跟她谈起他们的这位胡主任的好，她也就对胡瑞欣有了一定的了解。罗启铭正是在胡瑞欣的鼓励下才最终被西海市第一人民医院录用，从而当上了他梦寐以求的眼科医生的，他一参加工作就主动拜胡瑞欣为师。工作的几年里，罗启铭跟着胡瑞欣学习了不少知识，胡瑞欣毫无保留地把自己的经验分享给了罗启铭，可以说是胡瑞欣手把手地把他带进眼科这个领域的。

路上堵车很严重，公交车走走停停，钟曼文的心也像这街道一样被堵得很厉害，她不知道胡瑞欣究竟要跟她谈什么事，按说，罗启铭走后，她已经把罗启铭遗留在医院的所有东西都收拾好带回了家，显然不是落下了什么东西，一定是另有别的事。

钟曼文心里真的好烦，人在心情不好的时候看什么都会不舒服。

公交车好不容易才挪了一下，就又停下了，有人已经开始发牢骚了，更有人甚至骂开了。钟曼文想起以前的街道不是这样的，她刚大学毕业的时候，城市的每条街道都很顺畅，这几年家家户户都有车，像潮水般涌入街道，堵车就是很自然的事了。每天上下班的高峰期，私家车司机最头疼的就是这两个时间点，然而，头疼归头疼，很多人还是会选择驾驶私家车上下班。钟曼文不开车上下班的一个主要原因也是出于堵车，她真受不了，公交车虽然也会存在堵车的问题，但那是公交车司机的事，她只不过是多在车上待一会儿，晚一点儿到家而已。不过，现在她心里烦闷并不是完全出于堵车，主要还是因为胡瑞欣的来电。胡瑞欣的那个电话又让她想起了罗启铭，唉！罗启铭就不曾离开过她，他人虽然消失了，可灵魂一直伴随着她。只感受到他的灵魂却看不到他的人，这种滋味该有多么痛苦啊！谁又能体会到呢？

　　钟曼文的手机又响了，她掏出手机，是她原单位的葛景尧经理打来的，她知道葛经理找她什么事，无非就是劝她回去继续工作，她拒接了葛景尧的电话，因为她觉得没有意义了，她已经辞职了，是不可能再回去了。

　　但葛景尧又一次打来了电话，钟曼文不好意思再拒接了，毕竟他们共事多年，葛景尧对她也不错。接通了电话，葛景尧就生气地问："曼文，你刚才怎么不接我电话？这么快就和我划清界限了吗？"

　　钟曼文赶忙解释："我在公交车上，刚才人太多了，不小心拒接了，不好意思啊！葛经理。"

　　葛景尧说："你坐公交车，我信！不小心拒接，谁信呢？"

　　钟曼文能理解她的这位前上司的心情，葛景尧对待工作是严谨的，人际交往上也不会拖泥带水，很多话都是直来直去。刚才原本就是钟曼文拒接的，还能再解释什么呢？只好说："葛经理，真的不好意思啊！"

　　钟曼文的一句"不好意思"让葛景尧的心情平静了大半，他说："没什么，我给你打电话没别的事，就是问问你今后的打算，要是实在没有合适的工作，那你就还回到公司来。"

　　钟曼文说："谢谢经理啊！我还没想好，先休息一段时间再说吧！"

　　葛景尧说："客气的话不要说了，如果需要我帮忙，你尽管说。"

钟曼文说："那是肯定的，你能时刻想着我，我都不知说什么才好了。"

葛景尧说："你要是有时间就来公司一趟吧！我想和你好好聊聊，不过，你放心，不是工作的事。"

钟曼文委婉地说："等抽空吧！"

葛景尧说："我知道你的性格，你是离开了就不愿再回头的人，如果你不想来公司，我们就另选个地方单独谈谈，就现在行不行？"

钟曼文说："我现在要去医院。"

葛景尧说："去医院干嘛？"

钟曼文小声说："启铭他们主任让我去一趟。"

葛景尧心底突然间升起一股凉意，刚才他真不该问钟曼文的私事，也许戳痛了人家的心。他太清楚"启铭"两个字对钟曼文的意义了，他和罗启铭之前见过很多次，当然多数是罗启铭去接钟曼文下班的时候，那是一个时常面带微笑的男人，给他留下了深刻的印象，虽然他们交流不多，但他能感觉到罗启铭是个很不错的人，因为钟曼文就是一个不错的人，他相信钟曼文选择的人一定也不会错。

葛景尧不好意思再说什么了，只好说："那你去吧！咱们抽空再聊。"

电话挂了，公交车在走走停停中来到了市第一人民医院的大门前，钟曼文随着人流下了车，她站在医院大门口，抬头望了望门诊楼上的"西海市第一人民医院"那几个大字，忍不住鼻子一酸，眼泪差点儿流出来，这是罗启铭曾经工作的地方，她以前无数次来到这里，可现在她很害怕走进去，因为那个人再也见不到了，她会崩溃的。

钟曼文记得，第一次跟着罗启铭来到第一医院的时候是个飘雪的日子，那天本来他们约好下班后去看电影。谁知道等他们来到电影院时，罗启铭接到胡瑞欣的电话说要他赶回医院开一个紧急会议，罗启铭当时就对钟曼文说："曼文，真是不好意思了，我临时要开会，要不你自己进去看吧！我待会儿来接你。"

钟曼文虽有些不高兴，但还是说："算了，我也不看了。"

罗启铭问："那你现在怎么办？回家吗？"

钟曼文摇了摇头。

罗启铭说："要不，你和我回医院吧！在办公室等我，等我开完会，我们接着看下一场电影。"

钟曼文觉得可行，就答应了。

因为第一医院离电影院并不远，他们步行朝第一医院走去，雪花洒在他们的头发上、衣领上。钟曼文还仰起头，举起双手，轻盈的雪花飞到她的手心，立刻就融化了。

"你干吗呢？曼文！"罗启铭回头看看钟曼文，"太冷了，来，我给你暖一下。"

说着，罗启铭就伸出双手，把钟曼文那还带着雪花的双手攥住了。钟曼文能感到罗启铭的手是那么的温暖宽厚，她冰凉的小手顿时就暖和了许多。

罗启铭牵着钟曼文的手一路小跑来到医院大门口，门口有个卖煎饼的摊位，卖煎饼的是一位中年妇女，因为下雪了，中年妇女把那把加大的户外遮阳伞撑起来了，本来是遮阳的，当然也可以遮雨遮雪，这会儿遮阳伞成了遮雪伞了。

罗启铭问钟曼文："给你买张煎饼吧！估计你都饿坏了。"

钟曼文点点头。

罗启铭走到煎饼摊前，对中年妇女说："田大姐，给我来张煎饼。"

这位叫田玉英的女人笑着说："好嘞！"

罗启铭回头对钟曼文说："曼文，田大姐的煎饼很好吃，人也很好，我们是多年的熟人了，我都不知道吃了多少张田大姐的煎饼了。"

田玉英朝钟曼文笑了笑，说："你好！曼文！你真漂亮。"

钟曼文有些不好意思，说："田大姐，你也很漂亮。"

田玉英说："唉！都老了，没本事，只能卖煎饼了。"

罗启铭赶紧说："田大姐，你做煎饼给我们吃，每天方便了多少上班的人，我们医院的同事都说因为有你在，才解决了我们吃早饭的问题的，你不知道，我们早上上班太匆忙，顾不得吃早饭，但吃着你的煎饼再喝一杯你磨的热豆浆，别提多幸福了。"

田玉英说："谢谢罗大夫认可啊！你这个点来医院，今晚是要值夜班吗？"

罗启铭摇摇头，说："不，我要开个会。"

田玉英问："嗯，吃黑米还是紫米？夹什么？"

罗启铭问钟曼文："曼文，你想吃什么？"

钟曼文说："紫米的吧！夹根火腿就行。"

田玉英笑着答应了一声，就麻利地忙活开了，舀一勺紫米面糊均匀摊在煎饼铛上，打入一颗鸡蛋，撒入芝麻，翻面，抹上酱，夹生菜、脆饼和火腿肠，卷起来，这一系列程序，田玉英很快就完成了，用纸袋儿装好后，递给了罗启铭。

罗启铭扫描挂在伞下的二维码付款，田玉英又打包了一杯豆浆给钟曼文，说："这是送给你们的。"

罗启铭说："那怎么能行？这么冷的天你还出摊不容易。"

田玉英说："不用付钱，说送给你们的就是送给你们的。"

钟曼文说："那谢谢你，田大姐！天黑了又这么冷，你早点儿回家吧！"

田玉英说："还早着呢！我再待一会儿，医院里有些医生要值班，他们肯定还饿着肚子呢！我晚一点儿走，他们就不至于没东西吃。"

"啊！大姐！"罗启铭眼眶有些湿润了，他有意省掉了"田"字，直接叫大姐了，"你是个好人，我替我们医院的同事谢谢你。"

田玉英说："不说这个了，我也没为你做什么，毕竟还是要收你们的钱的。"

罗启铭说："这已经很好了，你能天天来这里，就是我们的福气哩！"

随后，罗启铭和钟曼文就告别了田玉英转身进了医院大门。

走进大门的一瞬间，钟曼文又回头看了看田玉英，田玉英又在为别人忙着做煎饼了……

"这不是曼文吗？"

有人喊钟曼文的名字，钟曼文这才从刚才的回忆中清醒过来，她回过头，看见不远处站在遮阳伞下的田玉英正在跟她打招呼，她朝田玉英走了过去。

田玉英关切地问："曼文，好久不见，你是来找罗大夫的吗？"

钟曼文低声说："不是，田大姐。"

田玉英说："我有好长时间都没见过罗大夫了，他是不是调走了？"

钟曼文摇摇头，说："他走了。"

田玉英一时没有听明白，就又问："往哪儿走了？"

钟曼文满眼含着眼泪，说："他去世了。"

"啊！"田玉英惊叫一声，"曼文，都怪我多嘴，不该问这些。"

钟曼文说："田大姐，不怪你的，这已经是事实了。"

田玉英连连叹气，说："唉！罗大夫是个好人，真是太可惜了，他什么时候走的？"

钟曼文说："两个月前。"

田玉英含着眼泪问："到底怎么回事啊？看罗大夫那身体挺结实的，怎么说走就走了呢？"

钟曼文说："他是突发心肌梗塞走的。"

田玉英用手背擦了擦眼睛，劝钟曼文："曼文，大姐我也不知道该怎么劝你了，你一定要想开些，这日子还得过下去。"

钟曼文抹了一下眼角的泪水，朝田玉英点点头说："大姐，我会的。"

田玉英看着钟曼文难过的样子，她心里也很不是滋味。这个善良的女人再不会说别的安慰的话了，只好用最纯朴的方式表达："曼文，我给你摊张煎饼吧！"

钟曼文赶紧摆摆手，说："大姐，不用。"

可是田玉英已经把紫米面糊摊在了煎饼铛上了，田玉英说："我知道你喜欢吃紫米的煎饼。"

　　田玉英朴实的话让钟曼文再次泪眼蒙眬了，她还能说什么呢？田大姐只不过是她生命里的一个过客，却让她感受到了亲人般的温暖。

　　田玉英做好煎饼递给钟曼文时，钟曼文连连说着"谢谢"，她要付钱时却发现挂在遮阳伞下的二维码不见了，她知道是田大姐故意拿走的。她想付现金，却被田玉英拒绝了："曼文，不要这样，快去忙你的事吧！"

　　钟曼文理解田大姐的一片好心，只好走开了。

　　田玉英又朝着钟曼文的背影说："曼文，好好过日子啊！有啥心里话就找大姐聊聊。"

　　钟曼文回过头朝田玉英郑重地点了点头，一滴热泪涌出眼眶，她生怕田玉英看到，就头也不回地进了医院大门。

　　钟曼文见到胡瑞欣后，胡瑞欣已经在眼科办公室等她好久了，钟曼文说："胡主任，真不好意思，路上堵车。"

　　胡瑞欣微笑着说："没事啊！反正我今天也不出诊。"

　　说着，胡瑞欣指了指身旁的椅子示意钟曼文坐下。钟曼文坐下后，胡瑞欣轻轻拍了拍钟曼文的肩膀，说："曼文，我发现你最近又漂亮了，有什么秘诀没？"

　　钟曼文知道胡瑞欣是想让气氛轻松一下才问这个问题的。她说："漂亮什么呀？你看看我都有白头发了。"说着，她还指了指自己的头发。

　　胡瑞欣往钟曼文的头发上凑了凑说："哪儿有啊？我怎么没发现呢！"

　　钟曼文说："真有了。"

　　胡瑞欣说："有白头发也是自然规律，你看我，几乎满头都是了，在大街上，小孩子都喊我奶奶了。"说完，胡瑞欣呵呵笑了起来。

　　钟曼文说："但是你的气质很好，看起来很年轻。"

　　胡瑞欣说："年轻啥呀？都要退休的人了，也真到了当奶奶的年龄了。"

　　钟曼文说："你可以染染头发，染成黑色。"

　　胡瑞欣摇摇头说："算了，不染了，染发剂好多都是劣质的，还是顺其自然吧！我劝你也不要染发，你现在的头发就很漂亮。"

两个人你一言我一语地聊着，似乎都忘了正事了。

好一阵子，钟曼文才问："胡主任，你今天找我什么事？"

胡瑞欣又笑了，说："其实，也没什么事，就是想找你聊聊。"说着，她起身站起来走到橱柜旁，打开橱柜，从里面拿出一个厚厚的纸包塞给钟曼文，钟曼文问："这是什么？"

胡瑞欣说："没什么。"

钟曼文正要推辞，胡瑞欣却抢着把纸包塞进了钟曼文的挎包里，钟曼文已经感觉到纸包里装的是钱，就说："胡主任，不能这样啊！你家里也不富有。"

胡瑞欣说："曼文，你误会了，这不是我个人的，这是全体眼科同事们的一点儿心意，你尽管收下吧！要不，大家都会伤心的，启铭在的时候，没少帮大家，这时候，他走了，我们应该慰问一下你的。本来不想让你跑远路来医院，想着给你微信转账，但又怕你不接收，所以只好把你大老远叫到医院来了。"

"唉！"钟曼文叹了一口气，"这怎么能行？大家都不容易。"

胡瑞欣拉起了钟曼文的手，说："好了，收下吧！启铭虽然走了，但我们都是你的亲人。"

钟曼文强忍着眼泪，不知道说什么才好。

后来，胡瑞欣又让眼科新来的实习生小凡开车把钟曼文送到了家，钟曼文一回到自己的出租屋，就数了数纸包里的钱，一共两万元。她当下就决定将来把这些钱分期寄给罗启铭生前一直资助的山里女孩小萌。

05

　　钟曼武开着车行驶在下班的路上，这个二十五岁的年轻人有着超越自己年龄的成熟与稳健，他已经在这个城市里生活了二十一年了，除去上大学的四年是在杭州度过的，其他二十一年几乎每时每刻都与这个城市有关。他和姐姐一样，十七岁就考上了大学，他一直以姐姐为榜样，当年姐姐考上浙江大学的时候，他说他将来也要上浙江大学，那一年姐姐十七岁，他才七岁。许多年后，他也以优异的成绩考入了浙江大学。大学毕业的时候，姐姐鼓励他考研，他放弃了。他放弃是有原因的，不是因为家里供不起他继续读书，而是因为他觉得他是家里的男孩子，念到大学毕业就该独当一面了，该为社会为家庭做贡献实现自己的人生价值了。当时，爸爸妈妈也都劝他，他都拒绝了。

　　记得五年前，大学的最后一个暑假，他把毕业就想回来工作的想法告诉了爸爸妈妈，爸爸钟育祥立刻就生气了，说："你还这么小，还有很多书要读的，怎么能不继续读书呢？考研究生才是你的选择。"

　　妈妈海丽瑛也开导他："曼武，你学习那么好，不考研会后悔的，再说家里也不缺你那点儿钱，我和你爸挣得也不少，还有你姐姐也可以帮你的，就是你读到博士，我们都会供你的。"

　　钟曼武说："爸，妈，不是钱的问题，我知道家里能供得起我，我真的不想继续考研了，我想走入社会锻炼锻炼。"

　　钟育祥瞪了一眼钟曼武，说："曼武，你越来越不像话了。"说着，就咳嗷起来了，气得满脸发白。

海丽瑛赶紧说："老钟，你消消气，曼武一直都是个听话的孩子。"

钟曼武躲在角落里不敢吭声，他知道爸爸生他的气了，这么多年，爸爸很少生他的气。小时候，他不是坐在爸爸的自行车前座上，就是趴在爸爸的肩膀上，爸爸给了他太多的关爱，然而，今天他却惹爸爸生气了。他有点儿自责，但又不想违背自己的内心，在左右为难的时候，钟曼文推门进来了：啊！姐姐！我亲爱的姐姐，你回来了，他眼前顿时有了光亮。

钟曼文看到眼前的一幕，还以为是爸爸妈妈把曼武的身世告诉他了，她也吓坏了，等到妈妈说了情况之后，钟曼文才舒了一口气，稍稍缓和了一下紧绷的神经。

钟曼文先前多次鼓励过曼武考研的，她了解弟弟，他是个很有想法的人，自己认准的事一定会坚持的。为了不让曼武难过，也为了不让爸爸妈妈生气，接下来的一段时间，她成了他们之间最重要的一根纽带。

后来的事，钟曼文说服了爸爸妈妈，遵从了曼武的选择。曼武回来工作的这几年里，爸爸妈妈虽然偶有唠叨，但基本上还是能正确面对的。

钟曼武想着这些的时候，副驾驶座位上的手机响了，他通过蓝牙耳机接听，是妈妈打来的，钟曼武说："妈！"

海丽瑛问："曼武，你几点回来？"

钟曼武说："我暂时回不了家，您和我爸先吃饭吧，别等我了。"

海丽瑛又问："你加班吗？"

钟曼武说："我想去看看我姐，她搬家了。"

海丽瑛大吃一惊，问："她什么时候搬的家？搬到哪里去了？我和你爸怎么不知道？"

钟曼武说："最近几天的事，您和我爸不要打电话问我姐了，她有自己的想法，回去我详细跟你们说。"

海丽瑛埋怨："你姐姐也真是的，这么大的事瞒着我们，今天你不说我们都不知道，还不知道她有多少事瞒着我们哩！她眼里根本都没有我和你爸。"

钟曼武听到妈妈生气了，幸亏姐姐辞职的事还没说，要是说出来，妈妈会气坏的，于是，赶紧安慰妈妈："妈，您别生气，我姐有她的苦衷。您好好和我爸说，我担心爸爸受不了会骂姐姐的，我今天告诉您，主要是觉得您和我爸应该知道，毕竟姐姐这段时间太难了。好了，我回去会和你们说明白的，我现在开车，不太方便。"

海丽瑛没再说什么话，钟曼武却听到了妈妈连连的叹气声。

挂了妈妈的电话后，钟曼武就拨通了姐姐的电话。钟曼文接到电话的时候还正在菜市场买菜，听说曼武要来，她多买了一点儿菜。

为了让曼武有地方停车，钟曼文在小区大门口的路边划出的免费停车位里寻找有没有空位子，现在大城市的车辆太多了，停车位又十分有限，如果不事先占一个位子的话，很可能就没有地方停车，弄得非常被动。钟曼文找了半天才找到一个空位，她赶紧站到了那个位子上，等着曼武的车到来。不一会儿，一辆车开来了，钟曼文一看不是曼武的。那辆车里探出个头，是个光头的中年男人，似曾相识，光头男人问钟曼文："你让一让，我要往这里停车。"

钟曼文这时才想起来，原来是前几天在公交车上和公交车司机吵架的男人，没想到他也住在这个小区啊！怪不得觉得眼熟，肯定是在小区里偶尔遇到过。想起那天他在公交车上那种"恶劣"的表演，钟曼文顿生厌恶感。如果眼前的不是这个人，钟曼文肯定会让开的，毕竟人家的车已经开来了，可是现在她一点儿也不想让给他，说："这个位子已经有人了，车马上就到。"

光头男人立刻拉起了脸，说："这年头连车位都能霸占，还有没有点儿公德心。"

钟曼文白了他一眼，说："你要是有公德心，就不会在公交车上跟人家司机吵架了。"

"啊！"光头男人拉开车门，下了车，瞪着钟曼文，喘着粗气，"你什么意思？"

钟曼文说："什么意思你还不清楚吗？"

光头男人大概已经想起了几天前在公交车上嫌司机开车慢而吵架的事，就走到钟曼文跟前，说："哦！原来当时你也在那辆车上啊！我怎么这么倒霉？到哪里都能碰到你。"

钟曼文毫不示弱，说："我看倒霉的是我吧！处处都能碰到你这样的人。"

光头男人质问钟曼文："你今天得跟我说清楚，我到底是啥样的人？"

钟曼文看也不看他，说："你没有权利要求我。"

正在这时候，钟曼文身后传来一声车笛声，她扭头一看，曼武的车已经开来了，停在了她身边，曼武从车窗里探出个头，朝她笑着，说："姐！"

钟曼文赶紧说："哦！曼武，你来得正好，这儿刚好还有一个空位子。"

旁边的光头男人走了过来，拍了一下钟曼武的车，笑着说："曼武，怎么是你呀？"

钟曼武这才看到了光头男人，说："哟！朱哥，我来找我姐，真是巧了，你怎么也在这儿？"

光头男人说："我就住旁边这个小区啊！"

钟曼文在一旁觉得好奇怪，心想：曼武怎么会认识这样一个人？

钟曼武走上前对姐姐说："姐，这是我们单位的朱哥，姓'朱'，名'大海'，你们住同一个小区。"

然后又对光头男人说："朱哥，这是我姐，跟我的名字就差一个字，我'武'，她'文'，真没想到，西海市太小了，你们竟然是邻居。"

这个光头男人叫朱大海，朱大海因为刚才和钟曼文吵架的原因觉得很不好意思，他自己也没想到钟曼文竟然是曼武的姐姐，早知道这样，他决不会和她吵架的，为了缓和尴尬的气氛，他主动对钟曼文说："刚才对不住了，我和曼武是同事，我不知道你是曼武的姐姐，今后需要我帮忙，你尽管说，我一定会竭尽全力的。"

朱大海的一番话让钟曼文愤怒的情绪平静了不少，人往往就是这样，一方谦让一些，另一方也会礼貌相待，钟曼文对朱大海说："没事，彼此不熟悉，有点儿情绪也很正常的。"

钟曼武有些摸不着头脑，问："你们之间刚才发生什么事了？"

朱大海抢着说："没什么事。"

朱大海生怕钟曼文说出刚才那件不愉快的事，就故意绕开话题："曼武，你赶紧停车啊！我也要去找个位子停车了，待会儿到我家坐一会儿啊！"说着，他就去开自己的车了。

钟曼武停好车，就和曼文一块儿进了小区，钟曼武好奇地问起了刚才的事，钟曼文详细说了一遍，钟曼武笑了半天。

回到家，钟曼文问钟曼武："这个朱大海什么情况？这么没素质，和他住一个小区真够倒霉的。"

钟曼武说："他在我们单位做后勤工作，最近刚离婚。据说离婚是由于妻子一直看不上他，嫌他没本事，赚钱少。两个人冷战了好几年，为了不影响女儿的学习，就一直拖着，没有办理离婚手续。等到去年女儿考上了大学，妻子向他提出离婚，他开始不同意，竭力想挽回，两个人就经常吵架，吵吵闹闹又过了大半年，终于有一天晚上，他喝醉酒后动手打了妻子，这一打把最后的希望也打没了。妻子第二天就向法院起诉离婚，虽然中间他一直还想和好，但由于妻子的坚持，最后婚还是离了，妻子拿到判决书的那一刻头也不回就搬走了，留给他这套空荡荡的房子。离婚后，他心情很不好，经常喝酒，遇事也不够冷静，动不动就对人发脾气，以前很温和的一个人，现在说话开始变冲了。其实他待人不错，热情豪爽，工作也很努力，在单位口碑很好，就是离婚的事弄得他焦头烂额的，大家也都能理解。其间也有人劝他想开点儿，大不了再找一个，他摇摇头说受够了。"

钟曼文听了大吃一惊，原来每个人的背后都有太多的故事，不知道为什么，她对朱大海的印象不像刚才那么不好了，甚至还生出几分同情来。

钟曼文说："朱大海也挺不容易啊！不过他动手打人肯定不对，打人多伤感情啊！"

钟曼武说："可不是嘛！事后，我们也说他打人不对，他说他和妻子结婚二十年从来没有打过她，那次是喝醉后太冲动了。可是事情已经发生了，说再多也没用了。"

钟曼文说："是啊！后悔都来不及了。"

钟曼武说："算了，不说他了，我今天来就是来看看你。你住的这屋子也太小了，连做个运动都扭不过身子。"

钟曼文说："先前我和你姐夫那房子倒是很大，可每天空荡荡的，我住着不舒心。这房子虽小，但小有小的好处，至少有种充实感，再说了，我一个人住也用不了那么大的空间，就是回来睡个觉。"

钟曼武说："唉！姐，不是我说你，要我说，你不愿意住原先那房子也可以，直接住到咱家就行了，爸爸妈妈和我都在身边，不好吗？为什么非得住到这里来？"

钟曼文说："曼武，我是迫不得已，不想给你和爸爸妈妈添麻烦。"

钟曼武听了，立刻生气了，说："什么叫添麻烦？你是家里的成员，回家住理所应当。"

钟曼文说："好了，曼武，先不说这个了，你想吃点儿什么？我给你做。"

钟曼武知道姐姐的性格，就不再和她争论了，姐夫刚刚走了，她心里一定难过，刚才就不应该说这房子的事。可每次面对姐姐的时候，有好多话都懒得多想一下就说出口了，也许是和姐姐在一起太随意了。这个比他大十岁的姐姐，很多情况下就像是他的好朋友一样，他们无话不谈。

钟曼武说："算了，咱们还是去外边吃点儿吧！"

钟曼文说："也行！"

于是，姐弟俩起身下楼，天色已经暗下去了，小区的路灯亮了，孩子们在小广场上玩耍，大人们在一旁闲聊，或者看手机，或者不断地喊着孩子注意安全……

他们走过小区的广场时，钟曼武接到了朱大海的电话。

朱大海说："曼武，你来我家坐一会儿，聊聊天。"

钟曼武说："朱哥，下次吧，这会儿我和姐姐要出去吃饭了，要不，你下楼和我们一块儿吃？"

朱大海说："不去了，刚才凑合着泡了一碗面吃了。"

钟曼武说："那怎么能行？你这样下去身体会吃不消的。"

朱大海说："没啥大不了的，反正也是一个人，懒得做了，也没心情做。"

钟曼武说："生活还得继续，你要鼓起生活的勇气，你阅历比我丰富得多，更应该明白这个道理。"

朱大海说："曼武，你比我小那么多，看问题却比我强。"

钟曼武说："好了，朱哥，先不说了，你好好照顾自己，抽空我陪你喝两盅。"

朱大海连连说着"谢谢，谢谢"。

挂了电话之后，钟曼文问钟曼武："我听好像是朱大海打的电话吧？他找你有事吗？"

钟曼武说没什么事，就是普通问候，还说朱大海一个人挺可怜。

钟曼武不想再多说朱大海了，他觉得朱大海和姐姐的处境大同小异，说多了担心引起姐姐的伤感。

他们出了小区，沿着小区旁的城市绿化带往东边走。夏日的风吹过脸庞，惬意极了。西海市——这个我国北方重要的工业城市非常宜居，据说宜居指数在全国都名列前茅，甚至超过了我国南方的许多城市。西海夏季由于地势高，平均气温在二十五摄氏度左右，异常凉爽，很多受不了炎热天气的南方人都纷纷来到这里避暑。冬季虽然寒冷，但西海的煤炭资源极其丰富，为城市的暖气供应提供了源源不断的燃料，西海市大大小小的楼房里都是暖意融融，与缺少暖气供应的南方城市相比，自然是有很多优势。钟曼文非常喜欢这个生她养她的城市，除了独特的气候条件外，在她心里还有一个原因，就是西海离北京很近，乘高铁一个多小时就可以到达，她去北京办事非常方便，早上去，晚上就可以回来。要知道，离北京近，就可以享受到许多北京带来的便利。比如，钟曼文喜欢听音乐会，她晚上去国家大剧院听音乐会，第二天早上还能赶回西海不耽误上班。钟曼武喜欢看体育比赛，每当全国女排超级联赛开始后，他总会在周六晚上赶到北京看北京女排的比赛，第二天还能赶回来到公司值班。至于到北京逛街购物那是再平常不过的事了，能够享受到这种便利的城市并不太多。

现在正值夏日，也是西海市最美好的季节。空气中弥漫着花香和青草的味道，人们纷纷走出家门，到小区外的绿化带里唱歌、跳舞。当然也不乏年轻人谈情说爱的身影。是啊！在工作了一天之后，徜徉在城市的绿化带里，静静地沉浸在这难得的大自然的馈赠中，身心也会随之感到舒适的。

钟曼武说："姐，你瞧，人们的生活多么美好！你也应该有美好的生活。"

钟曼文说："但愿吧！"

钟曼武说："接下来，你打算做什么？"

钟曼文说："今天，我路过人才市场，进去看了看，适合我的岗位不多。"

钟曼武说："你去人才市场了？"

钟曼文点点头，说："我本来没打算去，是路过，听到公交车报站时，就产生了想进去看看的念头。"

钟曼武说："有没有收获？"

钟曼文就详细地说了唐锦川的摄影公司需要她的事，她原以为曼武会劝她离开，没想到曼武想都没想就说："你真的可以去试试，辞职的目的是什么？就是要开启新的工作体验，换一个环境不一定就是坏事。"

钟曼武的话让钟曼文顿时有了信心，每次都是这样，曼武用超越他年龄的成熟与睿智给她带来了强大的心理支撑。人生中有了曼武，她无疑是幸运的。

姐弟俩聊了很多，直到钟曼武的肚子"咕咕"叫了起来，他真的感到饿了，才想起来还没有吃晚饭呢！于是就和姐姐一块儿朝附近的饭馆走去。

06

钟曼武回到家时已经是半夜十二点了，他推开门时，大吃一惊，爸爸妈妈都还没有睡。两位老人正坐在沙发上等他，他们的目光是那么犀利，钟曼武边换拖鞋边说："爸，妈，这么晚了，你们都还没睡啊？"

海丽瑛说："还不是为了等你？"

钟曼武说："等我干什么？我又不是小孩子了，都十二点了，你们快去睡吧！"

海丽瑛说："你还知道已经十二点了呀？"

钟曼武坐到沙发的一角，说："我平时不也经常这个点儿回来吗？今天是怎么了？"

一直没有说话的钟育祥，板着脸说："说吧！你姐姐到底还有哪些事瞒着我们。"

"哦！爸爸！"钟曼武立刻就明白了爸妈等他的原因了，"我姐能有什么事？您别操那么多心了。"

钟育祥生气地说："曼武，你不要再瞒我们了，你告诉我你姐在外租房怎么回事？"

钟曼武知道，一定是妈妈把姐姐租房的事告诉了爸爸，爸爸才会发火的。爸爸最近苍老得太厉害了，自从姐夫去世后，爸爸仿佛一夜间就老了，以前那个精神矍铄的老人不见了。在钟曼武的印象里，爸爸很帅气，他甚至觉得爸爸胜过很多影视明星。爸爸身材高大，体格健壮，关键还有一张标准的东方面孔。听妈妈说，爸爸年轻时曾经被电影厂看上过，人家到家里来邀请爸爸去拍电影，爸爸也想去，但爷爷不同意，说老钟家祖上就没有演戏的人，何况那时候爸爸已经当兵转业回到西海市，有了稳定的工作，爸爸是个孝顺的人，就没有违背爷爷的心愿。但他一直都没有忘记自己的爱好，每年单位的新年文艺晚会上，他总要表演一次，不管是和别人一起演小品，还是唱歌，他都非常积极。为了让自己的理想能在姐姐身上得以实现。因为姐姐继承了爸爸的好基因，长得很漂亮，姐姐上高中后，爸爸就想让姐姐将来报考电影学院表演系，还给她找了专业的老师来教，但姐姐一点儿不喜欢表演，她就喜欢英语，当然爸爸最终还是尊重了姐姐的选择。记得小时候，爸爸经常把他背在肩上，走过街道的时候，回头率特别高，他当时小不知道怎么回事，后来才知道是因为爸爸实在太帅了。

"你说呀！曼武，你爸不是问你话了吗？"海丽瑛在一旁说。

钟曼武这才回过神来，不好意思地笑了笑，说："我姐也没什么事，她就是觉得在原来那房子里住有些不舒服，每天回到家空荡荡的，到处都是我姐夫的影子，弄得她心情非常不好，后来想想干脆出去租房算了，换一个环境也许会好一些。我姐夫刚走，我们都得理解她哩！"

"唉！"钟育祥长叹一声。

"难呢！"海丽瑛说。

钟曼武说："爸，妈，你们不要难过，姐姐很坚强的，我们要相信她一定会走出阴影的。"

海丽瑛说："可是我和你爸越来越老了，照顾不了她一辈子的。"

"还有我呢！"钟曼武坚定地说，"我会照顾姐姐一辈子的。"

"啊！曼武！我和你爸……"海丽瑛说不下去了，眼眶湿润了。

钟曼武问："妈，您怎么了？"

海丽瑛边擦眼泪边说："没事！不早了，你去休息吧！明天还要上班呢！"

钟曼武看了看爸爸妈妈，说："你们也早点休息吧！"

于是，他起身去卫生间刷牙、洗脸，洗漱完，发现爸爸妈妈依然在沙发上叹气，他又说："爸，妈，太晚了，快去睡吧！"

听到儿子这么说，海丽瑛和钟育祥才起身进了他们的卧室，一进卧室，就把门拉上了，钟曼武走过两位老人的房间时，听到了妈妈的声音："曼武真的长大了，刚才他那句照顾曼文的话，我听了就想哭。孩子太懂事了，我们今后找个机会告诉他那件事吧！"

爸爸的声音："先暂时别告诉他，我怕他接受不了，以后慢慢再说吧！"

之后两个人就没有说话了，只传来妈妈连连叹气的声音。

钟曼武的心一下子提到了嗓子眼儿，究竟什么事？爸爸妈妈要告诉他什么？啊！爸爸，妈妈，你们瞒着我什么呀？

他心事重重地走进自己的房间，一头栽在床上，没有开灯，黑暗中，他想大叫一声。

一个晚上都没有休息好，第二天一大早，钟曼武饭都没吃就上班去了，一路上头脑发胀，昏昏沉沉的，昨晚上爸爸妈妈留给他的疑问更加重了他的头疼。不好意思当面问爸爸妈妈，他决定找个机会问问姐姐，也许姐姐知道那件事。

钟曼武就职的单位是西海市煤炭公司，公司行政总部设在西海市西郊，办公大楼非常漂亮，也很气派，真不知道究竟有多少人在这里办公，一个办公楼竟然盖了三十层，绝对是西海市高层建筑群里数一数二的，相比于西海市东郊的市政府大楼也是有过之而无不及，特别是楼顶树立的"煤炭大厦"四个大字，更为雄伟的大厦增添了不少光彩，有人就半开玩笑半讽刺地说："办公楼不是用钢筋水泥建成的，而是用钞票堆起来的。"如果在空中俯瞰的话，煤炭大厦和东郊的市政府大楼一西一东遥相呼应，成了西海市的两大地标。

煤炭大厦距离市中心大约二十五公里，工作环境相对来说比较好，距离公司管辖的矿山也比较远，远离了诸多喧嚣和污染。钟曼武在公司行政总部财务部工作，因为大学学的是金融专业，为了对口，他在了解了西海市的几个公司之后，最终选择西海煤炭集团公司工作，他之所以选择这里工作，一是这儿的收入还可以，二是想在大公司积累经验。不过，这并不是他的理想，他只是想暂时性地过渡一下，适当的时候他还想自己创业。他觉得年轻人就应该有自己的事业，在为理想而奋斗的过程中首先得养活自己，在这个城市才能更好地立足。就算爸爸妈妈说过多次要给他另买一套房子，但他都拒绝了，他想自己买，让爸爸妈妈把钱省下来养老用。

路上堵车严重，西海这几年发展太快了，道路一直在增加，立交桥修建了不少，但依然不能满足日益增长的车辆的需要，遇到上下班的高峰期，堵车是很常见的。钟曼武上大学前，西海还不是这样的，那时候路上并没有这么拥堵，可是大学毕业回来的四年里，他亲身经历了西海的发展，高楼如雨后春笋般建立起来了，道路平整又宽阔，随之而来的车辆也在逐渐地增多。有的家庭不止一辆车，甚至是每人一辆，就难免造成城市的拥堵了。再加上最近几年，西海新开发的楼盘很多，造成外来人口大量涌入西海买房定居。每个小区车库有限而且价格昂贵，公共车位又少，很多车只能停在小区周围的人行道或者街道边，回家晚了，连个停车的位子都找不到，如果下班后一路上堵车再加上找不到停车位，连人的心情都跟着不好了。要不是单位有些远，钟曼武宁愿坐公交车上班。姐姐就不这样，单位再远她也不愿意开车，她说她就喜欢坐公交车，估计也是受不了开车要面对的这样那样的问题。

车终于向前挪动了一点儿，前方有个健壮的交警在指挥交通，还时不时吹一下挂在胸前的哨子，钟曼武看着交警忙碌的身影，刚才堵车的负面情绪减少了许多，禁不住感叹：交警太不容易了！

是啊！无论严寒还是酷暑，交警都得站在十字路口面对过往的车辆和行人，诸多不安全的因素也会随之而来。人们在埋怨城市越来越拥堵的时候，有没有想过交警日复一日、年复一年的辛苦？他们也有烦心的时候，可为了城市的交通秩序，依然得努力工作。没有他们的付出，城市的交通秩序还不知道会是什么样子。所以，在一个人面对周围的环境郁闷的时候，应该多想想自己的周围实际上有更多人在为改善这个环境而默默贡献着力量。

钟曼武想到这里，觉得自己很渺小，他开车缓缓驶过那个健壮的交警身旁的时候，向他投去了敬佩的目光。一路上，他心情平静了不少。等他开车进入公司的大门后，像往常一样，准备把车停在南边的停车场，却从后视镜里看到朱大海跑了过来，朱大海边跑还边挥手，大概是要钟曼武停车的意思。

钟曼武停下车，摇下车窗玻璃，探出个头，问："朱哥，什么事？这么着急？"

朱大海气喘吁吁地说："曼武，跟你姐再解释解释，我昨天真不知道她是你姐，可能伤了她的心，我要是知道你们是这层关系，打死我也不会跟她吵的。我昨晚翻来覆去睡不着，觉得丢死人了。"

钟曼武把车停好，从车里出来，笑着说："没事啊！我姐都没觉得有什么，你一个大男人倒记心里了，况且，我姐本来做得也不对嘛！车还没到哪能就去占位子呢？这不明摆着霸道嘛！完全是她的错。话又说回来，你原本也不知道她是我姐，不知者不为过嘛！"

朱大海还是有些愧疚，说："我觉得羞死了。"

钟曼武太了解朱大海了，别看朱大海脾气有些倔，说话有时候也有些冲，但心思还是非常细腻的，他要是觉得自己做错了事，或者对不住别人，就会三番五次向人道歉，就算对方早就不计较了，他仍能记住好长时间。

为了打消朱大海的顾虑，钟曼武说："好了，好了，都是过去的事了，不要再提了，我姐还说对你的印象不错。"

"真的吗？"朱大海像个孩子似的大叫一声，"她不计较就好，你也知道我这段时间过得不如意，有时候管不住自己的嘴的。"

钟曼武说："我们都能理解你的。"

说完，钟曼武抬起手腕看了一下表，说："啊！快八点了，我得去打卡，你打卡了没有？"

朱大海开玩笑说："我每天上班的第一件事就是打卡，天大的事也比不上打卡重要，那是关系到奖金的。"

钟曼武说："我得赶紧去打卡了，马上就要迟到了。"

说着，钟曼武就跑进了公司的办公楼，在办公楼大厅的考勤机打卡处，已经排起了长队，上班的同事都要赶在八点前来打卡。

西海市煤炭公司实行一天考勤机四打卡制度，早上八点前和下午两点半前是打上班卡的时间，中午一点前和下午五点半前是打下班卡的时间。以前是通过人脸识别或指纹识别两种形式打卡，后来有很多同事套用假指纹来帮助同事打卡，公司就决定取消指纹打卡，只能用人脸识别这一种形式打卡，这样一来，虽然大大减少了"作弊"的情况，但出工不出力的现象依然很严重，很多人在办公室里什么也不做，单等着打卡时间到了去打卡。更有甚者——个别离家近的职工，打完上班卡就悄悄溜走，回家休息或者做别的事，等到打下班卡的时候再回来打卡。事情往往就是这样，每天辛辛苦苦工作，一整天都在办公室忙碌的同志忘记打卡时有发生，而那些应付差事，弄虚作假的人却经常全勤。这在我国的不少国有企业甚至事业单位都是普遍存在的现象，也许单位的出发点是好的，试图用打卡制度来约束职工，殊不知很多时候并不能有效地激发职工的积极性，相反还会产生更坏的影响，那么考勤制度的改革就势在必行了。可是改革了这么多年也没有一个特别好的方法。

单位的考勤机甚至还经常出现人脸不能一次性识别的情况，一旦出现一次性通不过的现象，就得重复识别，这样一来就会浪费时间，再加上时间快到了，后面排队的都着急了，甚至有人都开始嘟嘟囔囔了。因为不好意思催前边的同事，有人就开始埋怨公司："公司太小气了，就不能换个高档的考勤机吗？用这么个破机子，耽误了多少事。"钟曼武站在队伍后面，心里也有点儿着急，毕竟已经赶在八点前来到了单位，如果因为考勤机人脸识别出现问题造成打卡延迟，那就太亏了。钟曼武一会儿看看前面打卡的人，一会儿看看手机，真的马上就到八点了。有的人站在考勤机的屏幕前好久，摇头晃脑，做出各种表情，人脸就是不识别，大家毕竟都是同事，谁都不好意思说让他暂时离开考勤机，叫后面的人先打卡，时间就这样浪费了不少。好不容易等到钟曼武打卡了，他那张帅气的脸很快被识别了，他暗自高兴，后面的同事开玩笑说："看看，这人长得帅，考勤机也喜欢，一次性通过。"

钟曼武朝同事笑了笑，吁了一口气，总算赶在八点前打了卡，没想到等他看到手机上的打卡记录时，顿时傻眼了，手机显示打卡迟到一分钟，他这才知道刚才打卡的那一瞬间，可能已经过了八点了。

他们迟到一次就会扣掉五块钱，如果连续多次，就有可能被领导约谈，约谈的后果往往会直接影响你在领导心目中的形象，领导对你的印象一旦定位为"坏"，那么，接下来就没有你的好日子了。

"唉！"钟曼武忍不住感慨，"这叫什么事呢？"

如果一个单位开始使用强制的打卡制度来束缚职工，而不是充分调动职工的积极性的话，那就说明该单位已经在衰退的路上了。职工的抵触情绪会更明显，反正就是个耗时间，没有任何的效率可言。很多优秀的单位，并没有特意设立考勤制度，自愿加班加点的员工却大有人在。钟曼武开始怀疑自己是否选错了单位，但马上又一想，我只是来这里积累经验的，迟早会离开的，想到这儿，他也就不再想那些烦心事了。

搭乘电梯来到十五层，一进办公室，钟曼武就坐到电脑前，开始计算昨天他们主任布置的任务——公司员工上半年的绩效奖。那些密密麻麻的数字，他看着都有些心烦，再加上昨晚心里有事没睡好，大脑到这时都还是一团乱麻，说实话，今天看着这些数字，都快要吐了。好在，今天主任不在，陪公司高层领导去矿山视察去了，要不又该催他了。办公室仅有新来不久的毛婷婷伏在办公桌上看手机，她去年刚大学毕业，据说家里非常有门路，一毕业就进了西海市煤炭公司。但毛婷婷自己说她是凭能力考进来的，还说自己考试成绩排名第一。同事们背地里都议论她：什么能力？一个三本毕业生，要不是她爸身居公司高层，她能考第一？倒数第一还差不多。

毛婷婷看了会儿手机，觉得没什么意思，就抬起头，对钟曼武说："曼武哥，你在干什么呢？"

钟曼武说："还能干啥？做账呗！"

毛婷婷站起来，走到钟曼武身边，说："别做了，今天主任不在，咱们出去走走呗！你看今天的阳光多好啊！"

钟曼武说："我可不敢，万一主任来了，人家骂的是我，不会骂你的。"

毛婷婷笑着说："你放心好了，主任今天来不了，他们去矿山视察得一天时间呢！就是回来也得等到下午了。"

钟曼武问："你怎么知道的？"

毛婷婷神秘地说："这你就不用管了，反正我的情报准确，走吧！出去转转，待会儿再回来。"

钟曼武说："你不说我也知道，家里有个当官的老爸就是不一样，高层的什么活动你都知道。"

毛婷婷不高兴了，说："你什么意思啊？你的意思是我爸告诉我了呗！"

钟曼武说："我可没说啊！是你自己说的。"

毛婷婷说："什么人嘛！人家好心告诉你，让你出去放松一下，你就这么讽刺我啊？"

钟曼武说："没有啊！我哪敢讽刺毛大小姐啊？我要是得罪了你，今后在公司还有我的好日子吗？"

毛婷婷说："油嘴滑舌，你少跟我来这一套啊！就知道欺负我。"

钟曼武半开玩笑地说："绝对没有，我只是实话实说！不要往心里去啊！"

毛婷婷噘着嘴，说："我已经记心里了，今天你要不陪我出去走走，我就记你一辈子。"

钟曼武说："好了，婷婷，我不跟你斗嘴了，你每天挺清闲，我还有好多事要做呢！我得赶紧工作了。"

毛婷婷说："曼武哥，你……"说着，她竟抽搭开了。

钟曼武一看毛婷婷哭了，赶紧说："好了，好了，我陪你去还不行吗？"说着，他就站了起来。

毛婷婷这才含着眼泪笑了，说："我就知道你会同意的，走吧！文化街新开了一家时尚饮品店，那儿的奶茶挺好喝，咱们去喝杯奶茶。"

钟曼武说："真是个孩子。"

显然，钟曼武把毛婷婷当作小妹妹看待了。其实，钟曼武只比毛婷婷大三岁。两个人进了电梯很快下楼去了。

07

钟曼文是在傍晚的时候接到唐锦川的电话的，唐锦川问她考虑得怎么样了，她这才想起前几天唐锦川想招她进摄影公司工作的事，她想都没想就直接说不去了。唐锦川在电话里很着急，语气中都带有丝丝恳求的味道，他说："曼文，你再考虑考虑好不好？我们公司真的需要你。"

钟曼文赶忙解释："唐经理，最近我家里有事，真的没有办法去你们公司工作，希望你能理解啊！"

唐锦川问："什么事啊？要不，我帮你做。"

钟曼文说："一点儿私事，你帮不了的，谢谢啊！"

唐锦川连连叹气，然后说："我不想放弃你，我还是恳请你再考虑考虑，至于待遇，你说个数。"

钟曼文说："这不是钱的问题啊！你为什么非要选择我呢？"

唐锦川说："就凭你十四年的笔译经验。"

钟曼文感受到了唐锦川的真诚，就说："要不，我帮你找一位吧，找一个经验也很丰富的。"

唐锦川说："算了，这么多年，我和小薇撑起这个公司不容易，如果你能来还是你来吧！你要是暂时实在脱不开身，我和小薇可以等你。"

啊！小薇！那是一个可怜的女孩，钟曼文一下子想起了招聘会上那个漂亮的小姑娘，心里顿时一阵难过，瞬间她就做出了一个决定——接受唐锦川的邀请，于是就说："唐经理，什么也不用说了，我答应你。"

唐锦川高兴地在电话里说："谢谢！谢谢！曼文，你先休息几天再来上班吧！我和小薇等着你。"

钟曼文说："不，我明天就去上班。"

唐锦川自然又是一阵感谢。

挂断电话之后，钟曼文抬头看了看天，天空开始暗下去了。路上的街灯已经亮了起来，夜幕降临的西海市漂亮极了，时令虽然已过立秋，但秋天似乎还远没有来到，城市里依然洋溢着夏天的气息，街上的行人熙熙攘攘。不远处的夜市非常热闹。钟曼文虽是个喜欢安静的人，但她今天想去夜市逛逛，以前和罗启铭在一起的时候，他们曾多次逛过夜市。

西海市的夜市很发达，几乎每一个居民区周围都会有一个或大或小的夜市，西海市的政策很好，允许这些夜市存在，主要是为了解决劳动力的就业问题，当然也是为了方便周围居民的生活。

钟曼文走进了夜市，夜市上人山人海，街道两边尽是商贩在售卖各种商品，有卖衣服的，有卖玩具的，还有卖各种小吃和冷饮的。钟曼文最爱光顾的是衣服摊位。很难想象，像她这样的知识女性，也对地摊流连忘返。她总是能在这样的摊位上淘到自己喜爱的衣服，而且质量并不像大家说的那样差，她的好几条牛仔裤都是在夜市上淘来的，质量都还不错。还有鞋，不仅款式多，而且质量上乘的也不少，她今天脚上的这双高跟鞋就是在夜市上买的。每每在夜市上买到一件可心的衣服，她都会高兴好一阵，上班的时候，同事们都会问在哪里买的，她说出口时，有的同事明显流露出不屑的目光，说："地摊儿货你也敢卖啊？穿不了几天就会坏掉的。"

这时候，钟曼文总是说："我看不一定的，就算坏掉了也不可惜，毕竟很便宜的。"实际上，她的这些衣服鞋子穿好久都不坏。

前边有家卖鞋的，钟曼文走向了鞋摊儿，老板是个南方女人，见钟曼文过来了，就热情地朝她打招呼："你好啊！都是新款式，看看有没有合适的？"

钟曼文朝南方女人点了点头，蹲下开始挑选摆放整齐的鞋。啊！那边放着一双漂亮的男式黑色运动鞋，那不是罗启铭最喜欢的鞋吗？一下子又把她带入了他们恋爱的时候。

记不得那是个什么日子了，只知道那天天气还不错，她和罗启铭来到家附近的夜市闲逛，路过一个鞋摊儿，罗启铭一眼就看上了一双黑色的运动鞋，就对钟曼文说："那双运动鞋挺好看。"

钟曼文说："要是喜欢就买了吧！"

摊主是一个年轻姑娘，她笑着说："这双鞋就适合大哥这气质，如果真的喜欢，就试试。"说着，姑娘就拿过一条凳子放在了罗启铭身边。

钟曼文说："试试吧！"

罗启铭坐在凳子上，姑娘把那双鞋递给他，他试了试，说："有点儿小，有大一码的没？"

姑娘说："有啊！只是需要等一会儿，这里没有，在我家里。"

钟曼文在一旁说："要不就算了吧！下次也可以买的。"

姑娘看他们不想买了，有些着急，说："大姐，大哥，你们等一会儿吧！很快就送来了，不耽误你们多长时间的。"

罗启铭能理解姑娘的心情，小本生意，卖出一双鞋也不容易，就对钟曼文说："咱们等一会儿吧！反正也没什么事。"

钟曼文点了点头。

姑娘打了一个电话，十分钟后，一个年轻小伙子骑着电动车匆匆赶来了，车筐里放着一双崭新的黑色运动鞋。

姑娘拉着脸埋怨小伙子："这么慢，让人家等了这么久。"

小伙子满脸委屈的样子，说："接到你的电话，我一刻都没停就来了。路上还闯了一个红灯。"

姑娘说："就是太慢了。"

小伙子不说话了。

罗启铭说："没事！已经很快了。"

姑娘把鞋交给罗启铭，说："大哥，你再试试这双吧！"

罗启铭说："不用试了，大一码就合适了。"

罗启铭付钱，姑娘连连说着："谢谢，谢谢。"

罗启铭和钟曼文转身准备离开，听到姑娘对小伙子说："你回家吧！路上骑车慢点儿，回家后多喝点儿热水！两个小时后你再来接我。"

罗启铭和钟曼文扭头看时，小伙子已经骑着电动车走了。

突然，罗启铭说："曼文，要不你也买一双吧！你看那双高跟鞋挺漂亮的。"

钟曼文想都没想，就指着那双高跟鞋对姑娘说："我想买那双鞋。"

姑娘自然十分高兴，热情地拿出那双高跟鞋，让钟曼文坐在刚才罗启铭坐过的那个凳子上试穿。钟曼文试穿的时候，罗启铭问姑娘："刚才那小伙子是谁？"

姑娘说："他是我老公。"

罗启铭大吃一惊，看着他们顶多也就二十刚出头，说："你们结婚挺早啊！"

姑娘说："没好好念书，就早早结婚了。"

罗启铭又问："他做什么工作的？"

姑娘说："他在菜市场卖菜。"

罗启铭说："你们挺辛苦的。"

姑娘说："没别的本事，就只能辛苦了，不像你们都有文化，坐在办公室里就能赚钱。"

姑娘说完还叹了口气。

罗启铭还准备问一些话，刚说了一个"你们"，钟曼文就干咳了一声，示意罗启铭别再问了，再问人家姑娘就伤心了。

但是姑娘没觉得有什么，接着说："大姐，你不用阻止大哥，大哥想问什么就问吧！我不介意的，反正我每天卖鞋，就是要不断跟人闲聊的，你们能买我的鞋，我很感激哩！"

钟曼文这才放心了，说："我还担心你烦了呢！"

姑娘说："不会的。"

钟曼文问："你吃饭了没？"

姑娘说："我吃过饭才来摆摊儿的。"

罗启铭插嘴："你老公呢？"

姑娘说："他刚从菜市场收摊儿，他还没吃呢！我给他留着饭，他自己回去直接热热就能吃。"

钟曼文说："你们感情真好。"

姑娘自豪地说："我们从小一起长大，我们也就这点儿还值得说一说。"

钟曼文说："那就值了，人的一辈子能遇到对的人，就是福气。"

姑娘点了点头。

买完鞋后，钟曼文和罗启铭向姑娘告别，姑娘说："你们要是觉得鞋有什么问题，可以随时拿来换新的，我每天都在这个夜市摆摊儿。"

他们朝姑娘点点头，然后心满意足地离开了姑娘的鞋摊儿，继续朝前走。

罗启铭说："曼文，我之所以让你也买一双，是觉得那姑娘和她老公都挺不容易的，其实我知道你不一定喜欢地摊儿货，改天，我再给你买双高档一点儿的。"

钟曼文说："没有啊！我觉得这双鞋挺好啊！我挺喜欢的，你有所不知，我最喜欢光顾夜市的地摊儿了。不瞒你说，我现在脚上的这双鞋也是当时在我们家附近的夜市买的。"

"啊！"罗启铭有些惊讶，"我还以为你们这些职业女性都只喜欢到高档商场买呢！"

钟曼文说："穿着舒服就行，我根本不管是什么档次，穿在身上谁又能看出来呢？"

"哎呀！曼文，我还真没发现，现在像你这样节俭的姑娘可真是太少了。"罗启铭把胳膊搭在钟曼文的肩上，"我上次遇到的那姑娘就是非高档不穿的那种人……"

　　罗启铭的话还没说完，钟曼文就朝他摆摆手，示意他不要再说下去了，她知道罗启铭说的那姑娘是他的前女友。钟曼文不是个心胸狭窄的姑娘，她只是想和罗启铭朝前看，认认真真地谈属于他们的恋爱，与别人无关。

　　罗启铭很快就明白钟曼文的意思了，他笑了笑，朝前指了指，说："咱们到前边吃点东西吧！我知道前边有家鱼粉店做的鱼粉很好吃。"

　　罗启铭就拉着钟曼文的手朝鱼粉店走去了……

　　"妹子，你随意挑吧！"

　　南方女人的话打断了钟曼文的思绪，她才从刚才的回忆中回到了现实。她朝南方女人笑了笑，低下头开始挑选鞋。

　　南方女人问："你不是附近的人吧？我以前都没见过你。"

　　钟曼文说："我以前没在这里住，刚搬来的。"

　　南方女人说："我就说嘛！一般这附近的居民都喜欢来这里买东西，好多人都和我熟悉。"

　　钟曼文看中一双平跟的软皮鞋，这几年随着年龄的增大，她穿高跟鞋的时间越来越少了，主要是穿着不舒服，弄得脚还有些疼，她现在更喜欢穿平跟鞋，走一天路也不觉得难受。

　　南方女人见钟曼文很喜欢那双鞋，就说："来，试试吧！合适不合适，得试试才知道。"

　　说着，南方女人就拉过一只简易凳子，还拖过一张软垫子，让钟曼文坐下来试穿。

　　钟曼文试了试，觉得挺合适，南方女人说："你穿上真好看。"

　　钟曼文说："这鞋我买了。"

　　南方女人显得很高兴，一边把那双鞋往盒子里装一边说："一看你就是个识货的人，我卖的鞋质量都很好的，你要是穿着舒服，下次可以再来买。"

　　钟曼文点了点头，随后付了钱，准备离开。可是南方女人却说："妹子，你要不要为你老公再挑一双？我这儿的男鞋也很不错的。"

　　南方女人的话让钟曼文怔住了，心里又开始隐隐作痛，她想对南方女人发火，可又一想怎能怪这个并不知晓实情的南方女人呢？人家只是在做生意才这么随口问的，要是换作我，我也会这么问的，毕竟能多卖出一双就能多赚一点儿钱。想到这儿，她看了看南方女人，低声说："我今天就买这一双，以后再来吧！"

　　说完，就转过身走了，一瞬间，她泪如雨下，要是罗启铭还在的话，她一定会毫不犹豫地也给他买一双鞋的。

　　身后传来南方女人的声音："慢走啊！妹子，欢迎常来啊！我天天都在这儿摆摊儿。"

　　钟曼文没有再回头说话，只是一个劲儿朝前走。

　　"曼文，你也来逛夜市啊！"不知什么时候，迎面走来了朱大海。

　　钟曼文慌忙擦了一下眼泪，这是她和朱大海的第三次见面，第一次在公交车上，第二次在小区外，她对他的认识也由开始的反感，到后来的极度反感，再到尴尬，之后便是些许同情了。今天在夜市相遇，他们之间开始向融洽转变，出于礼貌，她说："是啊！没什么事，我就出来逛逛，你这是……"

　　朱大海说："我刚下班，想着来夜市买点儿吃的，省得晚上做了。"

　　钟曼文不知道该怎么接话了，只好说："身边有个夜市真的很方便。"

　　朱大海说："是啊！"

　　两个人随即就分别了，钟曼文朝前走了几步，身后传来朱大海的声音："曼文，我最近的心情不好，那天的事对不住了，你别往心里去。"

　　钟曼文听了，回过头来，说："都过去的事了，不要再提了，我们当时互不认识，发生点儿摩擦也是可以理解的。再说了我占位子本来也不对，要道歉也应该是我向你道歉才对。"

　　朱大海说："是我态度不好，我的错。"

　　钟曼文说："不说这个了，我要回家了。"

　　朱大海说："那行。"

　　钟曼文离开了夜市，朝小区走去，她租房的小区离夜市并不远，步行只要十来分钟，她沿着街道故意放慢了脚步，因为时间还早，回到家也没什么事，还不如在街道上散散步，也好整理一下自己的情绪。她慢悠悠地走着，伴着略带凉意的夜风，她想着要是罗启铭在身边，她一定会挽着他的胳膊散步的。身边成双成对的人不断闪过她的身边，让她倍感孤独。一辆辆轿车疾驰而过，不知道驶向哪里，城市在不断扩大，人口也在不断增多，悲欢离合的故事也会在城市的各个角落不断上演，但不能因为悲欢离合就停止对生活的追求，一个故事结束了，新的故事还会继续。

手机响了，钟曼文掏出手机，是妈妈打来的。

接通手机的一瞬，钟曼文想哭，可她不敢哭，她生怕妈妈会听到，会为她担心，于是，她强装镇静，说："妈！"

海丽瑛问："曼文，你在哪儿？怎么这么吵？"

钟曼文说："我在回家的路上。"

海丽瑛问："这么晚你都还没有到家呀？"

钟曼文撒谎："今天单位加班，我回家迟了。"

海丽瑛说："要不你还是搬回咱们家来住吧！"

钟曼文问："怎么了？妈，我住得挺好的。"

海丽瑛说："别瞒我们了，我知道你在外租房住，我和你爸都不放心你。"

钟曼文问："是谁告诉你们我租房的？曼武吗？别听他乱说啊！"

海丽瑛说："还能有谁？你就这么一个弟弟，他要不告诉我们，我们都还不知道哩！你为什么非要这么做？"

钟曼文故作轻松地说："我租房是想体验一下不一样的生活，这个房子很好，小区环境也不错，关键是上班方便。"

海丽瑛说："再好也比不上自己的家，你爸为这事都整夜整夜睡不好觉。"

钟曼文一听爸爸睡不好觉，立刻就问："爸爸呢？我想和爸爸说几句话。"

海丽瑛说："你爸已经躺下休息了，他困了。"

钟曼文说："妈，您告诉我爸，我真没事，别担心我，我抽空去看你们。"

随着海丽瑛的一声叹息，手机就挂断了。

钟曼文在街边站了好长时间，心情久久不能平静，城市的万家灯火在她眼前来回晃荡，让她细腻的神经再次敏感起来。不知不觉中，两行泪水淌过脸庞。

远处传来了海来阿木那忧伤的歌声——孤独的人啊！孤独的歌，孤单的时候别唱情歌……悲伤的人啊！悲伤的歌，悲伤的剧情不同角色……

钟曼文抹了一把脸上的泪水，朝家中走去。

08

唐锦川很高兴，他早早就来到了公司，今天他要迎接钟曼文的到来。也许很多人不理解，钟曼文的英语水平究竟如何？工作能力到底怎么样？唐锦川又不是十分了解钟曼文，仅仅凭借在招聘会上的一面之交，就非要录用她吗？连他女儿宫小薇开始都不太理解。其实，唐锦川自有他的想法，他觉得钟曼文到了这个年龄还要到招聘会来寻找工作，说明她真的需要一份工作，一定会倍加珍惜工作机会的。钟曼文有十四年的英文翻译经历也是唐锦川欣赏她的一个原因，尽管宫小薇一再提醒他钟曼文说的是否属实还不一定呢！但唐锦川认为钟曼文说的是真的，一个人如果说了谎，将来面对工作时很容易露馅儿的，那种尴尬肯定是每个人都不愿面对的。还有钟曼文谈吐得体，显得素养很高，这都是唐锦川强烈希望钟曼文加入他的公司工作的理由。

像以前上班一样准时，钟曼文在上午八点前赶到了锦川摄影公司，这里和普通的摄影公司没有多大区别，锦川摄影公司几个金色大字挂在公司玻璃大门的上方，大门旁摆放了几幅巨型的艺术照片，有婚纱照，也有写真照。门口还有两盆发财树，左右各一盆，寓意不言而喻。

钟曼文看到唐锦川已经站在公司前的台阶上了，一见面，唐锦川就笑着说："曼文，欢迎你加入我们的团队。"

钟曼文说："谢谢！"

唐锦川带钟曼文进了摄影公司，钟曼文大吃一惊，大厅装修得像个宫殿似的，里面到处摆放着各种各样的照片，那些漂亮的照片让钟曼文有种眼花缭乱的感觉。她已经好久没来过摄影公司了，上一次去摄影公司还是和罗启铭去拍婚纱照。她已经记不清那家摄影公司的规模了，只是觉得和锦川摄影公司完全不在一个档次上。无论从装修上还是从面积上，和锦川摄影公司的差距都很大。不过，她和罗启铭并不在意那些表面的东西，他们关注的是内在美，那家公司拍出来的照片还是不错的。也不知道现在那家公司扩大规模了没，或许人家已经步入了高档影楼的行列了。

锦川摄影公司大厅里的员工各司其职，进门服务台有两位年轻的女孩子，二十五六岁的样子。还有三个比服务台那两个女孩子年龄稍大一点儿的姑娘，一个在擦拭大厅里的桌椅，另一个在挂照片，还有一个提着个小喷壶在浇那些盆栽的鲜花，她们都穿着统一的工作服，只是没有看见宫小薇。

唐锦川向五个女孩子介绍："这是我们新来的员工钟曼文女士，是一位英文翻译，大家以后可以称呼她钟老师。"

正当大家准备向这位"钟老师"问好时，钟曼文却摆摆手，说："大家不用客气，也不用喊我钟老师，今后直接喊我名字'曼文'就行。在这里我们是平等的。"

五个女孩子互相看了看，异口同声："曼文好！"

唐锦川问钟曼文："这不太好吧？"

钟曼文说："这有什么？我在工作的时候，习惯让别人直呼我的名字的。"

"那我今后也直接喊你名字了。"不知什么时候，宫小薇从旋梯上下来了，她朝钟曼文说。

钟曼文这才发现大厅靠南的角落里有旋梯通向二楼，看来这家公司规模不小，二层估计是摄影区了。

"小薇！你怎么说话呢？你应该叫钟阿姨的。"唐锦川有些不高兴了，批评宫小薇。

宫小薇噘起了嘴，说："是她刚才说的，工作的时候让人直呼其名的。"

唐锦川说："就算你钟阿姨说了，你也得视具体情况具体对待吧！你年龄这么小，怎么可以随意叫人家的名字。"

宫小薇指了指旁边的那五位年轻的女员工，说："凭什么她们就可以？"

唐锦川说："她们都比你大很多，你看看咱们公司就数你最小。"

宫小薇说："小怎么了？小也是公司的一员，在这里我们都是平等的，这可不是我说的，是她说的。"说着，宫小薇指了指钟曼文。

钟曼文心想：这个宫小薇，怎么是这样的人啊？一点儿礼貌都没有。

先前宫小薇留给钟曼文的美好印象顷刻间荡然无存了，人真是不可貌相。钟曼文还一度非常同情宫小薇，也正是因为唐锦川竭力邀请她时提到宫小薇，她才毫不犹豫地做出决定来这里工作的，真的没想到，第一天上班宫小薇就这样对待她。

唉！算了，宫小薇还是个孩子呢！不能和她一般见识的。

唐锦川正想对宫小薇发脾气，刚说了一个"你"字，就被钟曼文给止住了："好了，唐经理，你不要为难小薇了，她愿意怎么称呼我就怎么称呼，我不介意的。"

唐锦川觉得很不好意思，连连说着"抱歉"的话，钟曼文说："真没什么。"

唐锦川回头对宫小薇说："小薇，你今天有点儿过分了啊！"

宫小薇斜着眼瞪了一眼唐锦川，坐在大厅的软座上看着大门外过往的车辆不说话了。

唐锦川对钟曼文说："这样吧，曼文，你第一天来上班，我先带你熟悉熟悉工作环境吧！"

钟曼文点点头。

坐在一旁发呆的宫小薇，小声嘀咕着："熟悉环境还用你亲自带着去啊！要那些员工干吗呢？"

宫小薇的声音太小了，唐锦川根本没听到，倒是她旁边的一个女员工朝她挤了挤眼，示意她不要说了。

唐锦川挥了一下胳膊，对钟曼文说："这是我们的接待大厅，主要就是接待顾客来访的。为了方便顾客，我们把选照片和取照片也放在这里进行。有专门的选照片区和取照片区。"说着，还随手指了指大厅东边的几台电脑，说："那是用来选照片的。"接着又指了指大厅西边的一间隔开的屋子，说："那是存放照片的，以备顾客随时来取照片。"

钟曼文看到除了服务台的两个女孩外，剩下的三位女员工已经放下了刚才的工作，她们都坐到了大厅东边的选照片区，正对着电脑看着屏幕上的照片，估计是等着顾客的到来。

唐锦川带钟曼文顺着旋梯上了二楼，原本钟曼文以为二楼是摄影区，来到二楼才发现二楼是化妆和服装区。几个年轻的化妆师姑娘正在忙碌着，每个人跟前都坐着一位正在化妆的客人，有女也有男。还有一个姑娘正在帮顾客挑选衣服，敞开着的衣帽间挂满了衣服。

唐锦川并没有立即向钟曼文介绍二楼的概况，而是对钟曼文说："刚才在楼下，我不好意思跟你说，小薇刚才的话你别往心里去，她爸爸走得早，这孩子被我惯坏了，这几年我真太溺爱她了，才养成了她今天的性格。"

钟曼文说："没事，小孩子嘛！我能理解的。只是她这个年龄应该在大学里念书才对呀！怎么会待在公司里呢？"

唐锦川叹了口气，说："唉！别提了，小薇其实是个很聪明的孩子，但就是不好好学习，与我的溺爱有很大关系，我必须负责。我本希望她能考个名牌大学，也好对她死去的爸爸有个交代，谁知，名牌大学考不上也就算了，连一般大学也没考上，最后只念了个西海职业技术学院的大专，去年一毕业她说要去广州发展，我不同意，一个女孩子跑那么远，我不放心，就和她谈了公司正需要人手，希望她能来帮帮我，其实主要还是想把她留在身边。好在她还算听我的话，最后就来到公司帮我的忙了。我想让她全方位地参与公司的各项工作，就没有给她安排具体的职位。说简单点儿，就是哪里需要她，她就得去，为的就是让她全面熟悉并掌握公司的运行体系。等我将来干不动了，就全交给她来打理。只是不知道她能不能坚持下去，如果她坚持不下去，那我的一片苦心可就枉费了。"

钟曼文说："你也不用太担心，她还是个孩子呢！慢慢来吧！相信未来她会理解你的。"

随即，钟曼文就产生了一个疑问，难道唐锦川就没有别的孩子吗？况且宫小薇又不是他的亲生女儿，何必非要在她身上下赌注呢？但钟曼文又不好意思问唐锦川，这是人家的私生活，还是不要打听为好。

接着，唐锦川就向钟曼文介绍了二楼的工作区的概况，化妆、选衣服、换衣服都在这里进行，当然也设有客人休息区，休息区的软沙发比大厅里的显得更舒适，沙发前的矮桌上还放着糖和水果，在墙上醒目的位置贴有免费Wi-Fi的账号和密码，客人既可以在休息的时候吃点儿水果，也可以上网休闲一下。啊！服务真是太周到了。

唐锦川说："二楼相对于大厅来说就安静了一些，因为化妆和换装也是非常严谨的工作，不能出现疏漏的，否则进入拍摄环节就会异常被动。遇到有些外国客人，人家的要求就更高了，他们一般需要在非常安静的环境中完成化妆，而且化完妆甚至会要求化妆师跟他们一起进入拍摄现场，以便随时补妆。你来了就可以协助化妆师、摄影师更好地完成拍摄工作，以前由于交流不畅发生了许多不愉快的事，弄得我们很尴尬。你懂英语，和外国客人沟通起来更容易些，他们有什么想法通过你就能很好地传递给我们，我们可以随时做出改善。"

钟曼文突然意识到，摄影公司的工作并不像我们想象的那么简单，更不是随意拍几张照片就能定义的，这是一个颇为复杂的行业。就像工厂一样，每道工序都不能马虎，否则就会前功尽弃。

唐锦川介绍完二楼的工作区域之后，就又带着钟曼文顺着旋梯上了三楼，拍摄区就设在三楼。这时候，钟曼文才看到了真正的摄影棚，三楼共搭了三个摄影棚，每个摄影棚里都是一个男摄影师外加一个女助理在工作。他们来到其中一个摄影棚，年轻的摄影师一边引导顾客摆各种姿势，一边拍摄。旁边的女助理则提醒顾客如何摆造型，以及调动顾客的情绪，偶尔还会亲自上前演示一番。

钟曼文感到好奇怪，怎么都是男摄影师？于是就问唐锦川原因。

唐锦川说："主要是搞摄影的工作是个体力活，在摄影棚拍还好一些，要是出外景拍，为了找到好的角度，趴着、跪着、蹲着等，很累人的，女孩子体力明显跟不上。甚至有时候，还得站在一些险要的地方，比如悬崖边、大树上、夏天的太阳底下、冬天的雪地里，等等，一站就是好几个小时，女孩子吃不消的。所以，男孩子担任摄影师的比例就高了很多。"

钟曼文觉得也有道理，忍不住向身边正在忙碌的摄影师投去了钦佩的目光。

唐锦川接着说："你有所不知，我们这个行业其实是个整体，离开了任何一个环节都不能看到最后的美丽成果，摄影师固然很重要，但是其他各个部门的劳动也缺一不可，比如化妆，如果化妆效果不好，就会影响拍出来的效果；再比如服装，如果服装搭配不合理，照片几乎就失去了生机；还有就是摄影助理，虽然她只是在辅助摄影师拍摄，但发挥的作用真的很大，因为从顾客的姿势到情绪，再到身边的道具布置都离不开她的辛劳。如果你以为这些工作完成后就可以大功告成了，这就错了，拍出来的照片只是原片，还需要后期精修、排版，然后去制作成成品，每一道工序都少不了。其中只要有一个环节出了问题，就会影响到最后的成品。"

经唐锦川这么一介绍，钟曼文才对这个行业有了一个初步的认识。以前她不了解这个行业，只是简单地以为，摄影公司就是拍几张照片而已，殊不知美丽的照片背后需要这么多人付出辛苦的汗水。她突然觉得这里的每个人都很有用，唯独她自己显得很多余，于是就说："唐经理，你看大家都这么忙，各司其职，我显得很没用，我觉得我不适合咱们公司的工作。"

唐锦川说："怎么会不适合呢？你要做的工作很多啊！待会儿十点钟就会有个叫露西娅的英国姑娘来拍照，你就可以工作了。"

"啊！"钟曼文说，"这就开始工作啊？"

"是啊！"唐锦川说，"走，咱们下楼去吧！我让小薇跟你介绍一下具体的工作安排以及注意事项，小薇这孩子性子倔，都是我惯坏的，如果她对你态度不友好，你多担待。”

钟曼文说："没事的，她还是个孩子呢！”

他们下楼来到一楼的大厅，唐锦川没有看见小薇，就问服务台的员工："丽丽，小薇呢？”

那个叫丽丽的姑娘说："她刚才还在这儿，是不是到隔壁买奶茶了？我出去看看。”

丽丽正要出去，唐锦川一挥手，说："不用去了。”

丽丽又重新回到了服务台。

唐锦川不高兴地说："这孩子，越来越不像话了。”

过了一会儿，宫小薇拿着一杯奶茶进来了，嘴里还正嚼着吸管儿，唐锦川一看到她，立刻拉起了脸，说："小薇，你干啥去了？现在是工作时间。”

宫小薇瞪了她爸爸一眼，说："我喝杯奶茶还不行吗？”

唐锦川说："这孩子，算了，不说你了，你跟钟阿姨说一下工作安排和注意事项。”

宫小薇说："工作上的事我可以说，但不会叫阿姨，我只会叫名字。”

唐锦川说："小薇，你今天到底怎么了？”

宫小薇说："没什么，你不是说了嘛！现在是工作时间，既然是工作时间，我就只会喊她的名字。这是她刚才向大家表明的态度，她工作的时候习惯别人喊她名字的。”

唐锦川气得满脸通红，说："小薇，你……”

话还没说完，就被钟曼文止住了："算了，我真的很喜欢别人叫我曼文的，你听，我的名字多好听——曼妙文静。”

钟曼文说的最后两个词，把大家逗乐了，啊！真没想到，她也有幽默风趣的一面。

宫小薇像抓住了理似的眉毛扬了扬，对唐锦川说："爸爸，看，我说得没错吧？人家的名字好听，叫出来也是一种享受。”

旁边的几个员工都笑了。

唐锦川觉得尴尬极了，但又没办法直接批评小薇，只好对小薇说：“好了，待会儿露西娅就来了，你先跟钟阿姨沟通一下吧！”说完，他就朝大厅西边用玻璃墙隔开的经理办公室走去了。

唐锦川刚才依然说了“钟阿姨”三个字，他是故意提醒宫小薇的，宫小薇噘着嘴瞟了一眼钟曼文，说：“来吧！我们谈谈！”

钟曼文朝宫小薇笑了笑，弄得宫小薇倒不好意思起来了，她们选了大厅里靠南的一个角落坐下。

钟曼文对宫小薇说：“我刚来，还不熟悉公司的业务，希望你多多指点。”

钟曼文如此谦虚，宫小薇却毫不谦虚地说：“纠正一下啊！不是‘指点’，而是‘指教’。”

钟曼文顿感好笑，她并不想和宫小薇争执什么，想想根本没有必要。于是，这个浙江大学英语专业的科班毕业生，在面对一个西海职业技术学院的大专毕业生时，依旧非常谦虚地说：“对，是指教。”

宫小薇扬了扬头，拨弄了一下额前的碎发，说：“其实也没什么可说的，你不要把这里的工作想得多神秘，就是外国客人来又怎么样，你也别听我爸在那里信口开河，他是在你面前树立他所谓的‘威严’呢！等时间长了，你就会发现他就是一个头脑简单、四肢发达的高级动物。不过，我爸真的是个好人，对谁都很好，宁愿自己吃亏，也不会让别人难受。对我，那就更不用说了，我的要求，他都会满足的。”

钟曼文说：“你爸对你真好，我真羡慕你。”

宫小薇得意地说：“我是他女儿嘛！不对我好还能对谁好呢？”

钟曼文说：“那你也得对你爸爸好啊！不能惹他生气。”

宫小薇说：“当然了，你别看我对他说话冲了点儿，其实，我心里不是这样的。我是刀子嘴豆腐心，我是他唯一的孩子，我不对他好，谁还能对他好呢？你不知道，我去年大学毕业原本想去广州闯一闯的，但想到爸爸年纪渐渐大了，公司的工作又这么繁忙，我应该留下来帮帮他。当然除了工作，主要还是为了在他身边能多照顾照顾他的生活。先前我说给他雇个保姆吧，他又死活不同意。你不知道，我爸那人，也是死脑子一根筋。没办法，只能随他的心意了。"

钟曼文真的没想到宫小薇嘴上是一块儿冰，心里却是一团火。钟曼文对这个小姑娘的看法有些改变了。

钟曼文说："小薇，你做得对，就应该爱你爸爸。"

宫小薇却叹了口气，说："唉！我有时候觉得太对不住爸爸了，他为了我到现在也没有结婚，生怕新妈妈对我不好。不过，我爸爸长得还是挺帅气的，听说年轻时有很多漂亮姑娘喜欢他，就算现在年龄大了，也还是很有魅力的。"

宫小薇真是个孩子，在和钟曼文还不十分熟悉的情况下，就毫无保留地告诉了她这么多关于唐锦川的私事。钟曼文听了心里很不是滋味，她知道宫小薇和唐锦川其实并没有血缘关系，在没有血缘关系的现实面前，唐锦川依然能独自抚养宫小薇长大成人，为了宫小薇耽误了自己的青春不说，还牺牲了自己的幸福。这是什么精神？钟曼文心底只默念着两个字——好人。

宫小薇说："曼文，咱们的谈话离题有些远了，现在该说说具体的工作了。你的工作其实并不难，等会儿那个露西娅来了，你只要准确地把她的意思翻译给化妆师、服装师和摄影师就行。以前就是语言不通出了很多乱子。不过，我得提醒你，不管你对我有什么意见，也不管你生活里有什么不顺心的事，工作时就得抛开这些，该对客人微笑就得微笑，该有耐心的时候就一定得耐心，急顾客之所急，想顾客之所想，这样我们的公司才有前途。"

看来宫小薇也不完全是表面上看到的那样不靠谱，她的确是个很聪明的姑娘。钟曼文对宫小薇有了新的认识。

服务台的丽丽朝宫小薇喊："小薇，电话，露西娅的，我听不懂。"

宫小薇对钟曼文说："你表现的时候到了，快去接电话吧！"

钟曼文走向服务台，拿起电话，电话里传来了露西娅那纯正的英国口音："Sorry, I can't take any photos today because I have got an emergency."（很

抱歉，我今天拍不成照片了，因为我临时有事）。

钟曼文说："It's OK, you can come here anytime you want. We are all looking forward to meeting you."（没关系，您随时可以来拍，我们都等着您的到来。）

露西娅说："Thank you!"（谢谢！）

……

挂了电话，钟曼文把露西娅的意思传达给了宫小薇，她原本以为宫小薇会生气，没想到宫小薇却说："很正常，这样的事经常发生，没别的办法，我们只能围着顾客转了。"

钟曼文今天的主要工作就是用英语回复了露西娅。下班回家的公交车上，她忍不住笑了。

09

唐锦川离开公司时已经是晚上八点了，先前宫小薇已经开车回家了，他告诉小薇他今晚要见个老朋友，回家可能会晚一些。父女俩虽然在同一个公司上班，但两个人通常都各自开车上下班。原本他有一辆开了多年的灰色大众宝来轿车，小薇大学毕业后，他觉得女儿大了也会有自己的生活圈子，就给她买了一辆崭新的红色丰田卡罗拉。宫小薇学习是不太认真，可对开车一点不怵，在西海职业技术学院上学时，她就考下了驾照，而且四科全部是一次性满分通过。唐锦川跟她开玩笑："你要是把考驾照的劲头用在学习上，早就考上名牌大学了，也不至于只念了个职业技术学院。"

宫小薇却说："人各有志，未来是要靠自己奋斗的，不一定非得名牌大学毕业才有出路。"

唐锦川说："至少名牌大学毕业会更容易些。"

宫小薇说："爸爸，马云就不是名牌大学毕业，但人家照样事业成功。"

唐锦川说："马云起码也是本科毕业吧！你才是个大专。"

宫小薇说："大专怎么了？有的人连大专都没有，比尔·盖茨大学没念完就退学了，鲁迅半路放弃学业搞文学了，据说李嘉诚也没有真正上过大学……"

唐锦川说："小薇，你这是什么思维啊？比尔·盖茨退学是因为没有哪个老师的编程能力能够超越他，他不想在学校里浪费光阴；鲁迅本是学医，但为了国家和民族的未来才弃医从文的；李嘉诚像你这个年龄的时候已经超越了最优秀的 MBA，而你还在大学宿舍的床上想入非非呢！"

宫小薇说："我怎么就是想入非非了，我也可以做得很好的，爸爸，你就走着瞧吧！"

唐锦川叹了一口气，说："唉！但愿吧！"

唐锦川对小薇真是百般疼爱啊！尽管有时候对小薇的行为不满，但一想到她死去的爸爸，他就默默承受了，最后，依旧是非常高兴地给小薇买了这辆卡罗拉。

这辆卡罗拉是小薇自己选的，她非常喜欢。唐锦川还没说要给她买车前，她就悄悄去 4S 店看过很多次，所以当唐锦川问她喜欢什么车时，她毫不犹豫地说喜欢这款车。

唐锦川问："你是不是早就看好这款车了。"

宫小薇说："是啊！我一直在关注这款车。"

唐锦川又问："那你怎么不早告诉我，我可以提前给你买。"

宫小薇说："哎哟！爸爸，我哪好意思说啊！你都为我付出了太多了，我怎么能再向你提要求呢？"

宫小薇的话让唐锦川心里一阵温暖，不管怎么说，小薇还是能理解他这个爸爸的。

没过多久，唐锦川就给小薇买下了这辆车，从 4S 店出来，宫小薇就开着车载着唐锦川沿着西海市转了一圈，乐得唐锦川在后座上说："真没想到，有闺女给我当司机，我也可以坐在后座上优哉游哉了。"

宫小薇说："爸，你以后不想开车就坐我的车。"

唐锦川说："好啊！"

话是这么说，后来，唐锦川很少坐宫小薇的车，他觉得姑娘大了有她自己的生活了，尽量不去打搅她。除非他在外应酬，实在开不了车，才会让小薇去接他。

……

这都是去年的事了，唐锦川每每想到这里都会感到十分欣慰，毕竟是自己养大的女儿，虽没有血缘，但连着心呢！

　　唐锦川在美好的回味中开着车去赴朋友的约了，晚上的街道上灯火通明，西海市虽然不像南方的城市，夜生活那么多彩，但最近几年随着大量的外来人口的涌入，西海市的夜生活实际上已经非常丰富了。走出家门享受夜生活的人越来越多，问题也就随之而来，西海市白天道路堵车严重，晚上依旧拥堵一片。唐锦川不在乎这个，他已经适应了西海的拥堵，因为他驾车技术娴熟，也总能"见缝插针"。

　　唐锦川和朋友相约在一个名叫"小韩烤肉"的自助餐厅，他把车停在了餐厅西边的露天停车场，正准备走向餐厅，就接到了朋友的电话，朋友说路上堵车要晚来一会儿，要他进餐厅里面等上几分钟。唐锦川说就在停车场等他，正好可以抽上一支烟。

　　十多分钟后，唐锦川看到一辆白色的轿车驶入了停车场，他知道他的朋友来了，他走过去，白色轿车停好后，有人从车里钻出来。唐锦川就朝那人喊："喂！景尧！"

　　到现在，原来唐锦川的这位老朋友是葛景尧，天底下的巧事真是多啊！葛景尧是钟曼文原先的老板，唐锦川是钟曼文现在的老板，不过，他们这时候都还不知道有这层关系。

　　葛景尧关上车门，说："路上堵死了，这西海的交通成大问题了。"

　　唐锦川递给葛景尧一支烟，说："不光是西海，全国都是这样。"

　　葛景尧抽了一口烟，说："我看如果不解决，再过几年，西海的交通就'瘫痪'了。"

　　唐锦川说："怎么解决？现在家家户户都有车，而且还不止一辆。"

　　葛景尧说："那就得限号出行啊？"

　　唐锦川"哼"了一声，说："限号？那会更拥堵。"

　　葛景尧问："此话怎讲？"

　　唐锦川说："如果限号，人家就会买两辆车，两个不同的牌号，今天限这个号，那就开另一辆。等到明天再换过来，路上依然是没完没了的堵。"

葛景尧说："你这是什么逻辑？"

唐锦川说："好了，不说这个了，这就不是咱们该管的事，把咱们自己的公司管好就行了。走，吃饭去。"

两个人掐灭烟头，扔到了旁边的垃圾桶里，就相继出了停车场，进了自助餐厅的旋转大门，大门里两位身着民族服饰的姑娘礼貌地对他们说："欢迎光临！"

进入餐厅需要先交费后用餐，两个人来到前台抢着付钱，你推我搡的，最后还是唐锦川说："景尧，你看看，咱们这像个什么样子，你就别和我争了，我比你大一岁，理应我付钱。"

葛景尧说："你这又是什么逻辑？我来付。"

唐锦川举着手机说："我已经扫了二维码。"随后，就听到付款到账的声音。

葛景尧说："锦川，你下次再这样，我就不约你了。"

唐锦川说："好好好，下次你付。"

唐锦川和葛景尧是多年的老朋友了，他们都是土生土长的西海人，上高中以前互不认识，高中时两个篮球迷经常下课后一起去打篮球，久而久之就结下了深厚的友谊。只不过，高中毕业，葛景尧考上西海大学英语系，唐锦川高考落榜直接报名当兵去了。虽然两个人走了两条不同的道路，但并没有影响他们之间的友情。唐锦川转业回来原本被安排进西海市煤炭公司下属的一个煤矿当工人，但他不甘心一辈子做个工人，就辞了职开始四处找工作兼创业，直到后来他遇到改变他命运的好友——宫小薇的爸爸宫岩。宫岩去世后，他毅然决然地进入摄影这个行业。真的没有想到，他由一个摄影行业的门外汉凭着勤奋好学的毅力硬是把锦川摄影公司发展到了现在的规模，在西海市立住了足，现在行业内很多人都很钦佩他。葛景尧也很强大，西海市大学毕业后，他刚开始在西海一中教了三年高中，教学成绩很好，但由于经常帮一些公司翻译文件，受到校领导的批评，说他不务正业，他一气之下辞了职，创办了自己的翻译公司。就这样，两个好朋友都属于半路出家，却都取得了一定的成就。他们一起由少年走过青年，又由青年走到了中年，人生有一个知己相伴，这是多么美好啊！

两个人在服务员的引导下找了一个比较安静的角落，开始从自助台选菜。葛景尧喜欢吃肉，选了牛肉和羊肉，还有一些海鲜。唐锦川荤的素的都喜欢，他见葛景尧选了好多肉，他就选了一些蔬菜。

这家餐厅主打的是"纸上烤肉"，听起来玄乎，其实做法很简单，就是采用上下两层的电烤炉，上面铺上专用的烧烤纸，在纸上浇上油，涂抹大体均匀后，将肉片及其他食物放在纸上，经过电加温后，纸上的食品就会被烤熟，然后蘸上相应的调料即可食用。这种烤法干净、不油腻，所以深受消费者喜欢。

一切就绪之后，唐锦川和葛景尧开始烤肉，边烤边聊天。他们每次的聚会，吃饭是次要的，聊天才是主要的。当然，聊天的过程中，也会消耗掉很多食物，久而久之，两个人的身材都发福了不少，好在他们个子都很高，掩盖了不少他们日渐肥起来的身躯，非但没有让人感觉难看，反而更显现出了成熟男人的魅力，身材高大又壮实，走在街上回头率依旧是很高的。

葛景尧边拨弄着烤纸上的肉边问："锦川，上次你跟我说想招聘一名翻译，我跟你说啊！现在刚毕业的大学生都是心高气傲的，不好管理的。"

唐锦川说："我压根儿就不想招那些刚出校门的大学生，没经验不说，还这山望着那山高，根本就没有把心思用在工作上，一旦有了别的机会，跑的速度比兔子还快。我以前招的那两个大学生，可把我害苦了。"

葛景尧又问："那你不招大学生，招什么样的？有合适的没有？"

唐锦川吃了一口烤熟的牛肉，说："招了一个有工作经验的，三十多岁了。"

葛景尧喝了一口饮料，问："男的女的？"

"女的，"唐锦川用餐巾纸擦了擦淌出嘴角的油，笑了，"你问这个有什么用意？"

"能有啥用意？"葛景尧往唐锦川的盘子里夹了一块儿烤熟的茄子片儿，"我就知道你肯定会招个女的，这么多年，你也该考虑考虑你自己的终身大事了。"

唐锦川说："景尧，你有没有搞清楚？我招聘的是员工，这与我自己的终身大事有什么关系？"

葛景尧说："怎么能没关系呢？万一时间久了，你们产生点儿爱情的火花什么的，这也不是没可能。"

"哎哟！景尧，你想哪儿去了？"唐锦川朝他的朋友努了努嘴，"我是工作需要，你别想歪了，还是想想你自己的事吧！"

葛景尧说："锦川，我有时候就可怜你，你说你为了小薇，牺牲了那么多，值得吗？小薇和你一点儿血缘关系都没有，你把她养大已经够意思了，还要一辈子陪着她啊？你不结婚了？"

唐锦川叹了口气，说："唉！年轻时候是怕小薇受委屈，就没考虑个人问题，等小薇长大了，我也老了，也没那个精力再去谈恋爱了。"

葛景尧说："老了？你才刚过四十岁，正是男人的黄金年龄，要我说，你赶紧找一个，你招聘的这个女的，如果合适，为什么不试试呢？"

唐锦川说："谁知道人家什么背景，再说了，她那个年龄，恐怕早就成家了。"

葛景尧说："你说的也是啊！一个三十多岁的女人，没成家的能有几个？我刚才是开你玩笑呢，别往心里去啊！"

唐锦川说："我才不和你一般见识呢！还是说说你的事吧，最近和肖寒怎么样了？"

葛景尧满眼迷茫地望着窗外："还能怎么样？继续冷战呗！我就没见过这么冷漠的女人，她的心跟她的名字一样寒冷。"

唐锦川说："你看看你，劝别人总是一套一套的，轮到自己的事就认怂了，我看人家肖寒不是你说的那样，你得从自身多找找毛病，你说吧，你三天两头不着家，她一个女人不但要工作，还要照顾璐璐、叔叔和阿姨，时间长了，谁受得了？"

葛景尧说："我不回家是因为工作太忙，她一点儿都不理解我。"

唐锦川说："你工作忙，这是真的，可是你有很多去应酬的时间，却没有回家陪伴肖寒的时间。"

"我出去应酬还不是为了多拉点儿业务？"葛景尧点了一支烟，猛抽了一口。

唐锦川说："别抽了，这是公共场合。"

葛景尧看了看周围，马上把烟掐灭了。

"要我说，为了璐璐，你就向肖寒低个头吧！"唐锦川往葛景尧的杯子里倒了半杯橙汁，"夫妻之间，认个错不丢人。"

"要我认错，门儿都没有。"葛景尧端起那半杯橙汁一饮而尽。

唐锦川瞪了他一眼，说："就你那脾气，我要是肖寒，我也不跟你过。"

葛景尧脸有些发红，说："锦川，不说这些破事了，你还没告诉我你招聘的那女人什么来历，你怎么就看上她了？"

唐锦川说："说来她和你的工作还有些相似呢！她有十四年的笔译经验，人看起来也很稳重，更主要是我觉得到了她那个年龄还会去参加招聘会的，一定是很需要这份工作，将来必定会倍加珍惜工作机会的。"

葛景尧惊讶地问："她也是搞笔译的？"

唐锦川说："对啊！虽然我需要的是口译的员工，但既然会笔译，那口译也不会差到哪里去。"

葛景尧说："差别大了，口译是要即刻说出来的，笔译就不一定能做到了。"

唐锦川说："那种人才不好招，我只要求能和外国人进行一般的交流就行，没必要那么专业，先试试吧！我感觉人家能行。"

葛景尧问："还没为你工作，你就觉得行？"

唐锦川说："我看人没错的。"

葛景尧说："你就吹吧！以前那两个大学生你也说过不错。"

唐锦川说："这不是吃一堑长一智嘛！我觉得这次准没错。"

"谁知道呢？"葛景尧吃了一口菜，"你每次都很自信。"

唐锦川笑了，斜靠在椅子上，说："我相信自己，当然也相信曼文能干好工作。"

"你说什么？什么曼文？"葛景尧盯着唐锦川的眼睛问。

唐锦川欠了欠身子，说："哦！曼文就是我新招聘的那位员工。"

葛景尧脸大吃一惊，瞪着一双大眼睛，问："你该不会是把我的员工抢走了吧？"

"你说什么呢？"唐锦川皱着眉头，"我怎么会抢你的人，你都把我搞糊涂了。"

葛景尧说："她姓钟是不是？"

唐锦川说："对啊！她叫钟曼文。"

"啊！"葛景尧大叫一声，"她跑到你这里来了。"

唐锦川问："景尧，你干什么？我真听不懂了。"

葛景尧长长叹了一口气，说："你不知道，她刚刚从我公司辞职，就被你抢走了。"

唐锦川先是一愣，随即就说："什么叫我抢走了？人家从你那里辞职了就不属于你的人了。"

葛景尧说："她走了我真的很可惜，她很能干，不瞒你说，我想留住她，但没有成功。她是那种一经决定就不再回头的人，既然她去了你那里工作，你今后要好好待她。"

唐锦川说："不只是她，我公司的每一个员工我都会好好待的，她在你那里好好的，为什么要辞职呢？"

葛景尧说："具体原因她没说，只是告诉我想换个环境，我知道她很痛苦，因为她丈夫在不久前刚刚去世，她想到一个陌生的环境里平静自己的心情，我能理解。"

"啊！这么回事啊！"唐锦川不由自主地叫了出来，"真是不幸啊！"

两个中年男人都有些伤感，谁也不再说钟曼文的事了，他们只是默默地吃菜喝饮料。

窗外流光溢彩，西海市的夜生活才刚刚开始。

<u>10</u>

　　钟育祥和海丽瑛打算到市一医院体检，这是他们每隔半年必须做的事。以往每次体检，女婿罗启铭总是会跑前跑后陪他们到各个科室做检查，但今年他们的女婿不会再陪伴他们了，这让两位老人心里异常难过，难过的不是没有人陪，而是那个陪伴的人永远地走了。

　　原本，钟曼武打算请假陪两位老人来体检的，他是个孝顺的孩子，他知道姐夫不在了，爸妈体检的事就理应由他承担，他不想让姐姐去，担心姐姐去了医院会触景生情，那样姐姐会更加痛苦的。他刚一说出口，就被爸爸妈妈拒绝了，爸妈不想耽误他的工作。钟曼武想开车把爸妈送到医院再去上班，爸妈几乎异口同声说要坐公交车。拗不过两位老人，钟曼武只好开车上班去了。

　　钟育祥和海丽瑛坐公交车来到市一医院后，就直接去体检中心了，路过门诊大楼的时候，海丽瑛说："要是启铭还活着，他一定会来接咱们的。"

　　钟育祥没说话，只是连连叹气。他想起了三年前来这里体检时，罗启铭早早就在门诊楼前等他们了，那时候，罗启铭才刚刚和他们的女儿曼文确定恋爱关系。

　　罗启铭微笑着走上前，说："叔叔，阿姨，曼文刚给我打电话说你们要来体检，要是早一点儿告诉我，我就开车去接你们了。"

　　钟育祥说："没事，启铭，我们坐公交也挺方便。"

　　海丽瑛说："你要是忙就忙你的，我和你叔叔来这里体检过多次了，也都很熟悉那些程序。"

罗启铭说："我不忙，今天我不坐诊，这会儿刚好有点儿空闲。"

随后，罗启铭就陪着他们做了全面的体检。体检科的医生，罗启铭几乎都认识，医生们一见是罗大夫的亲人，格外照顾他们。

体检结束，海丽瑛动情地说："家里有个医生还真的很方便。"

罗启铭却笑着说："我还是希望叔叔阿姨都健健康康的，一辈子也不用到这地方来。"

钟育祥说："说的是啊！可谁又能离开医院呢？"

海丽瑛赶紧说："启铭的意思是一种美好的祝愿。"

钟育祥说："我知道哩！"

罗启铭知道人上了年纪对这些话题是很敏感的，就转移了话题："叔叔阿姨，我送你们回家，你们在这儿等我一会儿，我去开车。"

钟育祥正要阻拦，罗启铭已经跑走了……

"你想什么呢？还不快走？"海丽瑛催促的话让钟育祥重新回到了现实里，他悄悄抹了一下眼眶，竟然湿润了，罗启铭的身影仿佛还在他的眼前晃动，多实在的孩子啊！可惜远走高飞了。

钟育祥和海丽瑛进了体检中心大门，今天体检的人不算太多，他们先去排队缴费，然后才按照程序去做各项检查，没有罗启铭在身边，什么事都得自己去做。忙了很长时间，他们走进眼科的时候，有人跟他们打招呼："大哥，嫂子，你们来体检啊！"

钟育祥和海丽瑛这才发现是眼科的胡瑞欣主任，以前罗启铭带他们来体检时，碰到过她好几次。按说她不是体检科的医生，她应该在门诊或者病房才对，钟育祥就问："胡主任，你怎么也在这儿？"

胡瑞欣笑着说："我来这儿取个报告单。你们怎么没让曼文陪你们来啊？"

海丽瑛说："她工作忙，我们也没跟她说体检的事。"

胡瑞欣说："今后要是有什么需要我帮忙的，尽管找我好了。"

海丽瑛说："那谢谢你了，胡主任。"

双方都没有提及罗启铭，但大家心里都明白。胡瑞欣很想多说几句，但实在不知道说什么，只好简单地询问了钟育祥和海丽瑛的身体状况，并嘱咐他们需要注意的问题，然后就互相告别了。

从体检中心出来，胡瑞欣心里很不是滋味，不是说看到钟育祥和海丽瑛心里有些伤感，主要是她由两位老人想到了她曾经的徒弟罗启铭。自从罗启铭走后，她的心里空荡荡的，在长期的工作中建立起来的师徒情谊，让胡瑞欣一直非常想念她的这位得力助手兼同事。她又想起了那一幕，罗启铭刚刚来一医院报到的时候，是她接待的他。

那天天气不太好，好像还下着雨，胡瑞欣走出眼科办公室时，发现罗启铭站在门外，他背着个包，手里还拿着一把折起来的雨伞，他的运动鞋湿了，连裤脚上也湿了一大片。

胡瑞欣看到他这个模样，就问："小罗，你什么时候来的？"

罗启铭腼腆地说："我来了一会儿了。"

胡瑞欣又问："那你怎么不进办公室呢？"

罗启铭说："我怕打扰您工作，就想着在门外等一会儿。"

胡瑞欣轻轻拍了一下罗启铭的肩膀，笑着说："你这孩子，人高马大的，还这么害羞啊？再说了，我们又不是首次见面，以后还要长期在一起相处呢！不要这么拘谨。"

罗启铭点了点头。

胡瑞欣说："那就进屋吧！"

罗启铭说："先不进屋了，我今天是来院里报到的，本来是到人事处办理手续，但我想先来科里跟您打个招呼，我已经见到您了，那我就直接去办手续了。"

说着，罗启铭就要转身离开。

胡瑞欣说："你等等，我和你一块儿去吧！"

罗启铭回过头，说："胡主任，不麻烦您了，您忙您的吧！"

胡瑞欣说:"反正这会儿我也没什么事,人事处的人我也熟悉,去了也好帮帮你。"

随后,胡瑞欣就和罗启铭去人事处办手续去了,在胡瑞欣的帮助下,罗启铭很快就办好了入职手续。那一天,罗启铭对胡瑞欣说了好多次"谢谢",弄得胡瑞欣很不好意思,心想:这孩子,真是个实诚人。

"胡主任,你还在这儿啊?"有人在背后跟胡瑞欣打招呼,胡瑞欣才从刚才的回忆中回到了现实,她回头看时,才发现钟育祥和海丽瑛已经站在了她身后。

胡瑞欣赶紧说:"哦!我这就去上班啊!你们检查完了?"

海丽瑛说:"完了,我们现在就回家啊!"

胡瑞欣又嘱咐了他们一番,然后就朝门诊楼走去了。

钟育祥和海丽瑛走出一医院大门,准备坐公交车回家,这时候,海丽瑛说:"老钟,时间还早,咱们要不去看看曼文吧?"

钟育祥说:"她正上班呢!这不是要打扰她工作吗?"

海丽瑛说:"我们好久没有看到她了,这孩子工作起来就什么都不顾了,也不知道现在怎么样了。每次打电话总说一切都好,我一点儿都不信。"

钟育祥说:"要不晚上让她回家一趟?"

海丽瑛说:"我已经等不上了。"

钟育祥只好说:"那就去看看孩子吧!"

海丽瑛掏出手机准备给女儿打电话,却被老伴儿止住了:"别打,你一打,她准不让你去,还会说出一大堆理由,直接去得了。"

于是,两位老人就坐上公交车到钟曼文原来的单位去了,此时,他们并不知道曼文已经辞职了,还在想着见到曼文时该说些什么。

他们以前来过一次,那还是曼文刚参加工作的时候,做父母的总是不放心。他们送她来报到的。当时他们还去见了葛景尧,希望葛经理能多多照顾她。

他们来到曼文的原单位时，并没有立刻进去，而是在大门外站了一会儿，主要还是担心影响曼文的工作。这时，葛景尧出来，准备到楼道里抽支烟，这是他多年的习惯了，不好意思在屋里抽烟，生怕影响别人。他总是到楼道里，把楼道的窗户打开，探出半个头抽一会儿烟。他正要掏烟，发现了楼道里的钟育祥和海丽瑛，因为他们还是十四年前见过一面，葛景尧已经认不出他们来了。他疑惑地看着眼前的两位老人，问："你们找谁？"

钟育祥和海丽瑛异口同声："我们找钟曼文。"

显然，钟育祥和海丽瑛也认不出葛景尧了。

"啊？"葛景尧大吃一惊，"找她？"

海丽瑛说："是啊！我们是她父母，你是她同事吧？麻烦你去告诉她一声吧！"

葛景尧赶紧说："叔叔，阿姨，曼文她……她没……告诉你们吗？"

葛景尧不知道该怎么回答两位老人了。

钟育祥见葛景尧吞吞吐吐的，就问："曼文要告诉我们什么？"

旁边的海丽瑛着急地问："曼文怎么了？是不是违反你们的纪律了？"

葛景尧这才明白，钟曼文没有把辞职的事告诉父母。看着两位老人焦急的样子，他只能实话实说了："曼文已经辞职了。"

"啊！"两位老人同时惊叫一声，"什么时候的事？"

葛景尧说："刚辞职没多久。"

海丽瑛问："是不是你们开除她了？"

葛景尧说："阿姨，不瞒您说，我姓葛，是这个公司的经理，我们没有开除她，我一直想挽留她呢！她执意要辞职，我一点儿办法都没有。"

海丽瑛问："葛经理，她为什么辞职？"

葛景尧说："她没说具体原因，她只是告诉大家想换一个环境。"

钟育祥生气地说："这孩子越来越不像话了，这么大的事都瞒着我们，要不是今天来这里，还不知道瞒我们到什么时候。"

葛景尧说："叔叔，您别生气，如果曼文想回来，我们随时欢迎她，只是……"

钟育祥问:"只是什么?"

葛景尧说:"她未必肯回来,她现在有了新的工作。"

钟育祥拉着脸,问:"新工作?什么工作?"

葛景尧说:"她去了一家摄影公司。"

钟育祥说:"好好的工作不干,干什么摄影?这不是胡闹吗?"

海丽瑛说:"我这就给她打电话。"

钟育祥却一挥手,说:"算了,回去问问她,到底喝了什么迷魂汤。"

葛景尧说:"这样也行,你们回家后也好好开导开导她,她的脾气有时候真的很拗,其实她还是适合干翻译,业务能力很强。"

海丽瑛说:"葛经理,谢谢啊!"

说着,两位老人就要离开。

葛景尧说:"叔叔,阿姨,大老远地来了,要不到我办公室休息一会儿再走吧!"

钟育祥连连说着:"谢谢,谢谢,不用了。"

他们转身,葛景尧送他们到电梯口,等他们上了电梯,葛景尧才转身抽烟去了,他眼前不断地晃着钟曼文的身影。此刻,他真希望两位老人能说服钟曼文重新回来上班。

一下电梯,海丽瑛就迫不及待地跟钟曼文打了电话,接通电话的时候,钟曼文正在和一对新西兰情侣交流。

她问:"妈,什么事?"

海丽瑛严肃地说:"今天晚上你无论如何回家一趟。"说完,就挂了电话。

弄得钟曼文满头雾水,不知道妈妈是什么意思,想再打个电话问问妈妈,但身边还有顾客,就没再问,等下班了再说吧,听妈妈那口气好像生气了。难道是生我的气了?如果真是生气了,那为什么会生我的气了呢?是不是爸爸妈妈听到了什么消息?……唉!也许不是吧?说不准是爸爸妈妈想我了，我有好长时间没回家了，我这个做女儿的也有点儿过分了啊！算了，晚上回去再跟爸爸妈妈解释吧！现在必须集中精力工作。

钟曼文竭力把注意力集中在面前的这对年轻的情侣身上，说："Sorry, I was sidetracked by a phone call."（抱歉，刚才接了一通电话，耽误了一会儿时间。）

金发碧眼的女孩摇摇头，说："Never mind, we can understand."（没关系，我们能理解。）

一旁高大壮实的男孩微笑着朝钟曼文点了点头。

钟曼文问："Feel free to tell us how you'd like to do it."（你们对拍照有什么要求都可以提出来。）说着，她就打开了桌子上的一个笔记本，她准备随时记录下他们的需求，以便在未来的拍摄中作为依据。

男孩说："We are traveling to China and hope to take more outdoor shots."（我们来到中国旅行，希望能多拍外景。）

钟曼文说："There's definitely no problem."（肯定没问题的。）

女孩说："I have been longing for China since I was young, because my mother used to study in China. She often tells stories about China, I also want to come to China to see when I grow up. So, we came. Outdoor photography can showcase more Chinese elements. I want to show my friends after returning to my motherland."（我从小就对中国很向往，因为我妈妈以前在中国留学，她经常跟我讲中国的事，我长大了也想来中国看看，于是，我们就来了。拍外景可以更多地展示中国的元素，回国后，我想给我的朋友们看看。）

钟曼文一边记录一边问："What kind of scenery do you prefer?"（你们喜欢什么样的外景？）

男孩说："Mountains, grasslands, rivers, etc."（山川、草原、河流，等等。）

女孩加上一句："Cities, rural areas, and of course, some tourist attractions, and so on."（还有城市、乡村、当然也包括一些旅游景点，等等。）

钟曼文又问："What about makeup and clothing? What's your expectation?"（你们对化妆和服装有什么要求？）

女孩赶紧摆摆手，说："Don't bother. No makeup, just wear our own clothes."（不用费心，我们不化妆，穿自己的衣服就行。）

钟曼文点点头，认真地在笔记本上记下了。然后她把这对情侣的需求详细地告诉了宫小薇，宫小薇对着电脑敲击了一阵键盘，说："我已经做好了记录了，你可以跟他们商谈拍摄日期和地点了。"

钟曼文又走向了那对情侣……

工作了一天，傍晚下班时，钟曼文感到腰酸背疼的，她这时候才知道，这跟人面对面打交道还真不如一个人对着英文字母搞笔译轻松。工作的时候，你得集中精力，还得调整好情绪，更主要的是必须捕捉住对方的语言要点，准确无误地在大脑中翻译出来，做到完全理解，然后才可以依据你的理解清晰地回答对方。中间还要尽量保持发音准确。这还不算，还需要不断地跑来跑去把顾客的信息传递给宫小薇或者别的员工，唉！这简直就是体力活。钟曼文忍不住怀念起以前的笔译工作来。

"曼文，要不要我捎你一程？"唐锦川走了过来。

钟曼文摇摇头，说："不，不用，谢谢啊！"

唐锦川说："不要这么客气嘛！反正也是顺路。"

"什么顺路？"宫小薇从服务台走出来，"得绕不少路吧？"

唐锦川说："我今天刚好有别的事得绕一段路，所以正好。"

宫小薇说："爸爸，你可不能有私心啊！我今天要坐你的车回家，你得先送我回家。"

唐锦川问："小薇，你的车呢？"

宫小薇眯着眼，也不正眼看唐锦川，说："我今天特别累，一点儿都不想开车，爸爸，你不能看着你闺女都累成这样了还开车吧？多危险啊！"

唐锦川说："那好吧，你们都上车，我先去送你。"

没想到宫小薇却说："爸爸，我一个人回家也怪没意思的，不如你就带着我去办事吧，我保证不会影响你的，你去办事，我就在车里等你。"

唐锦川知道小薇是故意的，她就是要阻止钟曼文上他的车，他火冒三丈，说："小薇，差不多得了啊！你这是干嘛呢？"

钟曼文见状，赶紧说："唐经理，你和小薇一块儿走吧，我坐公交车走，况且我今天准备回我妈家，公交挺方便的。"

说完，钟曼文就推开了锦川摄影公司的大门出去了，径直向大门外不远的公交站牌走去。

唐锦川望着钟曼文的背影，拉着脸对宫小薇说："小薇，你看你，我真就不明白了，你究竟对你曼文阿姨有多大意见？怎么老是跟她作对？"

宫小薇噘着嘴说："爸爸，你这话说的，我什么时候跟她作对了？"

唐锦川说："上次你直呼她名字也就算了，这次，我说要捎她一程，你偏偏也要搭车，这不是作对这是什么？分明就是想让你阿姨难堪。"

宫小薇说："爸爸，自从钟曼文出现，你就变了，你还是不是以前那个爱我的爸爸了？"

说着，宫小薇就开始抽搭了。

唐锦川一下子想起了小薇她爸宫岩来，宫岩走得那么早，小薇太可怜了。这时候，唐锦川有些自责，就算小薇再不对，她毕竟还是个孩子啊。她大概是害怕有人夺走我对她的爱吧？唉！唐锦川心里一阵难过，只好说："走吧！小薇，咱们回家吧！晚上爸爸给你做好吃的。"

宫小薇一下子就笑了，说："我就知道爸爸对我好。"

唐锦川轻轻摸了一下宫小薇的头，说："真是个长不大的孩子。"

接着，父女俩锁了公司的大门，开车回家去了。

11

钟曼文在公交车上给钟曼武打了个电话，问他："曼武，今晚爸妈让我回家，你是不是跟他们说了什么？"

钟曼武坐在办公室的椅子上，歪着个身子，说："姐，没说什么呀？我只说过你搬家的事，这也是好多天前的事了。"

一旁的毛婷婷凑了过来，脸都快贴在钟曼武的脸上了，钟曼武朝她摆摆手，示意她回避一下。毛婷婷不但不回避，而且还拉了个椅子坐在了他身边。钟曼武却背过身，给毛婷婷留了一个背影，毛婷婷瞪了钟曼武一眼，嘴里小声嘀咕着："我就不回避。"

钟曼武也没理毛婷婷，继续和姐姐通电话。

钟曼文说："听妈的口气，好像生我的气了。"

钟曼武说："该不会是他们听说什么了吧？会不会是你辞职的事？"

钟曼文说："那他们又是怎么知道这件事的呢？"

钟曼武说："对了，今天爸妈去体检了，会不会在医院遇到了什么人？"

钟曼文说："难道是胡主任？"

钟曼武说："不会吧！胡主任又不在体检中心工作，他们碰不上面的，就算能碰上面，胡主任又不知道你辞职了，她肯定不会说的。"

钟曼文说："你说的也是啊！那会是谁呢？"

钟曼武说："算了，姐，你别多想了，回家你就知道了，反正这个事迟早是会暴露的，你不用担心，你现在不是又有了新的工作吗？我想爸妈一定会理解你的。"

钟曼文说："但愿吧！"

钟曼武说："你就大胆回家吧，爸妈也挺想你的。"

说完，钟曼武就挂了电话，对毛婷婷说："你刚才干嘛呢？不知道我在打电话吗？"

毛婷婷噘着嘴说："就是因为你打电话我才靠近你的，我就想知道你跟谁打的电话。"

钟曼武说："是我姐，你整天想什么呢？"

"想什么你还不知道啊？"毛婷婷推了一下钟曼武的肩膀，"死脑子，不开窍。"

"行行行，我不开窍，就你聪明。"钟曼武站起来就要走。

"你干什么去？"毛婷婷也站了起来。

"能干什么？"钟曼武没好气地说，"下班了，我要回家。"说着，他就朝前走了几步。

毛婷婷赶紧追了上来，一把拽住钟曼武的衣角，一只胳膊已经搭在钟曼武的肩膀上了，她说："曼武哥，你真要回家啊？"

钟曼武说："婷婷，别拉拉扯扯的，大家看见了不好。"

毛婷婷松开手，说："谁拉拉扯扯了？别说得那么难听好不好？"

钟曼武看了看毛婷婷，没说话，只是摇了摇头。

毛婷婷笑着说："曼武哥，要不咱们去看电影吧！听说《战狼 II》很好看的，你有没有兴趣？"

钟曼武说："我得回家了，我还有事，要去你自己去吧。"

毛婷婷立刻就不高兴了，说："你就那么着急回家吗？"

钟曼武说："是啊！我回家还有好多事要做，不像你，是家里的公主，衣来伸手饭来张口的，什么事也没有。"

说完，钟曼武就转身朝前走了几步，后面传来了毛婷婷夹着哭腔的声音："曼武哥，你太不了解我的心了。"说着，就抽搭开了。

这下弄得钟曼武不好意思走了，他扭过头，看到毛婷婷低着头在抹眼泪，婷婷毕竟还是个小姑娘，钟曼武突然间觉得自己有些过分了，面对婷婷的热情，他怎么能这样说人家呢？于是，他走到毛婷婷跟前，说："婷婷，哥说话有些直，你别往心里去啊！"

毛婷婷抬起头，泪眼汪汪地看着钟曼武，说："我已经往心里去了。"

钟曼武说："那我向你道歉啊！"

毛婷婷说："曼武哥，你就是个木头人。"

钟曼武和毛婷婷开玩笑："我是木头人，那你一定不是愣就是傻。"说着，他就"呵呵"笑了起来。

毛婷婷生气地在钟曼武的肩上捶了一拳，说："你敢说我傻？你欺负我。"

钟曼武却故作一本正经地说："婷婷，我说的可是实话啊！你想想，大千世界，但凡有点儿头脑的人谁会跟一个木头人说话呢？如果非要跟木头人说话，那这人就一定傻。"

毛婷婷说："我说的不是那个意思。"

钟曼武问："那你说的是啥意思？"

毛婷婷噘着嘴说："啥意思你还不明白啊？"

钟曼武瞪着一双大眼睛说："我还真不明白。"

毛婷婷说："算了，不跟你费口舌了，我走了。"说着，她抓起桌上的包就要往外走。

钟曼武赶紧问："你去哪儿？"

毛婷婷头也不回，说："还能去哪儿？你又不肯陪我去看电影，我只能回家了。"

钟曼武说："我今天真有事，下次吧，下次我陪你。"

"等于没说。"毛婷婷出了办公室的门，高跟鞋踩得地板砖"嗒嗒"响。

"婷婷，你等等！"钟曼武拉上办公室的门，"我送你回家。"

啊！钟曼武的后半句话让毛婷婷停下了脚步，一股暖流涌上心头，她立刻停下了脚步，转身问："曼武哥，你良心发现了？"

钟曼武说："什么良心发现不发现的，我是看你一个小姑娘这么晚了回家不安全，我才送你的。"

毛婷婷说："那就算了，我不害怕。"

钟曼武说："好了好了，别耍小孩脾气了，走吧，我去送你。"

毛婷婷略带讽刺地问："你不是有事吗？别耽误你去办事。"

钟曼武说："我就是再有事，也得先把你送到家啊！走吧，别跟我斗嘴了。"

毛婷婷没再说什么话，她知道钟曼武是真心想去送她，于是她就和钟曼武一块儿进了电梯……

钟曼武开车送毛婷婷的时候，又给姐姐打了电话，问姐姐到哪儿了，钟曼文说她还在公交车上。

钟曼文靠着车窗看着夜幕下的城市，灯火辉煌，车流滚滚，一派繁华的景象，她却有些厌倦了这永无休止的热闹，于是闭上眼，想让自己的内心静一静。思绪越过城市的上空，飞到遥远的天幕，似乎要拥抱每一颗闪烁的小星星，她突然间想起了小萌。小萌，那是一个漂亮的小女孩，住在西海市所辖的南灵县最偏远的酸枣沟村，罗启铭资助了她五年，如果没有记错的话，她现在应该上小学五年级了，她还不知道她的罗叔叔已经不会再拥抱她了，小萌现在怎么样？生活和学习都还好吗？罗启铭走了，还有我呢！我早就该去看看她了，我不会不管她的，我一定会继续资助她，直到她大学毕业，真希望她能健康快乐地成长。

记得第一次和罗启铭去看小萌时，他们是开车去的。他们从西海市东高速路口上了高速公路，一直在高速上行驶了两个小时才来到南灵县。下高速后，又开了将近一个小时的山路，才来到了小萌家所在的酸枣沟村。村子因为漫山遍野都是酸枣树而得名。村子不大，顶多二三十户，这几年外迁的也很多，但小萌和爷爷一直住在村里。听罗启铭说，这么多年，小萌和爷爷相依为命，家里再没有别的人了。罗启铭不好意思询问人家的私事，只知道小萌和爷爷家里很穷，需要帮助。爷爷姓牛，村里人都喊他牛老汉，罗启铭喊他牛大伯。

那是个非常晴朗的日子，虽然一路颠簸，但山里的美景让人忘记了路途的艰辛。远离了城市的喧嚣，钟曼文心情很好，真是奇怪，所有的工作和生活中的烦恼都消失了。在村头下了车，小萌和爷爷早就等在那里了。这是钟曼文第一次见到小萌，她立刻就喜欢上了小萌，就算生在穷乡僻壤也遮盖不住小萌的可爱与漂亮。

看到罗启铭和钟曼文，小萌就扑到了罗启铭的怀里，一个劲儿地叫着："叔叔！叔叔！"

那时候小萌还不太高，罗启铭把小萌高高举起，说："小萌，又长高了，又变漂亮了。"

牛老汉在旁边说："小萌，快下来，叔叔走这么远的路很累的，让叔叔歇一会儿。"

罗启铭说："没事，大伯！"然后，就又举了举小萌。随后，还把钟曼文介绍给小萌和牛老汉，小萌喊："阿姨好！"

钟曼文就拉着小萌的手，说："小萌，你真漂亮。"

小萌说："阿姨，您也很漂亮。"

牛老汉对钟曼文说："真是个好姑娘。"

钟曼文的脸红了，说："大伯，今后您和小萌有什么困难就告诉我和启铭，我们想办法帮你们。"

牛老汉眼眶有些湿润了，抹了一把眼睛，说："你们都是好人，我和小萌一辈子都忘不掉的。"

钟曼文说："大伯，我们也没做什么。"

牛老汉说："你们为我和小萌做得太多了，走吧，咱们回家！"

他们一起回了牛老汉的家，钟曼文看到牛大伯和小萌住在那么破旧的房子里，她忍不住流泪了，好在大家都没怎么注意到她。罗启铭详细询问了小萌的学习情况，跟小萌讲了好多学习的重要性，随后就把一沓钱和带来的礼品一并交给了牛老汉，牛老汉自然又是感动了半天。之后，牛老汉想留他们吃饭，但罗启铭委婉地拒绝了，说还得赶时间回市里，有事要办，于是，他们就在牛大伯和小萌依依不舍的目光中离开了酸枣沟。

回来的车上，罗启铭才告诉钟曼文不在牛大伯家吃饭的原因。罗启铭第一次到牛大伯家时，牛大伯费尽心思为他做了一顿饭，他并不知道这顿饭对牛大伯和小萌来说有多不易。等他吃完饭要回市里了，牛大伯和小萌把他送到村头，他因为那次没开车，只能等公共汽车，当时在村头等公共汽车的还有好几个村民。公共汽车开来后，牛大伯和小萌那种期待的目光，让罗启铭心里很不好受。汽车开出好远了，罗启铭回头还能看到牛大伯和小萌站在村头。这时，邻座的一位妇女告诉罗启铭，说牛大伯为了准备这顿饭可费劲了，借钱买了鸡蛋和肉，平常只有在过年过节的时候，他们家才吃上鸡蛋和肉的！今后怕是好长时间他们都得俭省着过日子了。啊！罗启铭听了深感不安，他愧疚极了，真想找个没人的地方好好捶自己几下，然后痛快地哭一场。所以之后他每次去看小萌，都不在牛大伯家吃饭，不但不吃饭，反而还要给牛大伯带来好多礼品。

手机响了，也让钟曼文从回忆中清醒过来。她一看是妈妈打来的，赶紧接通，说："妈！"

海丽瑛问："你到哪儿了？"

钟曼文说："我快到了。"

海丽瑛没说别的话就把手机挂了，钟曼文知道妈妈生气了，要在平时，妈妈决不会这么快就挂电话的。

公交车到站了，钟曼文下了车，理了理额前的碎发，走进熟悉的小区，这是她童年、少年，甚至青年都一直住的地方，这里的每一根草她都是熟悉的。随着西海市大开发的脚步，这个小区的好多人尤其年轻一代都搬到城市东部的新区去了，小区显得落寞了很多，但爸妈一直都住在这里，说这么多年住习惯了。爸妈还说等曼武结婚的时候，准备在西海东部的新区给他买一套房，但曼武却不打算用爸妈的钱，想凭自己的能力买。

小区里路灯很暗，有几个老人在散步，旁边还有一两个小孩在玩皮球。有老人认出了钟曼文，说："哟！曼文，好久不见你了啊！来看你爸妈了？"

钟曼文微笑着说："是啊！乔大爷。"

互相说了几句客套话后，钟曼文就进了单元楼，步行上楼，旧小区好多楼都是低层，没有电梯。她心里有些忐忑，不知道爸妈会问她什么话。她掏出家里的钥匙，开门，看到爸妈坐在沙发上等她，她说："爸！妈！我来了。"

她原来想象着，她一进门，爸妈一定会劈头盖脸骂她一顿，但出乎意料，两位老人很平静地看着她。

海丽瑛问："曼文，你还没吃饭吧？我去给你端饭。"

钟曼文赶紧说："妈，我来吧，我先去洗个手。"

说着，她就去卫生间洗手，等她出来时，妈妈已经把饭端到了她跟前的饭桌上，说："你爸特意为你做的咖喱饭，快吃吧！我们都吃过了。"

钟曼文坐下，低头吃饭，眼眶湿湿的。爸爸又给她端来一碗蛋汤，嘱咐她："吃完了，喝点儿汤。"

钟曼文心里很不是滋味，做父母的就是这样，就算孩子已经年过三十，在父母眼里依然是个孩子。孩子犯了再大的错，依然是父母的孩子。

吃完了饭，钟曼文站起身要去洗碗，被妈妈止住了："曼文，别洗了，等会儿曼武回来吃过饭一块儿洗吧，我和你爸有话要跟你说。"

钟曼文又坐了下来，两只手不知道该放在哪里，只是不断地来回扣着手指头。

海丽瑛说："曼文，你胆子也太大了，辞职这么大的事都瞒着我们，我和你爸今天去你们单位找你，要不是那个葛经理告诉我们，还不知道你到底瞒我们到啥时候呢！"

啊！妈妈还是说到了重点，钟曼文心里"咯噔"一下，原来爸爸妈妈去我原单位了，还见到了葛景尧，这个葛景尧，你怎么能这样呢？老人听了受不了的。唉！现在能有什么办法呢？已经成事实了，只能面对爸爸妈妈了。

　　钟曼文不知道该怎么回答，支吾着："我……"

　　钟育祥说："曼文，不是爸爸说你，搬家你不告诉我们，辞职也瞒着我们，你到底要做什么哩？"

　　钟曼文低着头，说："我就是想换个环境散散心。"

　　海丽瑛说："你太任性了，以前你不是这样的，不管有什么事都会跟我们商量，现在你竟然这样。"

　　钟曼文抬起头，说："爸，妈，对不起。"

　　海丽瑛语气缓和了不少，说："曼文，听妈一句，还回你们单位吧！毕竟你在那里工作了那么多年了。"

　　钟育祥说："是啊！曼文，你妈说得对，回去吧！"

　　钟曼文摇了摇头，说："我现在已经有了新的工作。"

　　海丽瑛说："我知道你有了新工作，今天你们葛经理告诉我们了，说你现在去给人拍照了。"

　　钟曼文大吃一惊，问："葛景尧怎么知道的？"

　　海丽瑛说："你别管人家怎么知道的，你就说是不是拍照吧？"

　　钟曼文说："是摄影。"

　　海丽瑛说："都差不多，不就是换了个洋名字吗？"

　　钟育祥说："那叫什么工作啊？与你的专业相差太远了。"

　　钟曼文说："那里每天都会接待好多外国人拍照，我主要负责翻译。"

　　钟育祥叹气，说："唉！我都不知道说什么好了。"

　　海丽瑛也是连连叹气。

　　钟曼文说："爸，妈，你们别担心，如果我在摄影公司干得不愉快，我会随时离开的。"

　　海丽瑛说："你多大了，还要来回折腾啊？"

　　钟曼文又低下了头，这时候，有钥匙在锁眼里转动的声音，门开了，钟曼武回来了。

　　钟曼武一看屋里的三个人，顿时就明白了这里肯定发生了什么。他小心翼翼地换鞋，钟曼文看到了弟弟，仿佛看到了救星一样，站起来，说："曼武，你回来了，我去给你端饭。"

钟曼武却说："姐，不用了，我吃过了。"

海丽瑛问："吃过了？在哪儿吃的？为什么不回家吃。"

钟曼武说："我在街上吃的，原本想回家吃的，我们同事硬拉着我去吃的，我推辞不掉。"

海丽瑛问："什么同事？是谁？"

钟育祥对海丽瑛说："你就别打听那么多了，孩子大了也有自己的生活。"

海丽瑛说："我问问又怎么了？他再大也是我的孩子，我就想知道他和谁在一起。"

然后，海丽瑛又继续问曼武："告诉妈，和谁一起吃的饭？是不是你常说的那个婷婷？"

钟曼武点点头。

海丽瑛说："曼武，我可告诉你啊！你要是喜欢她就把她带回来，让我们看看，要是不喜欢人家，趁早不要和人家在一起，免得惹出事来，不好收场的。"

钟曼武说："妈，我能处理好的。"

由于钟曼武的到来，爸爸妈妈对钟曼文的"数落"暂时告一段落了。钟曼文顺手端起桌上的饭碗洗碗去了，她想躲开一会儿。

然而，等她洗过碗筷从厨房出来后，海丽瑛说："你们两个都不让人省心。"

钟曼文和钟曼武姐弟俩都不敢吭声，只是听妈妈一个劲儿在数落他们。钟曼文想起小时候，每当爸妈生气了，她和曼武就会站在门后低着头不发出一点儿声音。等他们长大了，不再躲在门后了，而是改为坐在沙发上或者椅子上听爸妈训话了。

过了好一阵子，钟育祥说："你们都长大了，今后的路你们自己走，我和你妈渐渐老了，我们管不了那么多了。"

钟曼文赶紧说："爸爸，您和妈妈不管我们谁管我们呢？如果你们不管我们，我和曼武会伤心的。"

钟曼武也说："是啊！爸爸！"

钟育祥一挥手，说："我累了，你们也去休息吧！"说着，他起身朝卧室走去。

海丽瑛瞪了曼文和曼武一眼，小声说："你们呀！都这么大的人了，看把你爸气的。"说完，她也起身朝卧室走去，进了卧室就把门关上了。

钟曼文和钟曼武互相看了看，钟曼武还吐了一下舌头。

钟曼文说："没想到爸妈能生这么大气。"

钟曼武说："没事，姐，爸妈说的只是气话，过一阵子就会好的。以前爸妈说过多少次不管咱们了，可后来呢！关心得更厉害了。"

钟曼文站起来，说："也是啊！好了，曼武，不早了，明天还得上班呢！你早点去睡吧！"

"哎！姐，等等。"钟曼武也站了起来，"我有件事早就想问你了。"

"什么事？"钟曼文问。

"你来！"钟曼武拉了钟曼文一下，把她拉到自己的卧室关上了门。

"怎么了？"钟曼文惊疑地看着弟弟，"这么神秘。"

钟曼武压低声音说："上次我偶然听到爸妈悄悄议论，妈说想告诉我一件事，爸说怕我接受不了，暂时不告诉我。我就想爸妈可能有什么事瞒着我，姐，你说会是什么事呢？"

钟曼文听了，大吃一惊，她知道爸爸妈妈说的是什么事，难道他们要告诉曼武他的身世？曼武真的会受不了的。她一下子怔住了。

"你怎么了？姐！"钟曼武拍了拍钟曼文身边的桌子。

"哦！"钟曼文稳定了一下情绪，故意笑了笑，"没事。"

钟曼武又把刚才的话重复了一遍。

钟曼文说："你别多想，我觉得爸妈可能是随口那么一说，也许根本没有什么事。"

钟曼武说："不可能啊！我明明听到爸爸说怕我接受不了的话，我猜肯定是件大事，要不爸爸不会这么说。"

钟曼文说："或许是他们想让你继续考研呢！你记不记得你大学毕业选择回到西海来，爸妈怎么劝你，你都不答应。你不知道，爸妈不太同意你回来工作，他们都希望你到大城市发展，说不准是这件事。"

钟曼武摇了摇头，说："不太可能。"

钟曼文说："算了，别想了，早点休息吧！"

说完，她就出了弟弟的房间，转身进了另一个房间，一下子扑在床上，用被子蒙住了头。唉！生活中的事太多了，压得她有些喘不过气来，今夜注定又是一个不眠之夜。

12

在多次推迟了拍摄的日期后，英国女孩露西娅终于来锦川摄影公司拍写真了。这是一个漂亮的姑娘，美得像一首抒情诗，全身充溢着少女的纯情和青春的风采。金黄色的头发犹如瀑布一般披在肩上，在蓝色长裙的映衬下散发着一股迷人的气息。甜蜜的笑容再加上湖水般清澈的眼睛，让人看一眼就会终生难忘。她目前正在西海大学攻读中国当代文学的硕士研究生，她从英国的切斯特大学本科毕业后，由于非常喜欢中国文学，就来到中国留学了。她之所以会选择西海大学，是因为她爸爸在西海大学英语系任外教，在爸爸的帮助下，她申请了西海大学，现在正在研究中国作家莫言，不仅仅是因为莫言是诺贝尔文学奖获得者，更主要的是她被莫言所描写的小说世界迷住了，她很想去看看莫言笔下的高密，打算做毕业论文时一定要到高密去实地看看。

现在，露西娅坐在锦川摄影公司的大厅里和钟曼文面对面地交流，钟曼文立刻就被眼前这位漂亮的金发姑娘吸引住了，当然，钟曼文身上散发出来的稳重端庄的气质也给露西娅留下了深刻的印象，谈话进行得非常顺利。

露西娅说："I apologize for not attending the appointment on time a few times ago."（我为前几次没有按时赴约而抱歉。）

钟曼文说："Never mind, it's OK. Customer first. We will patiently wait for every customer."（我们能理解，这很正常，顾客就是我们的上帝，我们会耐心地等待每一个顾客的。）

露西娅说："I am too busy with my studies. There is always a lot I want to keep up. However, today I make my time for our appointment."（学习实在太忙了，我总有更多的东西想学。但是我今天特意腾出了时间来拍写真。）

钟曼文说："You're so beautiful.And I assure you the photos won't let you down."（你真漂亮，保证拍出来更漂亮。）

露西娅说："Thank you!"（谢谢！）

钟曼文问："Have you got any other ideas before shooting?"（请问你在拍摄前还有什么要求没有？）

说着，准备往笔记本上记录。

露西娅说："I hope the photographer would capture the real me. I was supposed to commemorate my 22nd birthday. When I get old, I can still see what I am now."（我希望能拍出真实的我就行，我本来就是为纪念我二十二岁的生日的，等我老的时候，我还能看到我现在的样子。）

钟曼文说："No problem."（没问题。）

露西娅用汉语说："我们说中文吧！"

钟曼文没想到露西娅会说汉语，就连连点头，说："当然可以，我没想到你会说中文。"

露西娅说："我从小受爸爸的影响就喜欢上了中文，在切斯特大学学的是中文，来到西海大学学的也是中文，这样算起来，我从五岁开始学习，到现在已经学了十七年的中文了。"

钟曼文朝露西娅竖起了大拇指，说："你真了不起，中文说得这么好。"

露西娅满脸的自豪，说："我觉得我还可以说得更好。莫言你知道吗？我现在正在研究他的作品。"

钟曼文点点头，说："知道，莫言是我们国家的骄傲，他是诺贝尔文学奖获得者。"

露西娅说："我喜欢他的小说，几乎每天都在读。你读过他的小说吗？"

钟曼文说："读过啊！我读过他的《红高粱》。"

　　露西娅说："《红高粱》还被拍成了电影，很美的，是中国电影明星巩俐主演的，她很有东方气质，在欧洲也很有名，我很喜欢她演的电影。"

　　钟曼文说："哦！露西娅，你真棒，知道这么多中国元素。"

　　露西娅说："我还想知道更多呢！"

　　……

　　钟曼文和露西娅聊得很愉快，她觉得现在从事的工作并不像刚开始想的那样无趣，不仅有趣，而且还可以获得更多新鲜的知识。尤其和像露西娅这样英语和中文都会说的顾客交流起来简直就是一种享受。她以前还真没想到摄影公司还有这样的工作机会。原先她只是简单地认为摄影公司就是拍个照、修个图，没什么技术含量的。真的没想到，单纯与国内普通顾客沟通其实就已经是一门很高的学问了，更不要说时不时还要与外国朋友交流了，对人真的很有锻炼意义。

　　通常情况下，外国朋友进入摄影棚或外景拍摄时，钟曼文都是要陪同的，这时候她又充当了摄影助理的角色，因为现场摄影师有很多提示是需要翻译给顾客的，不像拍国内客人时，可以直接交流或者让普通助理来提示客人就行。这样一来，钟曼文的工作实际上非常繁重，除了在大厅接待外国顾客需要前期的交流之外，拍摄时也离不开她。尽管一天下来钟曼文常常累得腰酸腿疼，但她的心里是愉快的。有时候，她就想，当初离开葛景尧的翻译公司选择加入唐锦川的摄影公司其实也是一种新的挑战，现在看来这种挑战也未必是坏事，因为工作的充实可以暂时性地填补她精神上的空虚和无助。记得上大学时，她有个叫阿芳的泰国留学生同学，阿芳是她的中文名字，她的泰国名字叫迪玛，为了能更好地融入中国同学之中，她给自己取了阿芳的名字，"阿芳"这个名字很具有中国特色。阿芳有着四分之一的中国血统，她的祖父是中国人。阿芳来中国留学主要是攻读中文，但她又想学习英文，所以就经常到英语系去旁听。钟曼文那时候总是坐在最后一排，阿芳来上课时也习惯坐在最后排，时间长了两人就熟悉了，而且相处得很好。有一次，钟曼文问："阿芳，你将来回国后有什么打算？"

阿芳就说："我要去曼谷工作。"

钟曼文能理解，曼谷是泰国的首都，也是泰国第一大城市，并且是泰国的政治、经济、文化中心。一般人都向往首都。钟曼文和她的很多同学也很向往北京，好多同学都打算毕业之后直接去北京工作，但钟曼文是个务实的姑娘，综合考虑过之后，还是回到了她的家乡——西海市。

钟曼文又问："那你将来会从事什么工作呢？"

阿芳说："我想回到国内先做个大学的中文老师。"

钟曼文说："那很好啊！大学工作很稳定的，我要是毕业之后能有个稳定的工作就知足了。"

没想到，阿芳连连摇头，说："曼文，你搞错了，我去大学工作是积累经验，然后会跳槽的。"

"啊！"钟曼文惊讶地张大了嘴，"难道你不想有个稳定的工作吗？跳槽多累啊？还有可能找不到好工作，反而失去了原来的工作。"

阿芳笑了，说："我喜欢挑战的。"

钟曼文说："我就喜欢找一个稳定的工作干一辈子。"

阿芳皱起了眉头，说："那多没意思啊！一辈子就只做一个工作，生活太没意思了。"

钟曼文没有再和阿芳争论下去，她知道这是不同性格决定的，无所谓谁好谁坏，人生就是这样的，只要走了一条适合自己的路就行。

现在，她在从事了十四年稳定且待遇颇丰的笔译工作之后，也像阿芳一样挑战了自己的人生，她突然发现，挑战有时候也是另一种活法。

露西娅在正式进摄影棚拍摄时，钟曼文就站在旁边，年轻的摄影师小伙子陶江就对他原来的摄影助理文青说："你先休息一下，我和钟姐要开始工作了。"

尽管钟曼文一再要求大家称呼她的名字，但锦川摄影公司的员工基本上都会称呼她"钟姐"。当然，宫小薇是个例外，她既不愿按照她爸的愿望称呼钟曼文为"钟阿姨"，也不愿叫"钟姐"，只会直呼钟曼文的名字，她这么做是故意的，多少也带有几分调皮的因素。

遇到完全不懂中文的客人，钟曼文是一定要出现在拍摄现场的。但露西娅是懂中文的，而且水平还不错，基本可以直接和摄影师交流，但陶江担心拍摄中间会出现什么误会，上次有位加拿大朋友也说自己懂中文，结果就让陶江吃尽了苦头，好多拍摄专业词语对方听不懂，弄得陶江非常被动，拍到一半只能把钟曼文请来，才顺利完成了拍摄。有了那次教训之后，每每遇到外国朋友拍摄，不管对方懂不懂中文，或者中文水平如何，陶江都会让钟曼文在旁边翻译。

按照摄影师陶江的要求，先是要拍露西娅的一组站着的造型，陶江说："左腿向前迈一小步，眼睛向上看。"

钟曼文把陶江的话翻译给露西娅，露西娅听了，摇摇头，耸了耸肩，就用中文问："为什么要这样拍？"

陶江说："这样拍是为了更好看一些。"

钟曼文还没翻译，露西娅就说："不不不，我需要自然一点。"

陶江说："要不你自己随意摆姿势吧？"

由于陶江说"姿势"这个词时带有明显的西海本地口音，露西娅一时没听懂，就问："'姿势'是什么意思？"

钟曼文赶紧把"姿势"翻译给露西娅，露西娅这才明白了，然后她就按照自己的想法摆姿势，让陶江从各个角度拍。露西娅摆的姿势，陶江看来十分不解，他皱着眉头，但这是顾客要求的，他不能阻止，只能尽心尽力为露西娅拍摄。

拍完站着的造型之后是拍坐着的造型，露西娅又是按照自己的想法摆出各种姿势，钟曼文在旁边看了觉得很搞笑，陶江就更不用说了，他还从没见过这样的客人。钟曼文是学英语出身，上大学和做笔译工作时，读过大量的英文原版资料，她了解西方人的审美和追求自由的天性，所以能理解露西娅的行为。陶江就理解不了，先前也有一些外国人来拍，虽然他们也追求"自然"，但同时还会参考他给出的建议，很多时候，他们都会按照他的建议来拍摄，今天这位露西娅就太不一样了，一点儿也不接纳他的建议，他觉得自己作为一个摄影师的主导地位被挑战了。

唉！陶江在郁闷中拍完了露西娅。

露西娅却高兴地对陶江说："谢谢你为我拍摄。"

尽管心里略有不快，但出于礼貌，陶江还是笑着说："露西娅，这是我应该做的。你真的很漂亮，我想你的照片一定更美。"

露西娅说："我想拥抱你一下。"

啊！陶江很惊讶，迟疑了一会儿，钟曼文对陶江说："小陶，快点儿啊！人家露西娅真诚地邀请你呢！"

陶江这才不好意思地张开了双臂和露西娅拥抱了一下，拥抱完，露西娅对陶江说："你太漂亮了。"

陶江"扑哧"笑出了声。

钟曼文赶紧纠正露西娅："In Chinese, boys are generally described as 'handsome' and less often as 'beautiful'.Most girls are described as 'beautiful'.Tao Jiang probably likes to be praised as 'handsome'."（在汉语里，形容男孩子一般用'帅'，较少用'漂亮'，形容女孩子大多用'漂亮'。陶江大概是喜欢让人用'帅'来夸他。）

"哦！"露西娅笑着对陶江说，"你太帅了。"

陶江突然觉得露西娅其实还挺可爱的，尽管拍摄时让他有些郁闷，但彼此的交流还是十分融洽的。

送走露西娅后，钟曼文才对陶江说："小陶，我知道你今天心里很郁闷，像露西娅这样的西方女孩，她的审美和我们很不一样的，这大概是东西方的差异吧！你别往心里去。"

陶江边收拾自己的相机边说："没事，我能理解，咱就是干这个工作的，一切得为顾客着想，顾客愿意怎么拍，咱照做就行。只是今天这个露西娅太特殊了，和一般的外国朋友不一样。"

钟曼文说："嗯！露西娅年轻，有自己的想法。"

陶江说："还有，她的中文太好了，这样的顾客并不多。下次如果遇到一个不会说中文，要求又特殊的顾客，还得麻烦你做我的翻译。"

钟曼文说："这也是我的工作，放心吧！"

陶江说："这几年来拍照的外国客人太多了。"

钟曼文说："西海发展太快了，吸引了世界的目光，外国朋友自然就多了起来了。我以前没做过这个行业，现在看来也蛮有挑战性的。"

陶江说："你说得对，钟姐，我觉得现在每天甚至每次面对顾客都是一种挑战，遇到容易沟通的顾客拍摄就会顺利很多，如果遇到了那些特别有个性的顾客就会麻烦很多，这时候，我们又不能着急，还得耐着性子拍下去。国内的朋友拍摄，最起码交流上不存在隔阂，外国朋友来拍摄就有可能出现交流障碍，好在你及时来到咱们公司，帮了我和公司大忙了。"

钟曼文听到陶江对她工作的肯定，心里顿时升起一股满足感和自豪感，因为她正在实现自己的工作价值。

"你们在聊什么呢？"不知什么时候，唐锦川走了过来，他笑吟吟地看着钟曼文和陶江，"不会是在聊我的坏话吧？"

钟曼文赶紧解释："怎么会呢？唐经理，我们是在聊工作。"

陶江却翘了翘嘴角，说："钟姐，别当真，唐经理经常跟我们开这种玩笑，我们都习以为常了，不信你可以去问问丽丽她们。"

唐锦川说："曼文，你看看，这帮大姑娘小伙子都没把我这个经理放在眼里，他们天天就是这么没大没小的。"

陶江说："谁敢啊？你是经理，我们是打工的，你一不高兴还不开了我们呀？"

钟曼文站在一旁好奇地看着他们斗嘴。

唐锦川又对陶江说："我不跟你贫了，我找你钟姐有事。"

"我就知道你不会找我，你是来找钟姐的。"陶江露出了一张可爱的笑脸，"你们聊吧，我也要去传露西娅的照片了。"说着，他就拿着相机离开了。

随后，唐锦川对钟曼文说："今晚你有空没？我们一起吃个饭。"

钟曼文一听，有些不太情愿，就说："唐经理，我还有事，改天吧！"

"有什么事啊？"唐锦川不解地问，"每次邀请你，你都说有事。我今天请你吃饭，一点儿别的意思都没有，就是单纯吃个饭。"

钟曼文说："算了，我还是不去了。"

唐锦川叹了口气，说："唉！真不知道你心里是怎么想的。"

钟曼文拨弄了一下额前的头发，说："唐经理，你别往心里去，我觉得我们出去吃饭不太合适啊！"

"有什么不合适的？"唐锦川皱起了眉头。

钟曼文平静地说："我们是上下级关系，而且又是一个男人和一个女人单独出去吃饭，我想这不太好吧！"

"哦！你心里是这么想的啊！"唐锦川拉了拉身边的椅子坐下来，"如果你觉得尴尬，我再找一位朋友，你看行不行？"

钟曼文看了一眼唐锦川，没有立即回答。

唐锦川又说："要不你叫上你的好朋友也行。"

唐锦川都说到这份儿上了，看来他是真诚的，钟曼文要是再拒绝就说不过去了，于是，她只好说："那好吧，你再叫个人吧！"

唐锦川马上笑了，说："好嘞！"

然后，唐锦川立刻就给葛景尧发了条信息，让他晚上到"顺东山庄"吃饭。他之所以没有打电话给葛景尧，是担心影响葛景尧工作。随后就又给顺东山庄总服务台打了个电话，预订了一个包间。

钟曼文觉得多一个人在旁边肯定会少一些尴尬，自从罗启铭走后，除了曼武，她还没有单独和一个男人共同吃过饭，今天如果不是唐锦川再三邀请，她有些过意不去的话，她真不会同意的。

下班后，唐锦川和钟曼文正准备一块儿到顺东山庄去，不知什么时候，宫小薇像个影子一样站在了他们身后，宫小薇问唐锦川："爸爸，你这是要送曼文回家吗？"

唐锦川顿时有些紧张，他生怕小薇再阻拦，就说："哦！曼文今天有重要的事要做，时间来不及了，我只能开车送她去。先不跟你说了啊！你自己开车回家吧！"说着就拉了一把钟曼文，示意她赶紧走。

宫小薇说："爸爸，你不地道啊！送她回家就直说回家，别拿重要的事掩盖，你放心，我今天不搭你们的车，我自己开车走，我也有重要的事要做。"

唐锦川来了兴趣，问："什么重要的事？"

宫小薇一甩头发，说："保密。"然后就哼着只有她自己才能听懂的歌词走了。

唐锦川回头对钟曼文说："咱们也走吧！"

13

　　顺东山庄坐落在西海市的东郊，名字上有"山庄"两个字，在一般人的印象中，山庄应该位于风景优美、气候宜人的山里，顺东山庄大概是想给客人一种安静舒适的就餐环境，就用了"山庄"二字了，其实它只是内部仿照"乔家大院"建造的四合院形式的酒店。之所以叫"顺东山庄"，据说是因为老板的名字里有个"顺"字，加上位置又在西海东边，就取名"顺东"了。不管怎么说，顺东山庄在西海市也算小有名气，虽然位置稍微偏僻了些，但就餐环境安静舒适，所以吸引了不少顾客，有的人专门开车数十里从与西海交界的内蒙古来这里就餐。

　　唐锦川开车载着钟曼文穿过市区来到了顺东山庄，山庄外路边的车位上已经停满了车辆，门口的一个保安指着北边的方向朝唐锦川挥了挥手，示意他把车停到北边去。唐锦川很快领会了保安的意思，就朝北边开去，好不容易在长长的车队末尾找了一个空车位停了下来，他们从车里出来后，唐锦川说："看来我们来得还是有些晚了，车位都快被占完了。"

　　钟曼文问："真想不到这么偏僻的地方竟然会有这么多人来就餐。"

　　唐锦川说："这是因为顺东山庄有'三好'。"

　　"哪三好？"钟曼文问。

　　"环境好、服务好、饭菜好。"唐锦川回答。

　　他们走进顺东山庄的大门，钟曼文发现这是一座非常大的院子，东西有两座极具西海当地特色的民居式高层楼房。

唐锦川向钟曼文介绍："东边的这栋楼是招待普通客人的，西边的楼是专门举行婚宴的。"

他们进了东边的那栋楼的大厅，一个站在门口穿着旗袍的女服务员走了过来，问唐锦川："请问先生有预订吗？"

唐锦川说："有，玫瑰包间。"

女服务员指了指大厅的北边正要告诉他们包间的具体位置。

唐锦川一挥手，说："谢谢，我知道位置的，以前来过很多次了。"

然后，女服务员就拿起无线对讲机说："玫瑰包间两位，请接待。"

唐锦川就带着钟曼文朝大厅北边的屏风走去，走过屏风，钟曼文才发现屏风后面有一扇漂亮的拱形门，走过拱形门，顺东山庄的真面目才真正展现在眼前。啊！是仿照乔家大院建造的，虽然规模较小，但古朴的韵味还是有的。钟曼文从没有来过这个地方，感到非常新鲜，真想不到还有这样的酒店。

唐锦川在旁边说："这里虽说偏僻了些，但很清静，而且菜的品质很好，物美价廉，我以前经常和朋友们来。"

钟曼文问："老板还真是有创意，设计了这么一座院子。"

唐锦川说："人家的理念就是要做有创意的餐饮，听说老板当年买这块地皮的时候，没有多少人赞同，都说他脑子进水了，这么偏僻的地方怎么可能吸引顾客，但事实证明，老板的确有眼光，有些人就是看中了这里的偏僻安静不被外界打扰才选择来这里就餐的。企业能做成这个样子真让人佩服，这要干一番事业不光要冒险，还得有眼光和实力。"

钟曼文朝唐锦川点了点头，说："你说的真有道理，在经营企业这方面简直一针见血。"

唐锦川赶紧说："能得到你的赞同，我已经很知足了，其他的还远远谈不上呢。"

钟曼文说："我说的是实话，至少你非常真诚，也是个干事业的人。"

唐锦川笑了，说："谢谢！"

钟曼文看了看东西厢房，问："包间在这里面吗？"

唐锦川说："东西厢房只是大众餐厅，类似于普通酒店的大堂就餐区。"

钟曼文隔着窗户看了看，全是人啊！几乎没什么空桌子了。

唐锦川说："包间在内院。"

钟曼文惊讶地问："里面还有个院子啊？"

唐锦川说："是啊！包间嘛！肯定要更安静一些的。"

他们一起走过前院，经过一座假山，来到了后院，后院早就有一个年轻的女服务员在等他们了，女服务员走上前，说："你们是玫瑰包间的吧？"

"是啊！"唐锦川随后又问，"我看今天客人不少啊？"

女服务员自豪地说："每天都是这样的，前院的大堂和这后院的包间几乎都是满满的，不瞒你说，我刚才接待了好几拨订包间的客人。"

在女服务员的引导下，唐锦川和钟曼文进了玫瑰包间，一股扑鼻的香味袭来，钟曼文和唐锦川几乎是同时打了个喷嚏，钟曼文说："这香味太浓了吧！这么刺鼻。"

唐锦川扭过头问女服务员："你们这是什么香水啊？这么呛人！"

女服务员笑着说："不好意思啊！我也不知道是什么牌子的香水，是我们老板从国外带来的，不过你们要是闻不惯，我把花拿走就是了。"

"花？"唐锦川四下看了看，发现有一大束鲜花插在餐桌中央的玻璃瓶子里，"这花怎么这么香呢？"

女服务员说："不是花香，是我们事先在鲜花上喷洒了香水，真不好意思啊！不知道你们不习惯。"说着，她就准备去端那花瓶。

钟曼文在一旁说："算了，别拿了，摆在那儿吧！没事，过一会儿我们就适应了。"

女服务员笑着收回了手，说："其实以前我们山庄是不在包间摆花的，只是因为越来越多的客人提了建议，说如果在包间里摆上一束鲜花的话会营造美好的气氛，所以我们就按照客人的建议摆上鲜花了。"

"摆束鲜花的确挺不错，鲜花本身就自带淡淡的香味，可你们为什么还要喷洒那么浓的香水呢？"钟曼文问。

女服务员说："喷洒香水也是客人的建议，有的客人就喜欢香味浓一点儿，说就餐的时候更有情调。"

"不过，有人喜欢，不代表所有的人都喜欢，我还是希望你们摆束鲜花就行了，如果客人有需求，你们再喷香水。"唐锦川说。

女服务员立即就说："这个建议好啊！我一定会反映给我们老板的。如果没别的事，要不要先点一下餐？"

唐锦川说："等会儿吧！我们还有个朋友没来。"

女服务员说："好吧，那我先离开一会儿，我就在门口等候，你们点餐时随时叫我。"

唐锦川朝女服务员点了点头，女服务员就出了包间。

包间里只剩下唐锦川和钟曼文两个人，在这样的氛围中，钟曼文感到十分不自在，尽管她对唐锦川有了一定的了解，知道他是个不错的人，但现在她的脑海里还是闪过了老板对女员工揩油的画面。为了避免这种情况发生，钟曼文对唐锦川谎称自己要上洗手间，就匆匆出了包间。

钟曼文来到洗手间，洗了洗脸，她这时真后悔跟唐锦川来到这个地方，尴尬不说，这叫什么事呢？要是再被公司的员工知道了，还不知道会议论成什么样子。她对着洗手间墙上的镜子里的自己，忍不住埋怨起来了："钟曼文呀！钟曼文！你是怎么搞的？平时不是挺有主意的人吗？这次怎么就犯糊涂了？"

这时，有一个年轻的姑娘边打电话边冲进了洗手间，说话中还夹着哭腔："你赶紧来接我，再不接我，我就被人灌醉了……你都不知道，他们一个个色眯眯的……你还笑，再笑我生气了啊！……我不管，你快点儿过来啊！……顾不了那么多了，我明天就辞职……是工作重要还是我重要？你看着办吧！……我没心情跟你开玩笑，你要是敢不来，明天早上就来顺东山庄收尸吧！"说完，姑娘就挂了电话，然后就是对着水龙头一顿猛洗脸。

身旁的钟曼文看了姑娘一眼，心狂乱地跳了起来，她下意识地抓了抓胸口的衣服，眼前晃动着那些可怕的画面，她想：我要不要趁机离开？要是万一唐锦川不怀好意，受伤的肯定还是我自己。

手机响了，钟曼文看了看手机，是唐锦川打来的，唐锦川说："曼文，你赶紧过来啊！我朋友到了，就等你一个人了。"

慌忙中，钟曼文有些语无伦次："好……我……我马上过去。"

钟曼文只好朝玫瑰包间走去，刚才那位姑娘的话反复在她耳边响起，等她踉踉跄跄地来到玫瑰包间门外，听到一个熟悉的声音传了出来："曼文也真够磨蹭的，上个洗手间这么长时间，该不会是听说我来了，故意躲着我的吧？"

啊！听出来了，是葛景尧那浑厚的声音，她以前在翻译公司工作时经常听到这个声音，十四年来，这个声音已经刻在她的耳朵里了。

紧接着是唐锦川的声音："别这么说人家曼文好不好？她不知道是你要来，我事先没告诉她，想给她个惊喜。"

钟曼文心又开始剧烈地跳了起来，心想：到底要不要进去啊？进去吧，肯定尴尬；不进去吧，显得没有礼貌。唉！算了，来都来了，进去看看，凭我对他们的了解，他们不会吃了我的。

钟曼文硬着头皮进了包间，一进包间，唐锦川就笑着说："曼文，看看谁来了？认识不？葛景尧，我多年的好朋友。"

没等钟曼文说话，葛景尧就已经来到了钟曼文面前，伸出手说："曼文，想不到我们在这儿相遇了，欢迎我吗？"

钟曼文故作镇静，说："当然欢迎了，你是我们的贵客，只是我没想到你和唐经理是好朋友。"

"看看，锦川，曼文没把我当自己人，反而当客人了。"葛景尧开玩笑。

唐锦川说："好了，景尧，别贫嘴了，大家都赶紧就座吧！我们点餐，估计曼文早就饿了。"

唐锦川和葛景尧都想让钟曼文点餐，让她点她最爱吃的菜，但钟曼文委婉拒绝了，她拒绝是有原因的，她很少来这种高档餐厅就餐，不太熟悉这里的菜的味道，以前她和罗启铭谈恋爱时，包括结婚后也几乎没有进过高档餐厅，不是怕花钱，而是觉得吃顿饭没必要那么浪费。

　　没办法，最后还是两位男士共同点完了餐，他们知道钟曼文不太爱吃肉，就尽量多点了些素菜。因为两个人都要开车，就没有点酒，而是点了橙汁。

　　菜很快就端上来了，钟曼文没有一点儿食欲，她觉得尴尬极了，要是早知道唐锦川邀请的是葛景尧，无论如何她都不会来的。可是现在她已经来了，一个是现在的领导，另一个是过去的上司，该怎么面对呢？

　　唐锦川边给钟曼文面前的碟子里夹菜边说："今天咱们就是聚聚，聊聊天，没有别的意思，曼文和景尧你们都不要拘束，要畅所欲言啊！"

　　"我当然不会拘束了，"葛景尧说，"你们都是我的朋友，有什么好拘束的。"

　　唐锦川说："你当然不会拘束，我主要说的是曼文。"

　　葛景尧也往钟曼文面前的碟子里夹了一点儿菜，说："曼文肯定也不会拘束的。"

　　两个男人在那里东拉西扯的，钟曼文觉得好没意思，真的没有心情跟他们聊天，只想着什么时候能结束，好赶紧离开这个地方。

　　唐锦川看出钟曼文的脸色不大好，他知道钟曼文见到葛景尧多少会有点儿不自在的。上次他和葛景尧吃烧烤，得知钟曼文曾在葛景尧手下工作时，他也大吃了一惊，今天钟曼文见到曾经的老板，拘谨肯定是有的。为了缓和一下这种多少有点儿尴尬的气氛，他对钟曼文说："曼文，我知道景尧曾经是你的老板，我听景尧说你曾是他们单位的顶梁柱。"

　　唐锦川刚说到这儿，就被葛景尧打断了话："锦川，你说的没错，可惜曼文这么好的人才被你抢走了。"

　　然后，葛景尧又问钟曼文："曼文，要不你回我那儿吧！待遇你说了算，我都答应。"

　　唐锦川说："景尧，有你这么不地道的吗？曼文现在是我的员工，你怎么能当我的面抢人呢？"

　　葛景尧说："曼文本来就是我的人嘛！"

　　钟曼文在一旁听不下去了，说："好了，二位，你们要是再吵，我就得先离开了，今天你们到底是来吃饭呢，还是来吵架的？"

"好，好，吃饭，吃饭。"葛景尧拿起筷子开始往嘴里夹菜。

唐锦川端起橙汁杯，说："来，咱们以橙汁代酒来干一杯吧！祝福我们的事业都美好。"

葛景尧和钟曼文端起杯子和唐锦川的杯子碰在了一起。

碰完杯，唐锦川对钟曼文说："曼文，你也说几句吧！"

钟曼文本不想说什么话，但既然来了，在这种场合，不说几句显得不合适，就说："你们都是我的领导，我充其量就是一个打工的，我没别的本领，只会尽心尽力地工作。"

葛景尧说："这就够了，这也就是我一直想留住你的原因。"

唐锦川马上说："景尧，不要时时都想着你那一亩三分地啊！"

葛景尧立即反驳："你不也一样吗？你要是不考虑你自己的利益，那你让曼文回我那儿啊！"

"好了，两位领导！"钟曼文站了起来，"你们要是再争论这个话题我就走了。"

唐锦川慌忙说："曼文，曼文，别着急，我和景尧平时也是这样说话的，大家都是好人，你别往心里去。"

钟曼文说："我也没说你们是坏人啊！"

葛景尧趁机说："曼文，你先坐下，大家都好好吃饭，不谈工作，一个字都不能提。"

钟曼文重新坐了下来，唐锦川和葛景尧不说话了，三个人静悄悄地吃饭。

现在的局面违背了唐锦川组织这顿饭局的初衷，他心里非常不痛快，早知道是这样的情况，他说什么也不会让葛景尧来。他原本想借着吃饭的机会和钟曼文好好聊聊的，只可惜钟曼文不愿意单独和他相处，没办法他才叫葛景尧来的。唉！谁知道会弄成这个样子，都怪葛景尧口无遮拦。

这顿饭吃得真难受，连胃口都没了，三个人各怀心事，只是胡乱扒拉了几口菜，喝了几口橙汁，一桌丰盛的菜就这么浪费了。

吃完饭，唐锦川望着满桌的菜只叹气，葛景尧大概看出了他的心思，就说："锦川，打包回家吧！这么多菜回去你还能吃上两顿。"

唐锦川觉得当着钟曼文的面有些不好意思打包，对葛景尧说："景尧，要不你带回家吧！你看，好多菜都没动筷，正好可以给肖寒和璐璐吃。"

葛景尧说："算了，我懒得跟肖寒说话。"

唐锦川说："那就给璐璐吃。"

"唉！"葛景尧叹气，"璐璐现在跟她妈一个立场，对我也是爱理不理的。"

"你看你都混成啥样了？"唐锦川说，"你和肖寒的事，八成怨你，不是我说你，你真应该向肖寒低个头，这事就过去了，一家人在一起多好！"

葛景尧有些不高兴，说："锦川，咱今天不提她好不好？"

唐锦川知道葛景尧正为这个事伤脑筋呢，就不再劝他了，只是连连点着头说："好，不提她了。"

钟曼文从他们的谈话中大致了解了葛景尧的处境，可能葛景尧的婚姻亮起了红灯，不知道为什么，她心里"咯噔"了一下。

就在两个男人你推我搡的时候，钟曼文实在看不下去了，说："两个大男人推来推去的，不就是打包点儿菜吗？你们要是不愿意，我打包。"

唐锦川和葛景尧都惊讶地看了一眼钟曼文，但马上又异口同声："好啊！"

钟曼文麻利地把菜打包好，三个人出了顺东山庄。

葛景尧提出要送钟曼文回家，唐锦川没有和他争，因为唐锦川知道如果和葛景尧争着送钟曼文，免不了又要"吵"一场，他们俩倒没什么，这么多年已经习惯了吵吵闹闹，好朋友嘛！本来就是这样，也不会计较的，只是会让钟曼文再尴尬一次就不好看了，所以就直接表示了同意。

钟曼文上了葛景尧的车，开走后，唐锦川才钻进了自己的车，路灯映照着他那有些失望的脸。

14

葛景尧开着车，钟曼文坐在副驾驶的位置上，看得出，钟曼文多少还是有些拘谨，毕竟，葛景尧曾经是她的老板。但葛景尧没有半点儿不自在的样子，他依然露出惯有的笑脸，说："曼文，要我说你还回咱们公司，别跟着老唐瞎干了，干不出什么名堂的。"

钟曼文说："什么叫瞎干？别把人家的工作说得那么难听好不好？"

葛景尧说："我不是那个意思，我是说老唐那里不能发挥你的专业优势。"

钟曼文说："我觉得挺适合的，每天可以见到不同的客户，体验不同的人生。"

葛景尧说："我真就不明白了，干得好好的，干吗非得辞职呢？你说句实话，我是不是没有亏待过你？"

钟曼文说："我辞职是我想换一个环境，完全是我自己的原因，与咱们公司和你都没有关系。"

葛景尧说："你要是想换个环境的话，你可以到长阳分公司去，你也知道长阳是个美丽的地方，气候温暖湿润，又靠近长江，工作之余你还可以到长江边散散步。"

"葛经理，有些话我没法跟你说，"钟曼文理了理头发，"我知道你对我很好，我记心里了，但这个事今后就不要再提了。"

"唉！"葛景尧叹气，"你的脾气也太拗了。"

钟曼文不说话了，路灯透过车窗映照在她那略显疲惫的脸上。

葛景尧一直把钟曼文送到小区门口，钟曼文礼貌地向葛景尧道谢，葛景尧却说："曼文，你不要客气，我知道你最近心里难过，过去的事都让它过去吧！天下没有过不去的坎儿，未来的日子还长着呢！虽然你不在我公司工作了，但我依然会一如既往地关心你的。"

葛景尧的一席话让钟曼文的眼眶湿湿的，她说："谢谢！"

然后，她就下车了，葛景尧摁下车窗玻璃，说："如果将来有一天你累了，就回到我这里。"

钟曼文又是一句"谢谢"，随后转身。

葛景尧又说："我会一直等着你的。"

钟曼文朝小区走去，没有回头，她已是泪流满面，留给葛景尧一个踉踉跄跄向前走的背影。葛景尧一直目送着钟曼文进了小区，他才开车离开。

葛景尧漫无目的地行驶在西海市熟悉的街道上，他不知道去向哪里，他真的不想回到那个家，要不是为了璐璐，他再也不愿见到肖寒那张冷若冰霜的脸。他觉得当年选择和肖寒结婚就是个错误，他怎么会和这样的女人在一起呢？不支持他的工作也就算了，还要不断地伤害他的感情，他真的受够了。他想过离婚，可面对璐璐的时候，他就犹豫了。璐璐毕竟才十二岁，她承受不了爸爸妈妈离婚的痛苦的，他不能让孩子在残缺的家庭里长大成人。

手机响了，葛景尧看了一眼手机屏幕，"肖寒"的名字在手机屏幕上闪着蓝光。他不想接，他知道接通后意味着什么。手机不响了，却进来一条信息，他知道是肖寒发来的，不想看却又忍不住想看，是一条语音，啊！不是肖寒的声音，而是璐璐的声音："爸爸，刚才给您打电话，你怎么不接？您今天晚上早点回家吧！妈妈要去值班，我一个人害怕。"

璐璐！我的孩子！葛景尧有些愧疚，早知道是璐璐的电话，无论如何他都会接通的。为了弥补刚才的遗憾，葛景尧拨通了肖寒的电话，电话通了，果然是璐璐在接："爸爸！你什么时候回来？"

葛景尧说："璐璐，你别怕，爸爸马上到家。"

璐璐说:"好的,爸爸开车慢点儿。"

电话挂了,女儿的话让葛景尧一阵难过,也只有女儿会经常关心他,和那个冰冷的女人比起来,女儿就是他的太阳。

很快,葛景尧就回到了家,推开门的一瞬,他惊呆了,肖寒正在辅导璐璐做功课,璐璐回头,说:"爸爸回来了!"

葛景尧一边换鞋一边应声,心想:这个肖寒,你明明在家,故意让孩子说假话骗我回家。

肖寒却站了起来,依然是惯有的脸色,冷冷地对葛景尧说:"你接着辅导你女儿功课吧,我要值班去了。"

然后,肖寒拿包,换鞋,匆匆拉开门走了,留给葛景尧一个已经渐渐陌生的背影。这个西海妇产医院的医生,在面对正和她处于"冷战"中的丈夫时,表现出了一个职业女性应有的自尊,没有任何向对方妥协的意思,这是她独立而又坚韧的性格决定的。

肖寒当年认识葛景尧颇有意思,那时候,葛景尧还在西海一中教英语,由于刚参加工作,兜儿里没几个钱,买车肯定不太现实(那个年代购车的风气还不盛行),工作第一年,他攒钱买了一辆五羊摩托车,每天上下班都要骑上他那辆摩托车。其实,他完全可以坐公交车回家的,但他觉得戴上头盔和墨镜,再叼根儿香烟,驾驶摩托车的感觉简直酷极了。每当他在路上驰骋时,他自认为回头率应该很高,尤其是遇见年轻女孩子的回头率或许更高,这当然只是他的主观判断。他还梦想,要是有一天他骑摩托车的潇洒身影吸引了某个漂亮的姑娘,那种感觉就更棒了。可是,他一直都没有遇到。直到有一天,他骑着摩托车再次要酷时,他的潇洒身影没有吸引某个姑娘,他却被一个姑娘吸引了。他正骑着摩托车,发现一个姑娘正坐在地上,双手捂着右脚。他赶紧停下车,问姑娘怎么了,姑娘说急着赶去上班,不小心崴脚了,走不了了。他二话不说,就把这个漂亮的姑娘抱到自己的摩托车后座上送到了医院。这个姑娘就是肖寒,对于葛景尧的热心,肖寒非常感激。接下来的几天,葛景尧给了肖寒无微不至的关心和照顾,让肖寒的心里非常温暖。后面的事就顺理成章了，他们相爱了。葛景尧和肖寒结婚一度被朋友们说是绝配，其他城市不得而知，但在西海市，一个教师和一个医生组成家庭，在西海老百姓的心目中被公认为是最好的结合。

两个相爱的人度过了一段最初的幸福时光，两个人事业心都很强，葛景尧后来辞职办了自己的公司，公司在起步阶段，他费尽心思，加班加点，好不容易才稍有起色。肖寒当然也不甘平庸，她是西海妇产医院的骨干医生，对待工作一丝不苟，多次被评为医院的先进工作者，甚至还评上了西海市的劳动模范。为了不影响事业的发展，他们一再推迟了要孩子的日期。当同龄人纷纷做了父母后，他们才发现自己已经超过了三十岁，到了而立之年，这下两个人有些慌了，好在肖寒是医生，懂得如何调理身体，如何选择最佳的受孕环境和时间，经过了两个人的共同努力，璐璐终于健康地出生了。然而，孩子一出生，很多现实问题又接踵而至，比如，如何照看孩子？谁做饭？谁洗尿布？谁晚上负责孩子吃喝拉撒……于是，婚姻中的矛盾也就渐渐发生了，两个人吵架成了家常便饭。葛景尧觉得他是个男人，男人就应该以事业为重，忙碌是再正常不过的事了，女人一定得理解，他认为肖寒不但不理解他，而且还故意给他制造麻烦。肖寒也有她的苦衷，她是个医生，面对的是病人，救死扶伤是她义不容辞的责任，经常加班加点，照顾璐璐的时间就相应少了很多，她希望葛景尧能分担她的一些压力，但葛景尧付出的太少。刚开始他们只是吵闹，谁也说服不了谁，后来就渐渐地开始"冷战"了，两个人再没有过多的话说了，如果不是为了璐璐，说不准早就离婚了。肖寒是个受过良好教育的知识女性，她的行为就像她对待工作那样严谨，她决不会因为和丈夫发生矛盾就不管老人和孩子。丈夫是丈夫的事，与老人和孩子无关，她应尽的义务一定会尽到。除了工作，她把所有的心思都用来照顾璐璐，关心公公婆婆了。公公婆婆每次见到肖寒就说对不住她，然后再骂上儿子半天。每每这个时候，肖寒总会劝公公婆婆不要难过，还说葛景尧并不坏，只是他们之间的隔阂和误会暂时还没有消除，等将来有一天或许会有好转的。公公婆婆看着这么好的儿媳妇，不知道说什么才好了，他们知道肖寒心里尽管很苦，但也没有要离婚的念头。两位老人要做的只能是劝儿子，可是不知道儿子中了什么邪，葛景尧在父母面前不对肖寒进行任何评论，每次父母问起，他只说一句话，就是希望父母不要操心，他自己会处理好的。

时间一晃过了好几年，璐璐都已经十二岁了，葛景尧和肖寒之间的裂痕依然没有修复的迹象，但两个人又不离婚，不离婚的主要原因在于璐璐，璐璐是他们共同的女儿，如果他们离了婚，虽然彼此都解脱了，但璐璐的日子就不好过了。以后无论他们谁再婚，璐璐都会面临一个后妈或者一个后爸。这对于一个正在成长中的孩子来说，打击是巨大的，弄不好还会影响她的身心健康。在这一点上，肖寒和葛景尧略有不同，葛景尧曾经想过离婚，肖寒却从没想过，她做了无数次的心理准备，如果葛景尧真的和她离婚了，她决不会再婚的，她要独自抚养璐璐长大。对葛景尧来说，他和肖寒的感情出了裂痕，但对璐璐的爱一点儿不会改变。这几年，他和肖寒虽然同处一屋，但彼此各居一个房间。好在家里房间多，当时买房的时候，他们已经有了一笔积蓄，按肖寒的意思是买个两居室就行，但他觉得既然买房就应该买一个大一点的，他买了一个三居室的，他还说将来生了二胎，他和肖寒住一间，让两个孩子一人一个房间。现在看来当初的想法的确是对的，自从他和肖寒"冷战"以来，他就搬到另一个卧室了，肖寒和璐璐各占一个房间。当然，生二胎的想法早已消失得无影无踪了。

葛景尧想到这些的时候，心情自然十分愁闷，连辅导璐璐功课的思路也不清晰了，心不在焉，语无伦次，璐璐问："爸爸，你怎么了？"

葛景尧慌忙说："哦！没什么。可能是我太困了，我需要抽支烟来清醒一下。"

说着，葛景尧就准备掏出烟盒，璐璐说："抽烟对身体不好的。"

葛景尧笑着说："就一支，爸爸去屋外抽。"

璐璐只好点了点头，看着女儿不情愿的脸色，葛景尧说："算了，爸爸不抽了，洗洗脸就清醒了。"

葛景尧去卫生间洗了洗脸，等他出来的时候，璐璐已经开始收拾书包了，葛景尧问："璐璐，你作业写完了？不是刚才还有道题不会做吗？"

璐璐说："那道题我已经算出来了，作业全部做完了。"

葛景尧说："那你早点儿睡吧！明天早上还得上学呢！"

懂事的璐璐朝爸爸点了点头，就进了自己的卧室，葛景尧坐在沙发上拨弄了几下手机就起身进了自己的卧室。

也许是太累了，葛景尧刚躺到床上就睡着了，迷迷糊糊不知睡了多长时间，突然一阵开门声惊醒了他，他知道是肖寒回来了。他摸出手机看了看，已经是半夜一点了。他想：按说这个点，肖寒是不会回来的，她一般是要值班到早七点的，今天为什么半夜就回来了？

葛景尧顿时睡意全无，但也不好意思出去问肖寒。他感觉肖寒进了璐璐的房间，估计是给璐璐盖被子去了，这孩子睡觉不踏实，经常蹬被子，很容易着凉的。做父亲的通常不如做母亲的细心，葛景尧深有体会，肖寒在照顾孩子方面的确非常尽心。因为肖寒把璐璐照顾得很好，所以这几年省了葛景尧不少心，他才可以全身心地投入工作中。唉！工作是做得不错，可是他与肖寒却渐行渐远了。

葛景尧翻了一下身，他有点儿口渴，想喝一杯水，扭亮台灯，发现床头桌子上的杯子里空空的，起身准备去厨房倒一杯水，刚出卧室的门，正好看到肖寒从璐璐的房间出来了，葛景尧说："你回来了？"

肖寒"嗯"了一声。

葛景尧去厨房倒水，然后又问："你值班不是要到早上七点吗？今天怎么这时候就回来了？"

肖寒说："今晚原本不是我值班，是我徒弟的班，她临时有事想让我替她一会儿，她办完事回到了医院，就让我回来了。"

葛景尧端着水从厨房出来，说："那你赶紧去睡会儿吧！"

说完，葛景尧就转身进了自己的卧室，而且很快就把门也关上了。肖寒直盯着那扇熟悉的门，心里一阵难过，眼角淌出了一滴泪珠，此刻，她连揩泪水的力气都没有了，只觉得头晕目眩的，似乎随时都有可能晕倒在地。她的腿也不听使唤了，费了很大劲儿才挪到沙发旁，还没来得及站稳，就一下子瘫在了沙发上。泪如泉涌，委屈、伤心、愤怒、失落应有尽有。

肖寒无法平静自己的心情，她真想冲进葛景尧的房间质问他，和一个女人"冷战"，你还是不是男人？但她忍住了，一是生怕惊醒睡梦中的璐璐，二是这样做只会把事情搞得更糟。这都不是她想看到的。说句心里话，她真的不愿意和葛景尧闹翻，更不愿意和他离婚，她虽然外表很强势，但心里是脆弱的。多少次她都想心平气和地与葛景尧好好谈谈，可葛景尧根本不给她这个机会。有时候，好不容易等到葛景尧回家一次，他不是钻进自己的屋子再不出来，就是坐在沙发上头也不抬地玩手机。她作为一个有很强自尊心的女人，怎么能拉下脸去求他呢？朋友们都劝她如果实在过不下去了就勇敢迈出一步，人活着不就想多一些快乐吗？每天这么痛苦，何必委屈自己呢？朋友们的好意，她心领了。好在她有一份繁忙的职业，让她在工作中可以暂时忘掉生活的烦恼。可是一旦闲下来，在没有人陪伴的日子里，她又何尝不感到孤单和痛苦呢？她一度问自己：这样的生活到底什么时候是个尽头？

唉！不愿再想那些往事了，其实她和葛景尧也曾有过快乐的时光。刚结婚的时候，他们没什么钱，每天下班坐在葛景尧摩托车的后座上也是一种幸福。为了节约开支，有时候连下雨天，他们也舍不得打车回家。记得有一次，她下班时天下着小雨，葛景尧给她打电话说打车回家吧！她直接拒绝了。等她打着伞出了西海妇产医院的大门时，葛景尧骑着摩托车慌慌张张地过来了，摩托车停下的时候，肖寒发现小雨已经淋湿了葛景尧的衬衫，看到葛景尧那个样子，肖寒忍不住埋怨他："你就不会穿件雨衣吗？"

葛景尧说："雨衣我舍不得穿，是留给你的，在后座下的储物箱里，你取出来快穿上吧！"

肖寒一阵感动，眼眶有些湿润了，她故意背对着葛景尧，准备掀开后座取雨衣，却发现后座上包了一层塑料纸，她知道这是葛景尧生怕雨淋湿了后座才包上了塑料纸，为的是让她坐着舒服。顿时，一滴热泪涌出了眼眶。她小心翼翼地取出雨衣，披在葛景尧身上，葛景尧问："肖寒，你给我披上干嘛？是留给你披的。"

肖寒说："我有雨伞。"

葛景尧说："那么小的伞遮不住你的，别磨蹭了，快穿上吧！你看雨下得越来越大了，再耽搁一会儿，你也会淋湿的。"

肖寒只好穿上了雨衣，说："那我给你打伞，路滑，你慢一点儿。"

葛景尧笑了笑，说："好嘞！"

葛景尧载着肖寒，在雨中的城市里成了一道独特的风景，公交车和轿车不断驶过他们身边，他们知道一定有很多人看到了他们。可是他们一点儿不觉得难堪，因为雨中行驶的乐趣不是谁都能体会到的。

回忆是美好的，然而后来葛景尧开办公司赚了钱，他们的生活改善了不少，有钱了，他们之间的感情却渐渐疏远了。

肖寒一想到这些，心里就隐隐作痛，她和葛景尧的生活完全可以用三个阶段来形容：幸福的过去、痛苦的现在和迷茫的未来。

她尽管身体不舒服，但她强忍着站起来关了客厅的灯，进了自己的卧室，一头栽在床上，抱着被子抽搭起来。

15

唐锦川一觉醒来，发现一缕阳光透过窗户照在飘窗上的盆栽杜鹃花上，鲜艳的杜鹃花正开得旺盛，泛着点点金光。唐锦川揉了一下眼睛，摸出床头的手机看了一眼，已经七点钟了，他赶紧穿衣起床，这时，听到了敲门声，紧接着是宫小薇的声音："爸爸，你起床了没？我可以进去吗？"

"进来吧！"唐锦川朝门外喊。

宫小薇推开了唐锦川卧室的门，笑吟吟地说："爸爸，你今天起床晚了啊，是不是睡过头了？"

唐锦川说："是啊！昨晚困得连窗帘都没来得及拉，就一觉睡到现在，睡得昏天暗地的。"

宫小薇问："你老实交代啊！昨晚去干嘛了？"

唐锦川笑着说："怎么？要审问你老爸啊？"

宫小薇说："不是审问，是为你担心，要是你万一出了什么事，我可怎么办呀？"

"我能有什么事啊？"唐锦川故作一副轻松的样子。

"我说你这个老头儿啊！现在越来越不老实了，"宫小薇拨弄了一下飘窗上的杜鹃花，"不说实话是不是？"

"我真没做什么事啊？你要我怎么交代？"唐锦川边叠被子边说。

"你不说我也知道，"宫小薇打开了窗户，"咱打开窗户说亮话吧！你是不是和钟曼文约会去了？"

唐锦川立刻皱起了眉头，说："小薇，你说什么呢？你怎么能这么说呢？"

宫小薇歪了一下头，说："看你那紧张的样子，我没说错的，约会就约会了，还不敢承认？你这个老头儿，顽固得很呢！"

唐锦川有些哭笑不得，说："我在你眼里已经是个老头儿了呀？我有那么老吗？"

宫小薇说："都四十多岁的人了，不是老头儿是什么？还是个顽固不化的老头儿。"

"这么多年，老爸把你惯坏了。"唐锦川说，"不说这个了，我去给你弄点儿吃的。"

"早就做好了，就等着你去吃呢！"宫小薇朝唐锦川挤了挤眼。

"啊！姑娘！"唐锦川惊讶地张大了嘴，"不会吧！你做的早餐？太阳不会从西边出来了吧？"

宫小薇突然在唐锦川的脸上亲了一口，说："不是我做的还能是你做的呀？放心，就算是我做的早餐，太阳也依旧是从东边升起。"

唐锦川顿时有些感动，难道小薇瞬间长大了？我怎么以前都没有发现呢？今天早上亲自给老爸做早餐了。

唐锦川去卫生间洗了洗脸，走进了客厅，看到餐桌上摆满了丰盛的早餐：两杯牛奶、四片全麦面包、两个煎蛋、四根油条、两碗豆腐脑儿。

唐锦川惊讶地问："小薇，你做了这么多啊？吃不完的。"

宫小薇说："爸爸，你不是经常对我说，早餐一定要吃好的，只有早餐吃好了，才有更多的精力去学习和工作。"

唐锦川说："那倒也是，可你做的太多了。"

宫小薇噘起了嘴，说："哎！老头儿，别说那么多废话了，赶紧吃吧！你姑娘好不容易做好了，你怎么还埋怨啊？"

唐锦川只好低头吃早餐，还连连说着"好吃，好吃"。

宫小薇瞥了一眼唐锦川，说："好吃你就多吃点儿。"

唐锦川边吃油条边笑着说："我一定要吃个肚圆。"

宫小薇喝了一口牛奶，说："爸爸，你也不用瞒我，我知道你昨晚和曼文在一起，我早就看出来你喜欢她。我首先声明啊！我不太喜欢她，如果你真想和她在一起，我也不反对，但你将来不能把公司交给她管理。"

"小薇，你说什么呢？"唐锦川放下还剩半根的油条，"我和你曼文阿姨只是同事关系，再说了，就算我喜欢她，人家还不一定喜欢我呢，怎么和公司牵连上了？"

"算了吧！爸爸，"宫小薇喝了一口豆腐脑，"你一个事业有成的男人，长得又帅，哪一个女人见了你不动心啊？我只是表达了我的真实想法，你不用这么激动。"

唐锦川有些生气了，说："小薇，这么多年，我要是想找，早就找了，还用等到现在？"

"那是因为你为了照顾我，不想让我受委屈。"宫小薇说，"老爸，这我牢牢记心里了。"

宫小薇的一句话让唐锦川听了感慨万千，他站起身，走到阳台的落地玻璃窗前，望着远处的鳞次栉比的高楼。

"爸爸！你干嘛呢？"宫小薇也站了起来，"快吃饭呀！"

唐锦川头也不回，依旧看着窗外的城市，说："让我静一静。"

"这可不是你的风格啊！"宫小薇也离开餐桌来到阳台，"怎么变得如此多愁善感呢？是不是我的话触动了你的心弦？"

唐锦川说："小薇，你长大了，爸爸也老了。"

"此话怎讲？"宫小薇挽起了唐锦川倒背着的胳膊，"怎么还抒起情来了？"

唐锦川说："没什么！我的意思是你长成大人了，理解老爸的苦心了。"

宫小薇说："好了，真是个怪老头儿，快去吃饭吧！别再伤感了。"

父女二人继续回到餐桌吃饭，气氛缓和了不少。

宫小薇问："爸爸，你就不想知道我昨晚去干嘛了吗？"

唐锦川说："我就是想知道，你也不会告诉我的，所以，我干脆就不问了，省得问了你，你又不高兴。"

"要是在以前我可能会不高兴，但今天不会。"宫小薇抬头看了看天花板，还扬了扬眉毛。

"那你干什么去了？"唐锦川好奇地问。

"猜猜呗！"宫小薇神秘地朝唐锦川挤了挤眼。

唐锦川说："和朋友聚会了？"

宫小薇摇了摇头。

唐锦川又说："那就是去看电影了？"

宫小薇说："唉！爸爸，你什么智商啊？和朋友聚会、看电影那还用让你猜吗？"

"那就是去相亲了？"唐锦川来了兴趣。

宫小薇微笑着点了点头。

"啊！还真是啊？"唐锦川惊讶地站了起来，"谁给你介绍的？那小伙子干什么工作的？他是什么家庭背景？"

"哎呀！爸爸，你一连问了我这么多问题，你这么上心啊？"宫小薇说。

"当然！"唐锦川说，"你是我姑娘，我当然要为你把好关的。"

宫小薇说："其实也不能算是相亲，就是一块儿吃了顿饭，然后彼此聊了聊。"

唐锦川说："你单独和一个陌生的男孩子吃饭，那不叫相亲那叫什么？又不是同学或朋友相聚。"

宫小薇说："老爸，你先别激动，我就是跟人家见了个面，以后发展成什么情况还不一定呢！"

唐锦川说："但我感觉你好像喜欢人家，要不你不会这么兴奋的，坦白吧！他到底什么来历？谁这么热心急着给你介绍男朋友？"

宫小薇说："没有人给我介绍，是我们在西海团市委举办的青年联谊会上认识的，当时觉得彼此有点儿好感，就互留了联系方式，昨晚他约我共进晚餐。"

"哦！'西海青年联谊会'我知道，"唐锦川说，"那是团市委为解决城市青年婚姻问题专门组织的定期活动，当年我也参加过，还不错。"

宫小薇问："那你有没有遇到心仪的女孩呢？"

唐锦川叹了一口气，说："唉！要说没遇到那是假话，我还真的遇到一位姑娘，彼此的感觉都很好……"

没等唐锦川说完，宫小薇很好奇地问："那你们后来为什么没走到一起呢？"

唐锦川说："我说我还带着个孩子，人家一听就不乐意了，这事就泡汤了，后来我又去过几回联谊会，基本是这个结果，再后来，我也就不去了。"

宫小薇听了，眼圈红红的，她知道爸爸是为了她才单身了这么多年，他太不容易了，就说："爸爸，我知道你都是为了我，你原本也可以有个幸福的家的。"

唐锦川说："小薇，我现在也很好，我们的家还是很幸福的。"

宫小薇朝爸爸点了点头。

唐锦川说："你长大了，迟早是要离开爸爸的，爸爸只是希望你能擦亮眼睛，找个对你好的男朋友。"

宫小薇说："爸爸，我也不瞒你，他叫梁冰，比我大四岁，今年二十五了，目前看来人还挺实在。"

唐锦川问："他是做什么工作的？"

宫小薇低声说："他自己开了个理发店。"

"啊！他没正式工作啊？"唐靖川惊讶地问。

宫小薇说："理发不是工作啊？"

唐锦川生气地说："那叫什么工作啊！"

宫小薇说："爸爸，你先消消气，虽说梁冰干理发算不上多么体面，但他也是个有理想的人，将来他还准备把店面扩大呢！"

唐锦川又问："那他家境什么情况？"

宫小薇又压低声音说："他老家在农村，家里只有一个妈妈。"

唐锦川气得站了起来，说："小薇，你冷静考虑一下好不好？"

宫小薇抬起头，说："我就知道你会嫌弃梁冰的。"

唐锦川压着满腹的怒气，说："我不是嫌弃他的工作和家庭，我主要是为你的未来担忧，将来如果你们真在一起，会有很多问题的，你现在一腔热血，被爱情冲昏了头脑，未来就会心灰意冷的，爸爸是过来人，你听爸爸一句劝，咱安安稳稳地在西海市找一个吧！"

"老——爸，"宫小薇也站了起来，走到唐锦川身边，说，"你看你，我就是跟你说说人家的情况，你就激动成这样，干理发也不一定就没前途，电视上好多大明星的造型师都是从理发干起的，家在农村又怎么了？你当年不也是跟着我爷爷从农村来的西海市吗？现在不照样发展得很好吗？这些道理都是以前你讲给我听的，怎么现在还得我讲给你呀？况且梁冰跟我一样都毕业于西海职业技术学院，好歹人家也是个大学生。再说了，我们就是互有好感见了面而已，至于今后发展成什么样，我可没想那么多。说不准我遇到了比梁冰更有感觉的白马王子，梁冰就淘汰出局了呗！"

宫小薇最后一句话把唐锦川逗乐了，他说："什么还淘汰出局？你以为是打球呢？你们这些年轻人呀！都不知道怎么想的，这谈朋友也是跟闹着玩似的。"

"这么说，你同意我和梁冰处下去了？"宫小薇充满了期待。

"我可没这么说，"唐锦川说，"我只是就事说事。"

"唉！"宫小薇噘起了嘴，"你这个老头儿啊！"

父女俩随即不再说这件事了，弄得双方都很不高兴，吃完饭，宫小薇没搭理她爸就独自开车上班去了。

唐锦川没有立即去上班，他先是坐在阳台上静静地接连抽了两支烟，然后又洗了洗脸、刮了刮胡子才出去了，下了楼，他也没有开车，而是朝小区南门不远的公交站牌走去。公交车接二连三地开过来了，他上了一辆公交车，每当心烦意乱的时候，他通常选择坐公交车去上班。他是个安全意识很强的人，人在心情不好注意力不能集中时，千万不要开车，容易出问题的。

正赶上堵车严重的时候，公交车走走停停，好不容易才到站了，唐锦川从车上下来，推开锦川摄影公司的大门，看到大家都在各自忙碌，不见宫小薇的身影，就问服务台的丽丽："丽丽，小薇呢？"

丽丽说："她还没来啊！"

"没来？"唐锦川满脸疑云，"她比我还先出的家门。"

丽丽说："要不我给她打个电话吧？"

唐锦川一挥手，说："算了，我打吧！"

唐锦川随即就给宫小薇打电话，但手机里却传来了"你所拨打的电话已关机"的声音。唐锦川非常失望地说："这孩子哪儿去了？怎么还关机了？"

丽丽在一旁说："会不会是手机没电了？"

唐锦川摇摇头，说："不可能，早上我还看见她的手机在客厅充电，这么快就没电了，她一定是故意关机的。"

丽丽一时间不知道该怎么接话了。虽然她知道她的这位领导一向平易近人，但现在看来领导可能要生气了。在上司生气的时候最好不要多说什么，哪怕是安慰的话，因为有时候适得其反，所以她只好不说话了。

正在这时候，钟曼文走了过来，问："唐经理，今天的早会还开不开了？小薇到这时候还没有来。"

唐锦川说："我也正找小薇呢！这孩子不知去哪了，手机关机，早会按时开。"

锦川摄影公司的早会制度最初还是由宫小薇提议设立的，就是每天早晨八点上班后，各部门的工作人员排成两排站在一楼大厅里，由宫小薇负责点名，然后布置一天的工作任务，之后就是喊一喊公司的口号"锦川，锦川，美丽相伴；加油，加油，不懈追求；坚持，坚持，雄心壮志；诚信，诚信，点石成金"。这口号是宫小薇搜肠刮肚拼凑出来的，刚开始大家都觉得好笑，时间长了，天天在喊，也觉得还蛮顺口的。平时口号里每句话的前两个词一般都是由宫小薇喊出，后一个短语由员工们齐声喊出。可是今天宫小薇还没有来，大家谁也不知道该由谁来组织这次早会。

　　员工们很快排成两排整齐地站在了大厅里，唐锦川走到队伍的前面，说："今天的早会由曼文主持。"

　　钟曼文大吃一惊，连忙推辞："我，我不行的，还是换别人吧！"

　　唐锦川说："今天小薇不在，你暂时代替她一次。"

　　"不需要她代替我。"不知什么时候，宫小薇已经站在了大门口。

　　大家都不约而同地往大门口张望，只见宫小薇神气地走了过来，高高地昂着头，站在了队伍的前面，说："不好意思，我来迟了，现在开始点名。"

　　点过名之后，宫小薇又开始带领大家喊口号，之后是布置今天的各项任务。虽说宫小薇有时候任性一点，说话还有一丝冲，但工作起来其实还是蛮有激情的，这一点的确让唐锦川感到欣慰。自从宫小薇进入公司以来，在她的努力下，公司的各项工作更加严谨有序了，而且宫小薇敢说敢做，谁有什么问题，她会直接提出来，而且以最快的速度解决。由于宫小薇的加盟，公司的业务增加了不少。唐锦川觉得宫小薇再磨炼几年，将来定能担当公司的大梁。

　　早会快要结束的时候，宫小薇严肃地对大家说："现在，我宣布一条纪律，以后上班但凡无故迟到者一次扣五十元，即时生效。我今天迟到了，耽误了大家的工作，我必须接受处罚。另外，我还要宣布一项人事任命，如果某天我因为特殊情况没能按时到公司，早会暂时由丽丽代我主持，其他人一律不准主持早会，刚才唐经理让钟曼文女士暂代我行使早会的权利，我一票否决。"

　　宫小薇这么一说，钟曼文在一旁很尴尬，她瞟了一眼宫小薇，宫小薇似乎正得意地盯着她呢！唐锦川有些看不下去了，对宫小薇说："小薇，你怎么能这么做？"

　　宫小薇说："唐经理，我这是在工作，请您尊重我。"

　　宫小薇在这种场合下用了"唐经理"这个称谓，后一句话还用了一个她很少用的"您"，并且还加重了语气，这是要给唐锦川施加压力呢！唐锦川一点儿都不感到意外，因为以前，宫小薇在公司就经常这样称呼他。至于在家里或者其他场合，对他的称呼就更丰富了——爸爸、老爸、老头儿、老唐……

唐锦川为了挽回自己的面子，说："我是经理，难道任命一个人的权利都没有吗？"

宫小薇说："老唐，请你搞清楚，你是经理，不假！但我是主抓公司的全面工作，说白了，你是坐办公室的，我才是生产一线的。"

然后，宫小薇又回过头，对大家说："大家说对不对？"

大家都不知道该怎么回答了。唐锦川不想在众人面前继续和宫小薇争吵，他知道女儿的脾气，只好说："散会，大家各自去忙吧！"

大家散了之后，唐锦川压低声音对宫小薇说："小薇，你到我办公室一趟。"

宫小薇说："如果还是刚才的事，我们就没必要谈了。"

唐锦川说："是别的事。"

宫小薇这才跟着唐锦川去了他的办公室，一进门，唐锦川就把玻璃门拉上了，随即，唐锦川就问："你刚才……"

唐锦川的话还没说完，宫小薇就抢着说："打住！打住！"

唐锦川着急地说："我是问你刚才为什么迟到了？手机还打不通。"

宫小薇说："我迟到是因为我在上班的路上顺便去找了梁冰，手机打不通是因为我不小心关机了。还有问题吗？"

唐锦川说："你真的要和梁冰处下去啊？"

宫小薇没有正面回答唐锦川，只是说："我相信梁冰会表现得很好的，爸爸，你就等着瞧好吧！"

"唉！"唐锦川长叹一声，说，"小薇呀！你快快长大吧！"

宫小薇惊讶地看着唐锦川，说："老爸，我已经长大了。"

唐锦川朝宫小薇一挥手，说："你去工作吧！让我静一会儿。"

　　宫小薇没有马上离开，转而关切地问："爸爸，你没事吧？"

　　"我没事，"唐锦川转过了身，"快去忙你的吧！"

　　宫小薇顿时觉得自己好像做错了什么似的，本想和爸爸再聊几句，可是看到爸爸根本不想再说什么话了，只好拉开门出去了。

　　唐锦川见女儿走了，他一下子瘫坐在办公桌后面的旋转椅子上了。

下

窗外有焰火

_16_

钟曼文下班后没有回自己的家，而是坐公交车去了婆婆家，好多天了，她一直想去看看两位老人。罗启铭走了，给老人以沉重的打击，他们在这个世界上再没了依靠。原本可以幸福地安度晚年的老人，瞬间就成了最孤独的人。钟曼文如果再远离他们，他们就更可怜了。但钟曼文从来没想过不管他们，从她和罗启铭结婚的那一刻起，她就注定要与两位老人联系在一起。

公交车到站了，钟曼文事先跟婆婆打了个电话，婆婆听说她要来，激动得不知道说什么才好，只是一个劲儿地说着谢谢，钟曼文心里很不是滋味，她能理解婆婆的心情。临挂电话的时候，她还听到了电话里传来的公公的声音，公公大概是跟婆婆说的——"曼文是个好姑娘"，钟曼文听了，眼眶湿湿的。

路过熟悉的街道，钟曼文以前和罗启铭无数次走过这条街道，连街上的每一个路灯她都能数得清。至今依然记得第一次跟着罗启铭去他家的情景。那时候，他们已经恋爱了很长一段时间了，罗启铭提出要带她回家看望父母，她心里既期待又惊慌。期待的是她即将走进一个新的家庭，惊慌的是还不知道未来的公公婆婆能不能看上她这个未过门的儿媳妇。像所有恋爱中的姑娘一样，她在期待且惊慌中接受了罗启铭的邀请。

同样是走过这条街道时，钟曼文对罗启铭说："启铭，你再看看我今天的这身衣服好看不？"

罗启铭笑着说："我都说了快一百遍了，好看得很。"

钟曼文说："我就是担心叔叔阿姨见到我，会不喜欢我。"

罗启铭说："怎么会呢？我爸妈不是那种以貌取人的人，他们更看重人品的。况且你既漂亮人品又好，他们肯定会喜欢得不得了的。"

钟曼文说："你这是恭维我呢！"

罗启铭拉起钟曼文的手，说："不是恭维，是真话，你不知道，我第一次见到你，还以为见到了哪个电影明星呢！我当时就想，这么漂亮的姑娘，为什么就单单等着我呢？"

钟曼文的脸红了，说："你说什么呢？"

罗启铭说："真的，如果你去拍电影，丝毫不亚于那些当红的影星。"

钟曼文在罗启铭的肩膀上轻轻捶了一下，说："不要说这个了，说说我该怎么办吧。"

罗启铭说："你不用这么紧张，大大方方地，从从容容地，平常什么样子还什么样子就行。"

尽管罗启铭不断地给钟曼文减压，可是钟曼文依旧很紧张，毕竟是第一次见未来的公婆。

该面对的是一定要面对的，既然已经来了，钟曼文只能硬着头皮跟着罗启铭进了他家，真的没想到，一进门，婆婆就喜欢上了她，婆婆就像她的名字曹慧芳一样智慧芬芳，善解人意，曹慧芳一下子就拉住了钟曼文的手，说："真是个水灵的姑娘。"

钟曼文羞涩地低下了头，说："阿姨！您好！"

曹慧芳说："好！我和你罗叔叔都盼着你能来呢！"

"是啊！"罗启铭在一旁对钟曼文说，"我爸妈都等不及了，天天催着我要我带你来，今天你终于来了，他们都高兴坏了。"

罗启铭他爸罗良才虽然没说什么话，但脸上也洋溢着满满的笑意，他显然对这个未来的儿媳妇很满意。

曹慧芳问钟曼文："你爸妈还好吧？"

钟曼文点点头，随后，曹慧芳说："今后你一定要常来，阿姨给你做好吃的。"

罗启铭插嘴："曼文，我妈做饭很好吃的，你看我这身材就能说明一切了。"说着，罗启铭还晃动了一下自己胖胖的身材。

钟曼文被罗启铭逗乐了，心想：罗启铭啊罗启铭，不当喜剧演员可惜了。

曹慧芳说："曼文，你看我的这个'傻儿子'每天就知道吃了，都胖成啥了。"

一直在一旁没有说话的罗良才对曹慧芳说："老曹，今天孩子们难得来家一次，我出去给孩子们买点儿菜，咱们好好聚聚。"

曹慧芳正要说话，罗启铭抢了先，说："爸，让我和曼文去吧！正好我可以带曼文熟悉一下周围的环境，尤其是菜市场，我要教会曼文如何挑菜、买菜、讨价还价，这样等我们将来结婚了，曼文可以跳过'实习期'直接进入罗家媳妇的角色。"

罗启铭这么一说，钟曼文脸又红了，心想：好个罗启铭，还没结婚就想着让我将来买菜、做饭了，看我待会儿怎么收拾你。

曹慧芳说："铭铭，你说什么呢？油嘴滑舌的。"

罗启铭一副嬉皮笑脸的样子，接着说："我说的是实话呀！曼文一定会成为罗家媳妇的，那还不得先体验体验做媳妇的感觉啊？"

曹慧芳说："别贫了，快去吧！对人家曼文好点儿才是你的正事。"

接着钟曼文和罗启铭就出去了……

一阵自行车铃声从身后传来，把钟曼文从回忆中拉回了现实。一个骑自行车的男孩从她身边飞驰而过，像极了曼武小时候骑自行车的样子。有个弟弟真好，曼武出现在她的生活里的时候，她高兴地抱着曼武亲了又亲，逢人便说她有弟弟了。可是后来她从爸妈口中得知曼武是抱养的，直到现在她也无法接受。唉！人生从来就是这样，不会让一个人永远顺利的，不是会出现这样的不幸，就是会发生那样的挫折。

不知不觉，钟曼文就来到了公公婆婆住的小区门口，她想：给老人买点儿什么呢？总不能这么空手去见他们吧！

　　小区外围有一家便民超市。结婚前，她和罗启铭经常到这里来买菜、买水果，然后大包小包送到公公婆婆家。结婚后，因为他们住进了另一处房子，来这家超市就少了，只是星期天来看望老人时才到超市买东西。掐指算来，她已经好几个月都没进过这家超市了。她进了超市，超市依旧是原来的样子，站在收银处的仍然是那个熟悉的大姐，大姐见钟曼文进来，惊讶地问："哎哟！你有好长时间没来了吧？"

　　钟曼文和大姐虽说多次见面，但彼此也只是互相脸熟而已，彼此并不能叫上名字。

　　钟曼文朝大姐点点头，说："是啊！好久了。"

　　大姐说："你来超市少了，你老公也不常来了，最近你们都很忙吧？"

　　大姐的话，让钟曼文心里一阵难过，但她并不怪大姐，人家不知道罗启铭已经不在了。城市绝对不同于乡村，芝麻大点儿的事瞬间就会传遍全村，在城市，就算同住一个小区，甚至同一单元同一层，一个家庭发生的事，就连对门也不一定知道。大家都在忙自己的事，下班回家，活动范围基本上都限制在自己的房间里。偶尔到小区转悠，遇上几个面熟的人，也只是互相点个头，笑一下或者寒暄几句不轻不重的话。所以，像这位大姐和钟曼文的关系也仅仅限于面熟而已。

　　钟曼文没有回答大姐，只是朝大姐点了点头。

　　大姐又说："你需要什么就随意看看吧！"

　　钟曼文答应了一声就朝蔬菜区走去，她挑选了几样公公婆婆最爱吃的菜，像芹菜、菠菜、蘑菇什么的，然后又买了苹果和葡萄。

　　出了超市，进了小区，天色虽然有些晚了，但小区里来回走动的人还不少，为了不让面熟的人拉住问长问短，说些无关痛痒的话，钟曼文加快了脚步进了单元楼。来到公公婆婆家门口，尽管她包里有一把这扇门的钥匙，但她还是轻轻敲了敲门，门很快开了。曹慧芳站在门口，钟曼文说："妈！"

　　曹慧芳笑着说："曼文，你来了，快进来。"说着，她就准备帮钟曼文拿那些蔬菜。

钟曼文说："不用，妈！"

钟曼文换了鞋，进屋了。

罗良才也从沙发上站了起来，说："来了，曼文！"

钟曼文朝公公点点头，说："爸！"

然后，钟曼文就把蔬菜和水果送到了厨房。等她出来的时候，手里端着一盘洗好的葡萄和苹果，她放在客厅的茶几上，说："爸！妈！吃水果。"

曹慧芳说："曼文，你先休息一会儿，待会儿咱们一块儿吃饭，听说你要来，你爸一个劲儿催我给你做好吃的。"

钟曼文说："谢谢爸妈！"

曹慧芳说："不说这些客气的话了，都是自家人，我去端饭。"

钟曼文说："我来吧！"

说完，钟曼文就进了厨房。

钟曼文对这个家是熟悉的，以前，她多次在这个厨房做饭，不是婆婆做她的下手，就是她做婆婆的下手，婆媳二人在厨房里说说笑笑间就把饭做好了。有时候，罗启铭也会加入做饭的队伍中来。罗启铭发胖的身材绝对与这个厨房有关，曹慧芳生怕自己的儿子吃不好，罗启铭每次回家，她都会做一桌好菜，久而久之，惯坏了儿子的胃，罗启铭渐渐"由长变宽"了。

钟曼文把菜一一摆在餐桌上，说："妈，您真是做菜的好手，这么多菜都是怎么做出来的呀？我今后得跟您学学了。"

曹慧芳说："每天没事干，我和你爸就只剩下钻研菜谱了。"

钟曼文说："会做菜是福气，您和我爸吃好休息好比什么都强。"

罗良才在一旁说："曼文说得对，我们老了，还能图什么？不就图个吃好睡好身体好吗？"

钟曼文把三个人的碗筷摆好，说："爸，谁说您和我妈老了，我看还年轻着哩！要是走在大街上，说你们五十岁没有人摇头的！"

罗良才说："你这是在宽慰我们哩！老了就是老了，得面对现实啊！"

　　钟曼文给两位老人盛饭，像往常一样嘱咐他们多吃点儿菜。

　　三个人开始吃饭，他们心里都想着罗启铭，但谁都没提，如果提起来，谁都会伤心。

　　为了尽量缓和这种略显压抑的气氛，钟曼文有意跟公公婆婆说了很多高兴的事，罗良才和曹慧芳心里都清楚，他们的儿媳妇是想减轻他们失去儿子的痛苦，不想让他们太难过。

　　过了一会儿，曹慧芳问："曼文，你在那个摄影公司工作还好吧？"

　　"啊！"钟曼文心里"咯噔"一下，婆婆怎么知道我辞职了？我从来没告诉过他们呀？

　　钟曼文往曹慧芳的碗里夹了一些菜，笑着问："妈，您怎么知道我换工作了？"

　　曹慧芳说："我和你爸早就知道了，是你妈妈打电话告诉我们的。当时，我们听了都大吃一惊，后来想了想，你换单位一定是你深思熟虑的结果，不管你做什么决定，只要你高兴就好。"

　　罗良才也说："是啊！你自己快乐比什么都强。如果不开心地工作，赚再多钱也没什么意思，换一个工作，就算赚得少，只要心情愉快就行，人活着，就是要活一个心情哩！"

　　"爸爸，您说得对！"钟曼文又往罗良才的碗里夹了一些菜，"我就是想换一种心情才辞职的。"

　　吃过饭，曹慧芳本来要去洗锅的，但钟曼文抢着去洗了。

　　洗完锅，收拾好厨房后，钟曼文又给两位老人洗了很多换下来的衣服和被单，接着把屋子收拾了一遍，还拖了地。看着儿媳妇忙碌的身影，罗良才和曹慧芳感到一阵阵温暖。

　　干完这一切后，钟曼文打算回自己的出租屋，但被婆婆叫住了。曹慧芳吞吞吐吐地说："曼文，我和你爸想……想和你说……说件事。"

　　钟曼文说："妈，什么事？您说就是了。"

　　曹慧芳瞅了一眼罗良才，叹了口气，说："唉！还是让你爸说吧！"

罗良才对曹慧芳说："你说就行了。"

"到底什么事啊？"钟曼文理了理额前的头发，"我又不是外人，没事，你们说吧！"

曹慧芳这才说："启铭走了，你的生活还得继续，如果有合适的人，你可以考虑……"

曹慧芳还没有说完，钟曼文就说："妈，我当是什么事呢？这事啊？你们这么着急要把我嫁出去啊？"

"不是，"曹慧芳赶紧解释，"你爸他们单位有个小周，是个副教授，人挺好的……"

又是不等曹慧芳说完，钟曼文就上前拉起了曹慧芳的手，笑着说："妈，我暂时还不想考虑，谢谢您和爸爸了。"

"是这样，曼文，"罗良才忍不住了，"小周是我以前带过的研究生，人很诚实……"

还是没等罗良才说完，钟曼文就说："爸！等等再说吧！我还想多照顾你们几年呢。"

罗良才说："你结了婚也一样能照顾我们呀！再说了，我和你妈也为你将来的生活操心呢！"

钟曼文说："爸，咱今天先不说这个事儿了，我还得回家翻译一篇文章，等有空了，我再过来多陪陪你们。"

罗良才和曹慧芳也不好意思再说下去了，钟曼文挎上包，起身和公公婆婆告别，走到门口，又回过头来，说："爸！妈！你们永远都是我爸妈，不管未来怎样，我都会照顾你们的。"

曹慧芳说："好孩子！"瞬间，她的眼眶就湿润了。

罗良才也悄悄背过了脸，抹了一把眼睛。

尽管钟曼文不让公公婆婆送她，但两位老人坚持把她送到小区门口，直到看着她上了出租车才转身回家去了。

西海的夜色是美丽的，钟曼文的心情却很不美丽。当出租车开到离她家不远的一条街道时，她提前下车了，想独自走一走。

　　这是西海市一条繁华的街道，钟曼文沿着街道漫无目的地朝前走，街道两旁是大大小小的商铺，灯火通明。大概是为了吸引顾客的注意，有的商铺门口还闪着彩灯，一明一暗地闪出各种图案。三三两两的行人走过身边，其中不乏热恋中的青年男女，钟曼文很羡慕他们，要是在以前，她也可以挽着罗启铭的胳膊骄傲地走过街道，可是现在，她只能暗自伤叹。刚才公公婆婆说要给她介绍对象，看起来男方条件还不错，当时她之所以委婉地谢绝公公婆婆的好意，不是她不想开启新的恋爱，而是她还没能从失去罗启铭的悲伤中走出来。一个还没有走出前一段感情的人怎么能这么快就去面对下一段感情呢？钟曼文做不到，况且她和罗启铭的离别是特殊的，既不同于老死不相往来的离婚，又不同于和平的分手。他们的分别是毫无征兆地就到来了，他的悄然离去，让她没有任何心理准备。她的心里是爱他的，他也爱她，在他们都还没有好好享受彼此的爱时，一切都结束了。

　　钟曼文仰望星空，今晚的夜空没有几颗星星，她觉得很久都没有仰望过夜空了，每天在繁忙的城市里生活，除了单位就是家和街道，似乎总是忽略周围的风景。大自然的风雨雷电，雨雪风霜，一年四季的更替，庄稼的播种收获……像是永远在远方，生活在都市的人们似乎被禁锢在了高楼大厦和柏油路之中了。

　　她从小就生活在这个城市里，对这里的一切都是熟悉的，但对她来说，越是熟悉的地方越容易产生厌倦感。她在这里得到过温暖和幸福，当然也失去了欢乐和爱情。毫无疑问，她现在是心烦意乱的，不知道在想些什么，但总也绕不开罗启铭的身影。前一阵子，她读了英国女作家弗吉尼亚·伍尔夫的意识流小说《墙上的斑点》，大为震惊。小说没什么情节，如果是在以前，她根本不会读这样的小说，可是现在她觉得这篇小说写得太好了。小说讲述了主人公在一个普通日子的平常瞬间，抬头看见墙上的斑点，由此引发意识的飘逸流动，产生一系列的幻觉和遐想。我是不是也是这种意识状态呢？她多次在心底问自己。细细想来，她又觉得不完全是，然而伍尔夫的语言实在精彩，像缓缓流淌的溪水一样的描写与叙述让她痴迷，瞬间就产生了心灵的共鸣。

钟曼文感到有些累，坐在了街边的公共长椅上，有个小女孩走过她身边，身后是一对年轻的夫妻说说笑笑的，大概小女孩是他们的孩子。钟曼文露出了羡慕的眼神，原本她和罗启铭也是打算要孩子的，他们甚至做了好多计划，包括孕前吃叶酸、最佳的受孕时间安排、备孕的环境……计划得很详细，但赶不上旦夕祸福。

年轻的妈妈朝小女孩喊："小萌，你慢点儿跑。"

啊！小萌！这个小女孩也叫小萌，她又想起了罗启铭生前资助的女孩儿小萌了。她一直打算抽空去看看小萌的，一晃就过去了好多天。小萌还不知道她的罗叔叔已经去了另一个世界了，要是她知道了，该会多伤心啊！钟曼文想到这儿的时候，眼泪情不自禁地涌出了眼眶，为小萌，更为自己。

初秋的风吹来了，灌进了钟曼文的衣领、袖筒、裤管，吹乱了她的头发，她看了一眼依旧车流滚滚的街道，仍然没有一点儿回家的念头。

17

不知过了多久，也不知想了多久，直到身上感到有阵阵凉意袭来，钟曼文才意识到天色已经有些晚了，街上的车辆也减少了许多。真该回家了，她起身准备拦一辆出租车，这时，一辆白色的轿车一边鸣笛一边开了过来，车停在了她身边几步远的街道旁，正当她有些疑惑的时候，朱大海从车里探出头，说："曼文，你怎么在这儿啊？"

钟曼文一看是朱大海，说："哦！朱师傅，我没事，随便走走。你这是刚下班啊？"

朱大海说："是啊！我今天加班了，天这么晚了，你一个人在这儿溜达太不安全了，要不你搭我的车回家吧？"

钟曼文急忙摆摆手，说："不麻烦你了，我还想再走走。"

朱大海说："不就是搭个车吗？有什么麻烦的？快上来吧！"

因为天色的确有些晚了，钟曼文没有再拒绝，拉开后车门上了车，说："谢谢啊！"

朱大海开着车，说："不用这么客气啊！都是一个小区的邻居。"

钟曼文朝朱大海看了看，朱大海的光头在街灯的映衬下忽明忽暗的。两个人都不知道该说些什么，钟曼文在面对朱大海时就更不知道说些什么了，职业、学识、社会关系等都不一样，根本找不到有什么共同话题，所能交流的仅限于彼此客气的寒暄。只有一点可能是相同的，那就是他们都经历过一次刻骨铭心的伤痛。其实也谈不上相同，钟曼文是因为罗启铭的突然病故才痛苦的，而朱大海是由于被迫和前妻离婚才"沦落"到今天这个地步的。此时，两个人都有些尴尬，为了打破这种尴尬，朱大海说："曼文，我们是不打不相识啊！要不是那次争车位，也许到现在我们还是陌生人呢！"

钟曼文说："是啊！生活中巧合的事太多了，谁知道你和曼武还是同事。"

朱大海说："听曼武说，你是搞翻译工作的，我挺羡慕你们有知识的，我小时候不好好念书，初中毕业就去当兵了，当时西海市有政策，当兵回来可以安置工作，我爸妈觉得我不是念书的料，就让我去当兵了，退伍回来，就安置到西海市煤炭公司工作了，我干不了技术活儿，只能做些体力活儿，每天上班看到人家坐办公室拿着高工资的，说心里话，我挺不是滋味的，但也能想得通，谁让我当年不好好学习呢！咱脑子里没人家的墨水多，自然比不上人家赚钱多。"

朱大海一口气说了这么多话，钟曼文几次想插话都插不进去，等朱大海说完了，钟曼文才说："我觉得职业不分高低的，只要是自己的劳动所得，都是值得尊敬的。"

朱大海说："话是这么说，可在人们心里，总会给职业排个高低的，岗位不好，连人看你的眼神都会不一样。别说陌生人了，就是亲人，有时候也会看不起你。"

钟曼文一时不知道该怎么接朱大海的话了，只是"嗯嗯"了两声。

昏黄的街灯隔着车窗映照着两张同样昏黄的脸。

朱大海叹了口气，接着说："唉！人啊！一辈子都是在受罪中度过的。"

钟曼文知道朱大海内心很苦，早先听曼武说过朱大海的情况。钟曼文想劝慰几句，可又不知道从何劝起，何况她自己也是满身伤痕。

朱大海又说："曼文，我最近情绪有些失控，不管我今天说什么话，你都不要在意。"

钟曼文赶紧说："不在意的，朱师傅。"

朱大海说："我和曼武是同事，估计你也听说过我的情况，老婆嫌我没本事赚不了钱，跟我离了婚，姑娘上大学走了，大半辈子了，到头来还是光棍儿一条，我这活得真没劲，还不如……"

朱大海的话还没说完就被钟曼文止住了，钟曼文说："你说啥呢？朱师傅，人活着是不容易，可再难也得活下去啊！不为别人想，你也得为自己想想啊！你正值壮年，还有好多事要做的。你不要自己瞧不起自己，你是赚钱不多，可你毕竟还有份固定工作，你往大街上看看，整个西海市有多少没工作的，他们每天起早贪黑，辛辛苦苦，你知道他们赚点儿钱有多难？可人家照样积极向上，你比他们强多了，怎么这么消极呢？"

朱大海说："你说的是哩！可人家至少有幸福的家庭，我这……唉……说起来都不像人过的日子。曼文，你有幸福的家庭，理解不了我的苦。"

钟曼文知道这个男人今天肯定又是受了什么刺激了，她不知道哪儿来的勇气，说："朱师傅，我没有家庭，丈夫刚走。"

朱大海没听明白，问："你也离……"

刚说了一个"离"字，朱大海突然觉得有些不妥，就没再说下去。

钟曼文已经听出了朱大海的意思，说："我没离婚，是他去世了。"

"啊！"朱大海惊叫一声，手一软，没抓好方向盘，差点儿跟前边的车相撞，幸亏是老司机，经验丰富，稍微一踩刹车，转动了一下方向盘，车身靠右边变道了。

钟曼文吓得往前倾了一下身体，双手紧紧抓住了前边副驾驶的座椅靠背。

有惊无险，朱大海松了一口气，说："不好意思啊！曼文，吓着你了。"

钟曼文稳定了一下情绪，说："没什么，是我刚才影响了你的注意力。"

朱大海说："我真不知道你是那样的处境，我要是知道，决不会问你这些乱七八糟的问题的，抱歉啊！"

钟曼文说："你不用多想，朱师傅，这已经是事实了，也没什么不能说的。"

朱大海深深为自己刚才的冒失而自责，没想到，钟曼文却安慰他："朱师傅，看得出你是个好人，人到中年，生活中有很多事是不如意的，但我们都应该面对现实，往前看，没有过不去的火焰山。"

朱大海说："你说的在理哩！我虽没文化，可有些道理我是明白的，就是有时候想不开，觉得自己很窝囊，像我这样的年纪，原本应该老婆孩子在身边，有个美美满满的家，可是……唉！说出来心里憋得慌，你不知道，每每看到熟悉的或不熟悉的夫妻，茶余饭后，成双成对，我都羡慕死了。"

朱大海因为心里难过，所以说的话都与此有关，钟曼文当然能理解，只有有了相似经历，才会真正理解一个人。钟曼文能理解朱大海此时的心情，如果她是一个作家的话，她一定会把朱大海的内心世界描写出来的。她很羡慕那些作家，好像是个心理学家似的，总是能描写出不同人物的不同心理状况。

但现在钟曼文显然不想让朱大海继续说这个伤感的话题了，因为她知道他会越说越多，而且她的安慰也只会增加他的痛苦，起不到应有的作用。于是，钟曼文转移了话题，说："朱师傅，你女儿在哪儿上大学？"

听钟曼文问他的姑娘，朱大海有了兴致，说："武汉。"

钟曼文问："武汉大学吗？"

朱大海自豪地说："嗯！小敏就喜欢武大，我姑娘叫小敏。"

钟曼文趁机夸了几句朱大海的女儿小敏："小敏很厉害啊！能考入那么好的大学。"

朱大海更觉得脸上有光了，说："我没念过多少书，所以就希望小敏多念书，她也没辜负我的期望。"

钟曼文说："武大很漂亮的，我也曾梦想过那个大学，每年春天樱花开放的时候，武大简直就是花的海洋。"

朱大海说："我没去过，只听小敏说过，她们学校好漂亮。"

钟曼文问："小敏上大学时，你没去送送她吗？"

"唉！别提了，"朱大海满脸愁容，"当时她妈妈要去送她，小敏知道我和她妈妈关系不好，为了避免矛盾发生，她就悄悄告诉我，这次让她妈妈去送她，等下次再带我去武汉逛逛，反正要上四年呢！后来，姑娘说过多次带我去武汉，我都没去，不是工作忙，就是有事抽不开身。不管怎么说吧！老婆嫌弃我，小敏倒很在乎我，几乎是一天一个电话问候我。"

"你是她爸爸嘛！"钟曼文说，"割不断的永远是血缘。"

朱大海的手机响了，朱大海兴奋地说："这不，说曹操，曹操就到了，小敏的电话。"

手机一接通，就传来了小敏那焦急的声音："老爸，你干嘛呢？给你发信息你也不回。"

"哦！小敏，"朱大海温柔地说，"我还没来得及看呢！刚才一直在开车。"

小敏说："那你开车注意安全，我也没什么事，就是想告诉你，天渐渐冷了，你要多注意身体，别再天天吃方便面了。"

"嗯！放心吧！我好着呢！"朱大海转了一把方向盘，车拐进了他们小区所在的街道。

"那就不打扰你了，你早点儿回家休息，不准熬夜喝酒啊！"小敏说。

"不喝酒，我到家就睡觉。"朱大海说。

挂了电话后，钟曼文说："小敏很关心你啊！"

朱大海说："不瞒你说，我也只剩这点儿精神寄托了。"

朱大海把车开到小区门前的停车位旁，想找一个空位，都这么晚了，空位肯定是少之又少，开出好远，也没找到空车位，朱大海说："曼文，要不你先下车回家吧！我再到附近找找车位。"

钟曼文觉得很不好意思，搭人家的车来的，却要把人家撂下自己先回家，这怎么能行，就说："等找到空位咱们再一起回吧！"

正说着，钟曼文突然看到前边不远处有辆车尾灯亮了，说："朱师傅，你看前边那辆车，是要开走了吧？咱们等等，看能不能停到那个位子上。"

果然，过了一会儿，那辆车开走了，朱大海赶紧把自己的车开了过去，真是一厘不多一厘不少，车轮子稳稳地倒进了那个车位的白线内。

他们下车后，钟曼文说："朱师傅，你倒车技术真高。"

朱大海笑着说："多年练就的技术了，我也就这个还能拿出手。"

两个人相跟着朝小区走去，朱大海主动和钟曼文保持了将近一米的距离，这让钟曼文感到很踏实。

朱大海突然说："对了，曼文，曼武挺有福气啊！"

钟曼文还以为朱大海要说曼武有她这么个姐姐挺有福气，没想到朱大海却说："曼武和我们公司毛部长的姑娘毛婷婷谈上了，将来提拔那是板上钉钉的事了。"

"啊！"钟曼文大吃一惊，问，"什么时候的事啊？"

"你还不知道啊？"朱大海反问道。

钟曼文摇摇头。

朱大海说："这在我们公司都传开好长时间了，况且曼武和婷婷经常出双人对的，已经不是秘密了。曼武真有眼光，毛部长是我们公司人事部的部长，专门管人事的，曼武这下算是走运了。"

钟曼文一头雾水，心想：这个曼武，这么大的事，竟然瞒着我。

钟曼文说："朱师傅，谢谢你啊！要不是你告诉我，我还真不知道，这孩子，连亲姐姐都瞒着。前几天，我还问他有没有谈恋爱，他立即否认了。"

朱大海说："也许曼武是想给你们一个惊喜吧？"

"也不是吧！"钟曼文说，"曼武做事通常都是这样，他很有主意的。"

朱大海说："我觉得这也是好事，曼武毕竟也到了谈恋爱的年龄了。"

"那倒也是，"钟曼文说，"不过，我觉得还是有些突然。算了，不说他了。"

朱大海和钟曼文进了小区，在小区广场分别了，各自朝自家走去了。

一回到家，钟曼文一点儿倦意都没有，虽然已经很晚了，但她还是忍不住给曼武发了一条语音："曼武，睡了吗？"

没想到，钟曼武很快就回复了一条语音："还没呢！姐，什么事？"

接着，姐弟俩就开始你一条我一条地发信息。

钟曼文："听说你谈恋爱了？怎么不告诉我？"

钟曼武："没有的事啊？你听谁说了？"

钟曼文："你们单位的朱大海，我今天搭他的车回家，他告诉我的。"

钟曼武："呵呵！朱大海的舌头可真够长的，想不到他也喜欢嚼舌根儿啊！你别听他瞎说，没有的事，我现在哪儿有心思谈恋爱呀？"

钟曼文："你别这么说人家啊！人家也是好意才告诉我的，你可不能瞒我啊！他说你和你们什么部长的女儿谈上了，有了这层关系，还说你将来提拔是妥妥的。"

钟曼武："这是什么逻辑呀！姐，我跟你说实话吧！朱大海说的那是我们人事部的毛部长，他女儿毛婷婷和我在一个办公室工作，我们经常一起上下班，关系也不错，就被大家误会了，毛婷婷可能有那意思，我现在是真没有，况且你也知道，我也不准备在煤炭公司长久待下去，我还想着有一天自己出来单干呢！"

钟曼文："我不是阻止你，你的确也到了谈恋爱的年龄，我就想说，你要是真的和人家谈，就认认真真的，别耽误了人家姑娘。"

钟曼武："我知道，姐。"

钟曼文："有些事，你一定要做到心中有数。"

好一阵子，钟曼武才回过来一条语音："姐，刚才妈来我房间了，大概听到我的声音了，问我跟谁说话呢！我说是你，她就走了。好了，不早了，你早点休息，晚安！"

钟曼文没发语音，给曼武发了个"晚安"的表情符。

钟曼文没有一点儿睡意，她躺在床上，开始想心事，这一天似乎很充实啊！没什么大事，但都足以让神经兴奋，先是白天上班时被宫小薇弄得很尴尬，接着是下班后公公婆婆想给她介绍对象，之后是遇到朱大海，就知道了朱大海的痛苦经历和曼武的事，最后则是面对她的疑问曼武那异常模糊的回答。

正当她胡思乱想的时候，手机响了一下，她拿过手机看了一眼，是唐锦川的一条语音："曼文，不好意思，这么晚还打扰你，我真的是忍不住了，今天小薇的行为，你别介意啊！她就是那个脾气。我替她向你道歉啊！"

钟曼文本来不想回复唐锦川，就当是自己睡着了，明天早上再回复他也不迟。可是，她翻来覆去睡不着，索性就回复了唐锦川一条语音："没事的，小薇还只是个孩子，她说话是直了点儿，可也是在树立威严，为公司着想，我能理解。"

接着，两人就你一条我一条地发起信息来。

唐锦川："你还没睡啊？这么晚了，打扰到你了吧？"

钟曼文："没呢！我今晚回家有些晚了。"

唐锦川："你去做啥了，这么晚才回家，我记得你一下班就走了啊！"

钟曼文："我去看我公公婆婆了，顺便陪他们吃了顿饭。"

唐锦川："哦！老人还好吧？"

钟曼文："还好，挺乐观的。"

唐锦川："难得有你这么好的儿媳妇。"

钟曼文："我谈不上多好，就是尽自己的一点儿责任而已，人老了，总得有人去关心照顾。"

唐锦川："嗯！时间不早了，你赶紧休息吧！"

钟曼文："哦！对了，唐经理，过几天，我可能要请几天假。"

唐锦川："什么事？"

钟曼文："就是想休息几天。"

唐锦川："好吧！"

随后，两个人互道了声"晚安"。

钟曼文从床上起来，刚才她没有跟唐锦川说实话，她请假是想去看看小萌，那个可爱漂亮的小女孩，不知道现在怎么样了，她一定非常期待她的罗叔叔的到来，可是罗叔叔不在了。钟曼文自言自语："小萌，罗叔叔不在了，还有钟阿姨。"

　　钟曼文走到窗前，看了看窗外的街道，街道已经冷清了许多，偶有车辆和行人走过的痕迹。热闹了一整天的城市，这时候才渐渐安静了下来。昏黄的路灯下，急匆匆走过一个背影，多么像罗启铭啊！钟曼文落泪了，也只有在这静悄悄的夜晚，敏感的心灵深处被时时触痛。

　　夜终究会过去，人也终究得向前走。

18

钟曼武早上出家门时被妈妈叫住了，海丽瑛说："曼武，你先别走，我和你爸有话对你说。"

钟曼武回过头，惊疑地问："什么事，妈？"

海丽瑛说："让你爸说吧！"

钟育祥从卧室出来，对海丽瑛说："你说就行了，还用我说吗？"

海丽瑛对老伴说："你说。"

钟育祥加重语气说："还是你说吧！"

看着两个老人推来推去的，钟曼武"扑哧"笑了，说："爸，妈，你们这是干嘛呀？有啥话就说呗！"

海丽瑛和钟育祥仍旧吞吞吐吐地不肯说。

钟曼武说："你们要是不说，我就去上班了，马上要迟到了。"说着，他就走到门口的鞋柜旁，准备换鞋。海丽瑛着急地说："曼武，你先等等，是这么回事，你还记得赵音音吗？"

钟曼武说："记得，她不是在北京读研究生吗？"

海丽瑛说："已经毕业回来了。"

"回西海了？"钟曼武问，"是暂时回来？还是永久回来？"

海丽瑛说："永久吧！"

钟曼武说："回来就回来呗！跟我有啥关系啊？"

海丽瑛说："跟你关系大了，音音她爸不是你爸爸的老同事吗？你还记不记得那个赵叔叔？你小时候他经常来咱们家，有时候还带着音音来。"

"我都记得，"钟曼武说，"我还记得赵叔叔叫赵书迪，我说老妈啊！您有啥话就直说吧，我上班真要迟到了。"

钟育祥也插嘴："快跟孩子说说。"

海丽瑛瞪了一眼钟育祥，说："你怎么不说？惹人的事净让我干。"

"你们到底是怎么了？"钟曼武笑着问，"什么惹人的事？害怕惹了我呀？"

"可不是怕惹你吗？"海丽瑛瞥了一眼钟育祥，"你爸就会装好人，他不说，非让我说。"

"好了好了，我的老爸老妈，"钟曼武走上前，一手搂着妈妈，一手搂着爸爸，"惹不了我的，谁让我是你们的儿子呢？这么多年了，都是我惹你们生气，你们什么时候惹过我？"

这几年，钟育祥和海丽瑛一直觉得亏欠曼武，主要还是因为曼武并不是他们亲生的，虽然他们对曼武已经像亲生儿子对待了，但他们心里还是过意不去，总觉得曼武挺可怜，他什么都不知道。他们想着将来抽个时间告诉曼武，要不对曼武不公平。所以，有时候总怕惹了曼武，这也只是他们自己的心理因素，曼武其实并没感到在这个家里和以前有什么异样。

海丽瑛说："我和你爸一直想对你说的，你赵叔叔跟你爸提了好几次，想让你和音音……"

海丽瑛的话还没说完，钟曼武就明白了，说："妈，妈，我明白了，你们是想让我和赵音音处对象吧？"

海丽瑛和钟育祥几乎同时点了点头。

海丽英随后说："我们觉得你和音音是高中同学，也比较了解，再说了，你爸和你赵叔叔又是多年的同事，对双方的家庭都熟悉，也算是一门好亲事。"

钟曼武问："爸，妈，是赵叔叔的意思呢？还是赵音音的意思？"

钟育祥抢着说："你赵叔叔说是音音的意思。"

钟曼武摆摆手，说："你们了解赵音音吗？我们上高中时，她那种心高气傲的样子，眼里看不起任何人，我到现在都忘不了，再说了，她在北京读书那么多年就没谈个男朋友？反而回到西海来找？凭她的性格应该留在北京工作才符合逻辑，我高攀不起，我看还是算了吧！"

海丽瑛说："也许人家正是因为心高气傲谁也看不上才没谈男朋友，还有你以为谁想留在北京就留啊？你不要瞎猜人家好不好？再说了，这么多年过去了，她上大学，读研究生，说不准性格改变了不少呢！"

"她看不上别人，能看上我啊？我看够呛。"钟曼武撇了撇嘴。

"或许她还就看上你了。"海丽瑛说。

"算了，算了，"钟曼武笑了，"就她那性格，江山易改本性难移啊！我担心！以后做了你们的儿媳妇，会给你们气受的。"

海丽瑛说："这孩子说啥呢？先把你自己的事解决了再说吧，我们不用你担心。"

钟曼武开玩笑："那可不行，老爸老妈的事是一定要担心的，否则你们的儿子会一辈子不安的，我宁可打光棍儿也不会让你们受气的，今后你们叫我'钟光棍儿'好了。"说完，钟曼武还"呵呵"笑开了。

一句话把钟育祥和海丽瑛都逗乐了，在他们的印象中，曼武从小就是个乖巧懂事的男孩，在和大人相处的时候，通常都是规规矩矩的，这次竟然这样跟他们开玩笑，海丽瑛问："曼武，你这是什么时候学会贫嘴了？"

钟曼武说："与时俱进嘛！社会在变，人也会变的。"说着，他拿起包就准备开门。

海丽瑛急了，一把拉住儿子，说："再等会儿。"

钟曼武哀求："我的好妈妈哟！这件事以后再说吧，我真的没时间了，去晚了，人家就把我开除了。"

海丽瑛拉着脸，说："给你们领导打个电话，今天晚点儿去。"

钟曼武叹了口气，说："唉！这怎么能行？"

钟育祥在一旁说："打个吧！偶尔晚去一会儿，你们领导也会理解的，谁还能没个事吗？"

"爸爸，你们今天这是怎么了？"钟曼武又把包放下了，"非得在今天说这件事吗？"

"不是，曼武，"钟育祥拉过钟曼武坐在沙发上，"你不知道，你赵叔叔已经找我好多次了，说先让你和音音见个面，哪怕是见了面，你说不合适，我也不是好跟你赵叔叔有个交代吗？"

"爸爸，既然一开始就觉得不合适，何必去见面呢？"钟曼武拉着爸爸的手，"这不是没事找事吗？"

钟育祥说："你赵叔叔和爸爸一块儿共事多年，我生怕因为这件事伤了和气，我知道你很为难，可是我们也很为难，不去吧，你赵叔叔又该说咱们家眼光高了。"

钟曼武说："说就让他说呗！"

"你说得容易，"海丽瑛走了过来，"都是多年的朋友，以后不见面了？"

钟曼武哭笑不得，他想：要是姐姐在该多好啊！姐姐最理解我，她以前多次帮我解围，这次她一定也会帮我解围的，可是姐姐现在不在身边。

钟曼武一时没了主意，但他又不想惹两位老人难过，只好说："我先考虑考虑再说，你们看行不行？"

海丽瑛正要说什么，钟育祥却先开了口："这样也行，你考虑一下，不能太久，你赵叔叔还等着回话呢！"

钟曼武站起身说："好，这下我可以走了吧？"

钟育祥一挥手，说："走吧！"

钟曼武转身，拿包，去开门，海丽瑛在后面喊："路上开车慢点儿，迟到就迟到了，扣的钱爸妈给你补上。"

钟曼武头也没回，说："知道了，妈！"

一瞬间，一股热泪涌出他眼眶，不管孩子如何惹父母难过，父母还是会一如既往地关心孩子的，他们全身心都在孩子身上，就算你长到八十岁，只要爸妈还健在，你永远都是他们牵挂的对象。

钟曼武开车的时候，时间已经晚了，无论如何也不能按时赶到公司上班了，于是，他就拨了一下办公室的电话，跟主任请了个假，说有事耽搁了一会儿，可能会晚一个小时到单位。

接着，他又给姐姐拨了一个电话，告诉姐姐爸爸妈妈今天早上"逼"他相亲的事，每当他无助的时候，他就会想到姐姐。当然钟曼文出现烦恼时，也会第一时间想到他这个弟弟。

钟曼文听了，问："曼武，你是怎么想的？"

钟曼武说："我现在没心情想这件事，可爸爸妈妈好像不会放过我似的，也不知道他们到底怎么了。以前我从没遇到过他们这样，就算是我大学毕业违背他们心愿没去考研，也没见他们有如此强硬的态度。唉！看看情况再说吧！"

钟曼文说："我觉得爸爸妈妈之所以这样，主要还是抹不开面子，你想，爸爸和赵叔叔是多年的同事，关系一直很好，赵叔叔开口了，爸爸就不好意思推辞，关键爸爸妈妈觉得比较合适，双方家庭知根知底儿的。"

钟曼武说："就算再知根知底儿，感情的事是不能强求的，我和赵音音就不是同一类人，她那么心高气傲，不是一般人能接近的。"

钟曼文说："你如果真的没这个想法，要不要我再和爸爸妈妈沟通沟通？"

钟曼武说："我看不用了，没用的，算了，我自己处理吧！我就是告诉你一声，没事，你照顾好自己，改天我去看你，我现在开车去上班。"

挂了电话之后，钟曼武的心情依然不能平静。

路上堵车，钟曼武心里也堵得慌，手机又响了，是毛婷婷打来的，唉！钟曼武不想接，毛婷婷就一遍又一遍地打来。看来，不接不行了，他知道毛婷婷的性格，她是一个认准了事就非常执着的姑娘。钟曼武接电话，手机里立刻就传来了毛婷婷焦急而又愤怒的声音："曼武哥，你怎么回事？连我的电话也不接了吗？"

钟曼武说："刚才在开车，没法接你电话，抱歉啊！"

毛婷婷问："你通常上班都很准时的，今天怎么还没来？"

钟曼武说："我临时有点儿事，马上就到了。"

毛婷婷又问："什么事呀？"

钟曼武很后悔刚才说自己有事，他知道毛婷婷又该打破砂锅问到底了，要是说睡过头了或者路上堵车严重该多好。没办法，话已说出去了，他只好撒谎："车出了点儿小毛病，修车耽误了时间。"

毛婷婷说："要不要我帮你请个假？"

钟曼武说："不用了，我已经跟主任请了假了，说晚一点儿到，谢谢啊！"

毛婷婷说："谢什么谢？天天都这么客气，受不了了。"

钟曼武说："那就不说了，挂了啊！我开车呢！"

没等毛婷婷说话，钟曼武就挂了电话。

半个多小时后，钟曼武开车进了公司大院，隔着车窗玻璃，他远远看见毛婷婷早已等在南边的停车场上了。心想：不上班来这儿干啥哩？

等他把车稳稳地停在车位上后，还没出来，毛婷婷就迫不及待地来到他的车前，敲起了车窗，钟曼武打开车门，说："婷婷，你不在办公室上班，跑出来干嘛？"

毛婷婷说："这会儿办公室没事，我就出来等你了。"

钟曼武从车里出来，说："你等我干什么？"

毛婷婷瞪了一眼钟曼武说："看你说的，曼武哥，我是吃饱了撑的，非要等你啊？还不是关心你吗？一点儿都不懂我。"

钟曼武觉得自己刚才说话口气有点儿重了，说："婷婷，不好意思啊！我是说，你上班时间跑出来影响不好的。"

毛婷婷说："管他呢！反正现在公司上下不都这样吗？你去看看，各个办公室里有几个坚守岗位的。要不是每天打卡签到，我看一整天也不会见到人的。"

听毛婷婷这么一说，钟曼武就想到西海市煤炭公司的现状，有多少矿井工人每天在井下流血流汗，冒着生命危险工作，又有多少人上班混日子却拿着企业的高薪，想到这儿，他就严厉地对毛婷婷说："都让你们这些白拿工资的蛀虫把国有企业掏空了。"

　　毛婷婷生气地说："你说话太难听了，谁是蛀虫？你不也属于公司的员工吗？你今天不也没按时上班吗？"

　　钟曼武说："我是真有事，特殊情况，以前你见我什么时候迟到过？"

　　毛婷婷问："你能有什么事？说吧，你到底干什么去了？"

　　钟曼武说："不是跟你说了修车吗？你这人真是的，非要问个水落石出啊？"

　　毛婷婷撇了一下嘴，说："谁信呢？"

　　钟曼武说："爱信不信。"说着，他锁了车就朝办公大楼走去。

　　毛婷婷在后面追，说："等等我。"

　　钟曼武头也不回，说："你不看看我都迟到多久了，再晚了，主任就该开除我了。"

　　毛婷婷继续追，边追边喊："开除不了你，你等等我。"

　　钟曼武没有理毛婷婷。由于路面有坑，毛婷婷又穿着高跟鞋，再加上走得又快，一不小心，她摔倒在地上，大叫一声。钟曼武听到叫声，猛回头，见毛婷婷倒在地上，一下子慌了，赶紧跑过来，关切地问："婷婷，怎么了？你没事吧？"

　　毛婷婷哭了，摸着自己的右膝盖，说："疼……疼……"

　　钟曼武赶紧蹲下身子，说："到医院看看吧！去拍个片子。"说着，他就伸胳膊要抱毛婷婷，没想到毛婷婷一把推开了他，说："不用你管。"

　　钟曼武自觉理亏，刚才要是等等婷婷，也许就不会出现这一幕了。可是，事情已经发生了，说什么都晚了，只好说："都啥时候了，你还这么任性，快点儿吧，再磨蹭一会儿，腿都没了。"

　　钟曼武又一次伸出胳膊想抱起毛婷婷，毛婷婷尽管还在生钟曼武的气，但还是顺势让钟曼武抱了起来，被钟曼武抱来的一瞬间，她自我感觉两条腿还能活动，除了右膝盖有些疼外，其他没什么大问题。

钟曼武抱着毛婷婷朝自己的车走去，这一刻，毛婷婷顾不上疼痛了，反而觉得好幸福。

"你们干什么呀？"

不知什么时候，朱大海跑了过来，他气喘吁吁地问。

钟曼武回过头，说："婷婷刚才摔倒了，我带她到医院看看。"

"我跟你们一块儿去吧。"朱大海说。

钟曼武正要说，被毛婷婷抢了先："不用了，朱师傅，曼武哥一个人去就行。"

朱大海却说："曼武一个人怎么能行？既要照顾你，又得找大夫给你看腿，还得拍片子、买药，好多事呢！"

钟曼武说："朱哥说得对，多一个人就多一个帮手。"

毛婷婷说："对什么对？我能走路，你一个人就行。"说着，就要挣脱钟曼武的胳膊，钟曼武赶紧抱紧她，说："你干什么呢？不要你的腿了？快点儿，我腾不开手，你从我兜儿里掏出车钥匙，开车门。"

毛婷婷从钟曼武的牛仔裤兜儿里掏出车钥匙，嗯了一下，朱大海上前拉开了车门。钟曼武小心翼翼地把毛婷婷放到后排座椅上。

朱大海对毛婷婷说："婷婷，你也真够犟的，我去了不多一个帮手吗？"

钟曼武在旁边也说："就是。"

毛婷婷对朱大海说："朱师傅，你的好意我领了，谢谢啊！我真没到那种腿瘸得不能走路的地步，你赶快回去上班吧！"

看到毛婷婷的确不想让朱大海跟着去医院，钟曼武只好说："朱哥，算了，你去上班吧！我一个人能行。"

朱大海说："那好吧！你们有事随时联系我。快去吧！"

钟曼武钻进车里，朝朱大海摆了摆手，就开走了。

朱大海在原地站了一会儿，突然，他拍了一下自己的头，自言自语："人家婷婷是要曼武陪的，我去算啥事儿啊？看我这脑子，真进水了。"

说完，朱大海摇了摇头走了。

钟曼武开着车，然后又给主任拨了个电话，请了假。

毛婷婷在后座上，说："这个朱大海，真是的，一点儿脑子都没有，都说了不用他去，他还要跟着去。"

钟曼武说："婷婷，你怎么说话呢？人家朱哥也是热心，你反倒说人家的不是。"

毛婷婷说："你看你，曼武哥，我就这么一说，你就会训我。"

"我不是训你，"钟曼武边开车边说，"我是说你说话起码应该礼貌点儿。"

"我只是跟你说说，我又没当着他的面说，"毛婷婷抬手捶了一下钟曼武的肩膀，"你对我说话也不礼貌。"

"你干嘛呢？婷婷，能不能别闹？我正开车呢！"钟曼武朝车内的后视镜瞪了一眼毛婷婷，"动手动脚多危险。"

毛婷婷说："谁让你对我一点儿都不好呢！"

钟曼武说："你有点儿良心好不哈？我要是对你不好，我能旷工带你去医院吗？"

毛婷婷说："那也是因为你造成的。"

"行了！"钟曼武往身后摆了摆手，"我说不过你，我不说了。"

"动不动就生气，"毛婷婷小声嘀咕着，"一个大男人老跟一个小姑娘斤斤计较。"

钟曼武不说话了，只顾开车。

到医院后，钟曼武忙前忙后，帮毛婷婷挂号、看医生、拍片子等。幸好，毛婷婷的腿和膝盖都没有什么大问题，只是膝盖磕破了一层皮，渗出了一点儿血，医生简单给她包扎了一下，又开了一些伤筋动骨的药，然后他们就开车走了。

钟曼武没有回公司，而是绕道了，毛婷婷问他去哪儿，钟曼武说送她回家。毛婷婷说自己能坚持上班，但钟曼武还是直接把她送到了她家，她爸妈都不在家，钟曼武又陪了她一会儿，就离开了，临走时还嘱咐她休息两天再去上班。

　　家门被钟曼武朝外拉上的一瞬间，毛婷婷的眼泪涌出了眼眶，她硬撑着走到阳台，看见钟曼武出了单元楼，钻进轿车，很快开走了车。她心里默念着：曼武哥，你真好！

19

　　宫小薇下班后，没来得及和爸爸打个招呼就开车匆匆走了。她早在下班前就和梁冰约好，今晚要去逛逛的，至于去哪里逛，见了面再决定。

　　西海市秋天的傍晚是惬意的，不冷不热，大街上的行人络绎不绝，纷纷涌向各个已经早早开放的夜市。街道两旁的梧桐树的叶子也在秋风的抚摸下开始由绿变黄，一片片飘落大地，行人走过的时候还会不经意间亲吻人们的脸。街道中央绿化带里的各色菊花在怒放，西海市近几年加大了对绿化带的投入力度，不但在绿化带中栽种常见的花草树木，还引种了很多特殊品种的菊花，为的就是在鲜花盛开的春季和夏季过去之后，在秋日里依然能让市民享受到菊花的芬芳。除此之外，西海市还在东边的新城区专门建了一个公园，每年到秋季，在公园里就会举办一个菊花展，菊花盛开的季节，市民们纷纷涌出家门，徜徉在菊花的海洋里，仿佛到了仙境一般。有些恋爱的年轻人专门选择在菊花展期间拍摄婚纱照，宫小薇也有这个打算。

　　梁冰的理发店开在西海大学的南门外，他之所以选择这里，是因为西海大学有将近三万的大学生，加上附近小区的居民，人数少说也在五万以上，这是一个庞大的消费群体。梁冰正是看到了这一商机，在经过了多次选址之后才最终定在西海大学附近。不过，在梁冰到来之前，围绕西海大学校内外已经开了十几家理发店了，都是冲着大学生来的。梁冰为了能在众多的理发店中占有一席之地，他想出了各种各样的促销方法，比如：打折、办卡、积分，甚至上门服务等。由于他毕业于西海职业技术学院人物形象设计专业，比其他半路出家的同行技术要好很多，再加上他为人热情，所以吸引了不少大学生和附近的居民前来消费。几年下来，他的店红红火火，就算是西海大学寒暑假期间，别的店早就门庭冷落了，他的店却依旧门庭若市。他一个人顾不过来，就雇了一个叫陈鹏的男孩做助手。陈鹏是个非常有远见的小伙子，比梁冰小两岁，以前一直在北京的一家美发机构当学徒。陈鹏一来到店里就建议梁冰把店名改一改。先前梁冰只是在理发店的门框上挂了一个写着"理发店"三个黑色大字的牌子，刚开始梁冰并没太在意，他一直认为只要有口碑，店名是什么无所谓。后来，陈鹏说一个好的店名就像一个品牌一样，让他有品牌意识，这样对今后的发展很有利，梁冰觉得有道理，就听从了陈鹏的建议，亲自找专业的图文设计公司做了一个醒目的灯箱广告牌，写上了"梁冰造型"四个大字，竖立在店前。这样一来，理发店给人的感觉立刻就不一样了，仿佛上了一个档次似的，到店消费的人数似乎更多了。有很多人都是数次登门，老客户了，彼此都很熟悉。大学生就更不用说了，甚至都跟梁冰和陈鹏两人称兄道弟了。

宫小薇开车来到"梁冰造型"门前的时候，故意鸣了几声笛，示意梁冰快出来迎接她。梁冰听到了鸣笛声，朝门外张望了一下，知道是宫小薇来了，可他正在给一个女大学生做头发，一时抽不开身，只好对陈鹏说："鹏子，你出去看看，好像是小薇来了。"

陈鹏很快就出来了，看见宫小薇已经从车里出来了，陈鹏走上前，嬉皮笑脸地说："嫂子，冰哥正忙，我出来迎接你。"

宫小薇也不正眼看陈鹏，只是说："谁是你嫂子？油嘴滑舌的！"说着，就进了店里。

陈鹏并不觉得尴尬，他看着宫小薇的背影吐了一下舌头，随后也进了店。

梁冰看到宫小薇，就笑着说："你先坐一会儿，等我把手里的活忙完。"

宫小薇白了一眼梁冰，说："什么人嘛！你架子太大了。"

梁冰知道宫小薇生气了，忙解释："你也看到了，我这儿不是有客人走不开吗？要是没客人，不等你来，我就会早早站在门口欢迎你的。"

宫小薇没好气地说："你和陈鹏一个德行，喝油长大的，不光嘴油，连心也是油了。"

陈鹏歪着个脸，逗宫小薇："嫂子，你明天让冰哥跪搓衣板，我看他还敢油不油了？"

宫小薇瞪了一眼陈鹏，这时候，女大学生"扑哧"一声笑了，她一下子就看明白了梁冰和宫小薇的关系了，就对梁冰说："冰哥，其实你可以先去迎接这位姐姐的。"

梁冰说："这怎么能行？你是客人呀！"

女大学生说："女孩都是需要呵护的。"

听女大学生这么一说，宫小薇顿时来劲了，对梁冰说："听见没，梁冰，女孩是用来呵护的。都那么大的人了，一点儿都不懂女孩子的心。还是我们女生更理解我们自己。"

梁冰边拨弄女大学生的头发边说："对对对，女孩是用来呵护的，我一定得记住。下次你再来，我就是再忙也首先去迎接你。"

"这还差不多，"宫小薇一屁股坐在旁边的椅子上，"你快点儿的啊！"

"别着急嘛！我总得把人家的头发做好才行吧！"梁冰说，"要是做不好，我这一世英名可就毁了，我这碗'饭'可就端不起来了。"

梁冰的话一下子逗乐了宫小薇，她说："什么一世英名？你也太高估自己了，你有个名字就不错了。"

陈鹏在一旁开玩笑："冰哥，嫂子说得对，你还敢谈什么一世英名？依我看哪！你能在西海大学把'梁冰造型'打出英名就不错了。"

梁冰回过头对陈鹏说："去去去，没你的事，少跟着瞎哄哄。"

陈鹏朝梁冰努了努嘴，说："本来就是嘛！"

女大学生说："'梁冰造型'早已名满西海大学了，正在向整个西海市进军呢！以后定会走出西海，走向全国，走向世界的。"

梁冰听了很高兴，说："鹏子，你看看人家大学生，就是不一样，说出来的话就是有水平。哪像你，连句话都不会说。"

"我是实话实说，给你一点儿压力，"陈鹏一副认真的样子，"有了压力就有动力了，未来就等着瞧好吧！"

梁冰说："这话我爱听。"

"好了，你们别说了，"宫小薇有些不耐烦了，"抓紧时间干活吧！就知道瞎咧咧，净耽误工夫。"

"就是，"陈鹏故意火上浇油，"冰哥，你就会耽误工夫，不好好干活。"

梁冰正要回怼陈鹏，女大学生说："冰哥，要不让鹏哥给我做吧！你去陪姐姐吧！"

还没等梁冰说话，陈鹏就兴奋地说："好啊！好啊！"

梁冰皱了一下眉头，说："这怎么行？万一弄不好……"

梁冰还没说完，女大学生就打断了他："没事，鹏哥做头发也很好的，我们同学经常夸他。"

"就是嘛！"陈鹏朝梁冰挤了挤眼，"你就放心吧！冰哥。"

梁冰还是有些犹豫，他不是不相信陈鹏，主要是这女大学生的头是他经手的，他总想着做到底，接着不自觉地"啧"了一声。

看到梁冰这个样子，陈鹏拍了拍梁冰的肩膀，说："放心吧！老哥，我保证完成任务。"

女大学生又说："真没事，冰哥，让鹏哥做吧！"

宫小薇觉得很不好意思，说："算了，也不差这一会儿，让梁冰干完活再走吧！"

但陈鹏已经从梁冰手里抢过了剪子，说："快走吧，冰哥，嫂子，别磨蹭了，再磨蹭，你们要逛的地儿都关门了。"

"那好吧！"梁冰说，"鹏子，你仔细点儿，把人家的头发剪好，干完活收拾一下店里，下班时一定把插头都拔掉，锁好门。"

"知道了，我的好哥哥，放一万个心吧！"陈鹏已经迫不及待地开始工作了。

梁冰边对女大学生说"不好意思"边拉起宫小薇的手出了店门。一出店门，两人就决定去万达广场逛逛。

梁冰说："小薇，真有点儿不好意思，还得你开车来接我。"

宫小薇说："不接你有什么办法啊？谁让你没车呢？"

梁冰说："我有车啊！"

宫小薇问："你买车了？"

梁冰说："电动自行车。"

宫小薇上前捶了一下梁冰的胸口，说："那也叫车？什么人嘛！"

梁冰笑着说："反正也带着个'车'字呢！"

"你个没正形的东西。"宫小薇拉开了驾驶的车门，准备开车。

"还是我来开吧！"梁冰说，"一个男人怎么能让一个女孩开车呢？女孩是用来呵护的。"

宫小薇惊讶地问："你都没有车也会开车啊？"

梁冰说："谁规定没车就不能开车了？我跟你说，我拿下车本的时候，你还是个哭鼻子的小女孩呢！"

"好好好，你开吧！"宫小薇拉开了副驾驶的车门，坐了进来。

梁冰开着车载着宫小薇朝万达广场驶去。万达广场离西海大学并不远，坐落在西海市东的新城区，刚刚建成投入使用，集时尚服饰、新派餐饮、儿童游乐与休闲娱乐为一体的城市综合商业中心。他们很快就把车开进了万达广场北边的停车场。他们从停车场出来，因为宫小薇想先到万达广场东边的夜市看看，因此，二人就朝东边的街道走去。

华灯初上，大街上流光溢彩，热闹非凡。工作了一天的人们，如果晚上没什么事，都喜欢出来逛逛街，三五成群的，有说有笑。在川流的人群里，最引人注目的还是一对对恋爱中的情侣，他们手拉手潇洒地走过身旁，还会骄傲地回头看看，似乎告诉人们，恋爱是多么美好啊！梁冰和宫小薇自然也属于其中的一对。刚开始他们只是并排走，看到很多情侣都手拉手，梁冰也就拉起了宫小薇的手。

梁冰问："小薇，你想吃点儿什么？听说那夜市上有好多西海的小吃。"

宫小薇说："我不想在夜市吃，待会儿咱们还是到万达广场四楼找家餐馆吃吧，既卫生又安静。"

梁冰之所以说到夜市吃东西，主要还是考虑到那里便宜，万达的餐馆，他以前和陈鹏去过两次，好吃的确是好吃，但贵得吃人。对于一个从农村来的年轻人来说，梁冰深知自己的家庭情况，来到西海市后他处处节约，不敢多花一分钱。在西海职业技术学院读书时，他就到处兼职赚取学费和生活费，后来毕业开了理发店，要交房租、水电等费用，更是节俭，甚至还和陈鹏一块儿租房，共同负担房费。就算开支再多，他依然在不断攒钱，而且还要每个月按时给老家的妈妈寄钱。穷人家的孩子早当家，在梁冰身上体现得淋漓尽致。他和宫小薇刚认识的时候，确实犹豫过要不要和宫小薇处下去，毕竟宫小薇的家境优越，又是土生土长的城市人，再加上宫小薇身上那种傲气，还有她爸爸能不能接纳他都是个未知数。他知道恋爱和结婚是很不一样的，如果矛盾在结婚后暴露出来了，对谁都不好，尤其对他来说，他实在承受不起离婚的打击，辛辛苦苦在这个城市打拼出来的一切都会化为泡影，要真是这样，他还不如一开始就远离宫小薇。

真的没想到，当梁冰把心里的顾虑告诉了宫小薇后，宫小薇上前就捶了他胸口一拳，还骂他没有担当，一个大男人怎么能像个女孩那样扭扭捏捏，前怕虎后怕狼的。宫小薇直言不讳地警告梁冰，如果再有那样的想法，她就会头也不回离开他。宫小薇的话，让梁冰感动极了，原本自卑的心灵一下子有了亮光，他突然发现宫小薇外表傲气，内心却一片狂热，像这样的女孩其实并不多见。他想难道是宫小薇看上他帅气的外表？他立即就对着镜子看了看自己，嗬！别说，还真的挺帅，当场就不小心自言自语说出了自己挺帅，一旁的陈鹏问他怎么了，他当时尴尬地赶紧打圆场说陈鹏挺帅。陈鹏说他中邪了。

"你想什么呢？"宫小薇拽了一下梁冰的手。

梁冰这才从回忆中清醒过来，忙说："没……没什么。"

宫小薇说："看你一脸心不在焉的样子，骗谁呢？你要是不愿去逛夜市就回家吧！"

梁冰赶忙解释："怎么可能呢？我巴不得去夜市看看呢！我好久都没来过了。"

宫小薇说："那还不快走？磨磨蹭蹭的，跟个老太太似的。"

梁冰就拉着宫小薇的手大步朝夜市走去。

夜市上商贩真多，逛夜市的人更多。梁冰看上地摊儿上的一双运动鞋，准备买，宫小薇拉过他，悄悄说："这里的鞋质量没保证的，不如待会儿去万达买。"

梁冰说："我觉得还行吧！你看我脚上这双就是在夜市地摊儿上买的，穿了一年多了。"说着，梁冰就打算走上前试试那双鞋，宫小薇却扭头走了。

梁冰对老板说："我等会儿再来。"

他很快追上了宫小薇，说："小薇，你干什么呢？我不就试双鞋吗？"

宫小薇说："你也不看看这是什么地方？地摊儿上的东西你也敢买，要买就买双好的，丢人死了。"

宫小薇的最后一句话让梁冰心里一颤，他生气地说："买双地摊儿鞋就丢人了吗？要照你这么说，大家买地摊儿货都会丢人的，那为什么夜市的地摊儿还这么火爆？"

宫小薇气得胸口一起一伏的，喘起了粗气，说："梁冰，你吼我干吗？我说丢人就丢人，谁愿意买谁买，反正你买了就是丢人。"

梁冰说："有什么丢人的？我从小就是穿地摊儿货长大的，也没见比谁缺胳膊少腿的，是，你家里富有，你可以穿名牌，我穿不起。"

宫小薇鄙夷地说："你说的这叫什么话？我看从村子里出来的人眼光就是不行，说话做事都透露着一股寒酸气。"

梁冰感到自尊心受到了严重的伤害，一种从未有过的被羞辱的感觉传遍了全身每一根神经，他绷着脸说："我是从村子里来的，你是大城市的，我惹不起，我躲得起。"

　　说完，梁冰扭头就朝刚才卖鞋的地摊儿走去，宫小薇站在原地看着梁冰的背影，两眼含满了泪水，骂："姓梁的，你就不是个男人。"

　　但梁冰根本没听到，因为周围的嘈杂声瞬间就淹没了宫小薇的骂声。

　　两个人不欢而散，在梁冰的心里，这场原本就不被看好的恋爱就此草草收场了，他没去买那双鞋，而是转身径直朝西海大学的方向走去了。宫小薇则是哭着离开夜市去万达北边的停车场开自己的车的，她再没心情逛了，现在只想立刻回到家，钻到屋里痛哭一场。

　　梁冰一路步行加小跑，在街边的小卖部里买了一瓶酒，边走边喝，边喝边跑，一路跌跌撞撞，好几次还差点儿撞在街边的柳树上，甚至还被巡警拦住盘问了好长时间。

　　等梁冰回到自己的出租屋时，已经是后半夜了，他一进屋就摔倒在地上。陈鹏在睡梦中被梁冰的摔倒声惊醒了，他迅速从床上爬起来，从卧室出来，一股浓浓的酒气袭来，他捂了一下鼻子，摁开壁灯，惊讶地发现梁冰倒在地上。

　　陈鹏赶忙去拉梁冰，焦急地询问："冰哥，你这是怎么了？怎么喝这么多酒？"

　　梁冰有气无力地抬起头，说："鹏子，从今后她走她的阳关道，咱过咱的独木桥。"

　　陈鹏不知道梁冰的话什么意思，就问："冰哥，你把话说清楚啊！怎么说得我摸不着头脑呢？难道嫂子和你吵架了？"

　　陈鹏把梁冰扶起来，坐到沙发上。

　　梁冰满脸通红，斜靠着沙发，说："什么嫂子？我从此和她就是陌路人。"

　　哦！陈鹏听明白了，冰哥一定是和宫小薇吵架了。在陈鹏的一再追问下，梁冰才把在夜市上和宫小薇的不愉快说了出来。陈鹏听了，心里也一阵难过，他能体会到冰哥的心情，因为他和冰哥一样都是从农村来城里打拼的穷孩子。

陈鹏说："冰哥，没事，她宫小薇不配和你在一起，是她没这份福气。"

梁冰眼里闪过一丝泪花，陈鹏上前拥抱了梁冰，梁冰心里一阵温暖，说："鹏子，好兄弟，啥也不说了，明天咱们好好干，争取把咱们的店搞出个名堂来。"

陈鹏坚定地说："那是一定的。"

20

　　宫小薇接连两天都没去上班，眼睛哭得像桃子一样，唐锦川问她怎么了，她也不说，但唐锦川已经猜出个八九不离十了。唐锦川是心疼女儿的，尽管宫小薇不说，但唐锦川还是委婉地劝慰她遇事要想开一点儿，办法总比困难多。宫小薇不说是有她的理由的，原本爸爸就不同意她和梁冰来往，这次她和梁冰闹成这个样子，爸爸知道了会怎么看她？她想想都觉得很没面子。但是宫小薇想多了，早上临上班时，唐锦川温和地问："小薇，要是你信得过爸爸，你就把你的烦恼告诉爸爸。无论什么时候，爸爸都是你坚强的后盾。"

　　宫小薇摇摇头，说："谢谢爸爸，我会慢慢调节的。"

　　唐锦川说："你不说我也猜出来了，你是不是和梁冰有什么误会？"

　　宫小薇泪水涟涟地说："爸爸，你说得对，我太天真了，没有好好了解一个人。"

　　唐锦川说："小薇，我虽然不知道你和梁冰之间具体发生了什么，但可以肯定你们闹了矛盾，要不你也不会这么伤心。如果他真欺负了你，我一定不会放过他。"

　　宫小薇说："算了，爸爸，他也没欺负我，我只是觉得他不像个男人，一点儿担当都没有。"

　　唐锦川说："既然没欺负你，你就不应该这么说人家，当初你说他满身都是优点，这时候又骂人家没担当，你有没有从自身找找原因？"

宫小薇说："我能有什么问题？"

为了表明自己没问题，宫小薇只好把梁冰在夜市买鞋的事告诉了唐锦川，还说："爸爸，你都不知道他当时那个寒酸样，这农村来的人连骨子里都带着一股小家子气。"

唐锦川听了，当即就批评宫小薇："小薇，这就是你的不对了，你怎么能这么说呢？梁冰就算再不好，你也不能瞧不起人。"

宫小薇觉得委屈，又哭了，说："爸爸，你到底是帮谁说话呢？我才是你亲女儿啊！"

唐锦川说："这不是帮谁的问题，这是人性的问题，小薇，我们都是普通老百姓，咱们家很早以前也是农村的，这你也知道，上次你不也还这么批评我吗？每个人没办法选择自己的出身，你不能因为一件事伤了你的心，你就拿人家的出身羞辱人家。"

宫小薇不说话了，她也觉得她刚才的话有些重了。

唐锦川趁机摸了摸她的头发，爱抚地说："小薇，你已经长大了，不管怎么说吧！你和梁冰的事就算过去了，咱们翻过这一页，你还得往前看，不能因为一次挫折就整天躲在家里不出门，这总归是不太好的，听爸爸一句，该工作还得工作，该生活还得生活。"

宫小薇擦了擦眼泪，说："道理我都懂，就是有时候转不过那道弯儿，自己给自己找麻烦。"

"小薇，"唐锦川说，"你这个状态持续下去可不行，你尽快去上班吧！工作忙起来或许会好很多。"

"爸爸，你放心吧！"宫小薇上前搂着唐锦川的脖子，"我会振作起来的，我这就上班去。"

"真的还是个孩子啊！"唐锦川在宫小薇的鼻子上轻轻刮了一下，"那你是搭我的车，还是开自己的车？"

宫小薇说："我自己开车。"

清晨的阳光透过阳台的落地玻璃窗，温柔地抚摸着阳台上的天竺葵，粉红的花冠越发鲜艳了。

随后，唐锦川就先下楼了，他心情很好，开着车一路哼着歌上班去了。

这两天，锦川摄影公司的员工都在猜测宫小薇为什么没来上班，唐锦川也时不时能听到一些闲言碎语，但他没有向大家做过多的解释，只是告诉大家，说宫小薇这两天身体不舒服，但没有人相信这是真的。钟曼文也不例外，她知道宫小薇一定是遇到了什么不顺心的事，但她不会去问唐锦川，这不是她分内的事。

今天，当唐锦川一走进公司大厅，就告诉大家："小薇经过了两天的休息，今天就要上班了，大家各就各位，听从她的安排，我就不再代她行使职责了。"

唐锦川的话音刚落，宫小薇就推门进来了，唐锦川对大家说："大家欢迎宫小薇同志重返工作岗位。"

接着，大家一边喊着"欢迎欢迎"，一边鼓起了掌。搞得宫小薇有些不好意思了，她有意识地挺起胸膛，说："谢谢大家，我也就是身体不舒服休息了两天，大家这么期待我的到来啊！"

大家异口同声："当然期待了。"

唐锦川说："宫小薇同志是我们公司的顶梁柱，没有她，公司转不起来。"

大家听了都笑了，宫小薇觉得很尴尬。

"唐——经——理，"宫小薇嘟囔着，"说什么呢？什么同志不同志的？大家都严肃一点啊！都去工作吧！"

大家散开了，各自回到自己的工作岗位上。

宫小薇拉着脸对唐锦川说："唐经理，你太过分了，当着这么多人的面出我的丑。"

唐锦川微笑着说："没有啊！我这是实话实说啊！你本来就是公司的顶梁柱嘛！再说了，你不也开了我的玩笑吗？一句一个唐经理的。"

宫小薇说："现在是工作时间，当然要喊你唐经理了。我希望你认真一点，给员工做个表率。"

　　说完，宫小薇转身就朝楼上走去了。由于对爸爸有点儿不满，她上楼时也没仔细看楼梯，只顾低着头上台阶，不小心和正下楼的钟曼文撞在了一起，宫小薇抬头见是钟曼文，就没好气地说："你怎么回事啊？能不能好好走路？"

　　钟曼文赶紧道歉："不好意思啊！我刚才想躲的，没躲开，就撞着你了。"

　　宫小薇白了一眼钟曼文，说："你干嘛去？"

　　钟曼文说："外边有人找我，我很快就回来。"

　　说着，钟曼文就急匆匆下楼去了，宫小薇回头一直看着钟曼文走过大厅，出了公司大门。好奇心促使她加快脚步上了二楼，她很快来到二楼的落地玻璃窗前，想看看到底是谁找钟曼文。

　　宫小薇站在落地窗前，看到一个小伙子正在和钟曼文说着什么，那个小伙子那么眼熟呢？越看越像梁冰。难道真是梁冰？宫小薇的心一下子紧张起来了，钟曼文和梁冰怎么认识？他们是什么关系？钟曼文到底是什么来历？众多的疑问瞬间就把宫小薇包围了。

　　宫小薇一直目不转睛地看着钟曼文和那小伙子，他们在路边聊了好长时间，那小伙子才钻进旁边的轿车挥手和钟曼文告别，看来他们不是一般的关系。那小伙子到底是不是梁冰呢？他真的太像梁冰了。宫小薇一直目送着那辆轿车消失在车流之中，才收敛了目光。

　　过了一会儿，钟曼文上楼来了，宫小薇很想上前问问钟曼文那小伙子是不是梁冰，可又不好意思。况且刚才她对钟曼文的态度不好，说不准钟曼文记在心里了。

　　钟曼文上三楼去了，宫小薇实在忍不住了，就跟着上了三楼。

　　三楼的摄影棚已经准备就绪了，马上要有新的拍摄任务了，摄影师陶江和助理摄影师文青在摆弄着摄影器材，一位等待拍摄的漂亮女孩安静地坐在道具椅子上，新来的年轻女化妆师亚轩正在给女孩补妆。

不一会儿，一切都准备好了。

钟曼文走到女孩身边说："Sachiko, can we start now?"（幸子，我们可以开始了吗？）

这个叫幸子的女孩说："OK."（可以了。）

陶江就对文青和亚轩说："拍摄需要一个安静的氛围，你们先到楼下休息一下，这里就交给我和钟姐吧！"

文青和亚轩下楼去了。

到现在，宫小薇才知道幸子不是中国人，但从外表看和中国人没什么两样啊！她悄悄问了一下钟曼文："这位姑娘是从哪里来的？"

钟曼文说："幸子是日本人，从东京来，她汉语说不好，但英语很好，我们就用英语交流。"

宫小薇问："哦！我事先都不知道幸子要来拍摄。"

钟曼文说："幸子是昨天来店里咨询的，你正好在家休息，她马上要回国了，时间赶得紧，希望今天能完成拍摄，因为你当时不在，我和唐经理商量后就安排了今天的拍摄。为此，幸子很感动，说了好多'谢谢'。"

随后，拍摄就正式开始了，宫小薇没有离开，而是站在一边静静地看着他们工作。在陶江和钟曼文共同努力下，拍摄非常顺利，幸子很满意，拍完后，她再次表达了谢意，而且为了纪念这次拍摄，幸子主动提出要和钟曼文还有陶江合影留念。不过，幸子没有选择陶江的专业相机，而是直接把自己的手机递给宫小薇，让宫小薇帮忙给他们三人拍了一张。幸子也对宫小薇表达了感谢之情。

当幸子离开时，钟曼文一直把她送到门外，看着她上了出租车，钟曼文才转身进了公司大门。

钟曼文一进大厅，就被宫小薇叫住了，宫小薇原本是想打听刚才和钟曼文在门外聊天的小伙子的，可话到嘴边又说不出口了，只好改口说："幸子真漂亮，她来中国干什么？"

钟曼文神秘地说："幸子是追寻爱情来的。"

宫小薇好奇地问："追寻爱情？"

钟曼文说："我们在沟通中，她告诉我的，她是中国男排的超级粉丝，只要是中国男排到日本比赛，她都会去现场为中国男排加油，为此，她也渐渐喜欢上了中国男排的主攻手乔宇斌。上周中国男排在北京有场和韩国队的友谊赛，她专程从日本赶来观看，她虽在日本赚钱不多，但还是凑钱来到北京，赛后她找到乔宇斌，并向他表达了自己的爱意，不巧的是乔宇斌已经有女友了，幸子很失望，好在乔宇斌安慰了她，还送了她一个签了名的排球。随后，她来到西海旅游，就想着拍一套写真来纪念这次中国之行。"

"啊！好感人啊！"宫小薇眼里泛起了泪光，她想起了梁冰。

钟曼文正要走开，宫小薇又问："刚才在门外和你说话的那小伙子是谁啊？"

钟曼文说："是我弟弟，他路过这里，顺便来看看我，怎么了？"

宫小薇赶忙说："没事，我就是看着他有些面熟，好像在哪儿见过似的，也许是曾经在大街上擦肩而过。"显然，宫小薇并没有说实话。

钟曼文说："这很有可能，城市这么大，说不定谁会和谁相遇呢！"

"他做什么工作？"宫小薇的好奇心依然很强。

钟曼文说："他在西海市煤炭公司财务部上班。"

"那挺好啊！"宫小薇似乎很有兴趣地问，"他有没有女朋友？"

钟曼文奇怪地看着宫小薇，随即问："小薇，你是要给我弟弟介绍对象吗？"

宫小薇摇摇头，说："不是，我就是随意问问。"

钟曼文说："他身边有好几个姑娘都很喜欢他，只是他现在还不想过早地谈恋爱，想多干干事业呢！"

宫小薇说："其实，干事业和谈恋爱也是可以同时进行的。"

钟曼文说："对，我也这么认为的。不过，我弟弟是个脑子灵活的人，他说只要缘分到了，他也会毫不犹豫去恋爱的。"

"是吗？"宫小薇皱了一下眉头，很快又舒展开了，"那就祝福你弟弟的缘分早日到来。"

钟曼文说："谢谢啊！我一定把你的祝福带给他。"

然后，钟曼文就去忙自己的工作了，宫小薇却无心工作了，她内心一片慌乱，钟曼文的弟弟太像梁冰了，他不会就是梁冰吧？但又一想，怎么可能呢？梁冰是从农村来的，从来没听他说过在西海市有什么亲戚，他没必要故意隐瞒自己的出身吧？况且他连一双鞋都要在地摊儿买，可见家庭情况真的不太好。种种迹象表明梁冰不可能是钟曼文的弟弟。宫小薇摸了摸额头，一屁股坐在二楼靠窗的沙发上，想起了心事。

虽说上次和梁冰不欢而散，但她心里还在时时惦记着梁冰。她已经快三天都没收到梁冰的任何信息了，要是在往常，不管有事没事，梁冰都会在早中晚问候她，她有时候还觉得烦。现在整天整天都收不到梁冰的信息，她又觉得有些失落。从她内心来说，她是不想放弃梁冰的，毕竟遇到一个喜欢的人不容易。但她又不好意思主动联系梁冰，觉得太没面子了。她真的很渴望梁冰给她发来一条信息，哪怕只是一个表情符号，她也会心满意足的。

等待一个人真是煎熬，尤其等待一个不知道还会不会和她联系的人更是煎熬，宫小薇第一次陷入一个巨大的漩涡之中，这个漩涡似乎要吞噬她。唉！到这时候，她才理解了什么叫为情所困。以前她在书里读到过无数个肝肠寸断的爱情故事，她都觉得那是书里虚构的，原来虚构的东西其实很多来自现实世界。她心里埋怨梁冰：你太小家子气了，不就是情侣之间的一次再正常不过的争吵吗？你至于这么久不理我吗？

又过了一会儿，还是没有梁冰的信息，看来，梁冰是不会再联系她了，也许人家已经忘了她。她又何必自作多情呢？

这时，钟曼文走过身边，宫小薇抬头看了看她，钟曼文朝她笑了笑。宫小薇问："曼文，你……"

话没说完，宫小薇有意停下了，钟曼文问："有什么需要我帮忙吗？小薇。"

宫小薇支支吾吾："哦，没……没事。"

钟曼文转身准备离开，宫小薇又叫住了她："曼文……"

钟曼文回过头，问："还有事吗？"

宫小薇说："你能不能陪我坐一会儿？"

钟曼文问："现在吗？"

宫小薇点点头。

钟曼文说："可是我现在没有时间啊！露西娅来了，我要去招待她。要不，你等我一会儿，我看看露西娅找我什么事。"

说着，钟曼文就下楼去了。

宫小薇皱着眉头，有些不高兴，毕竟她是钟曼文的上司啊！可是又一想，任何时候都要为客户着想的，客户的利益永远是第一位的，不管是旧客户还是新客户，都应该用心对待，这关系到公司未来的发展。

宫小薇心里实在杂乱，就也下了二楼，来到大厅，钟曼文和露西娅正坐在沙发上聊天。她们说的是英语，宫小薇听不懂，她有意走过她们身边，钟曼文和露西娅都朝她笑了笑。

宫小薇径直出了公司大门，来到街上，阳光正好，车流滚滚，她想给梁冰打个电话，本来号码已经拨出，但强烈的自尊心又让她立即挂断了。她一个女孩子怎么能先给一个男孩子打电话呢？打电话就意味着服软了，认输了，今后在梁冰面前就更抬不起头了。唉！真的好难啊！如果在那次联谊会上没遇到梁冰该多好，那么也就不会有今天的痛苦了。可是人生哪有那么多如果呢？就算那次遇不到梁冰，也会遇到张冰、王冰、李冰、赵冰的。

不知过了多久，宫小薇也不知想了多久心事。

"小薇，你怎么一个人坐在这儿啊？"身边传来了钟曼文的声音。

宫小薇这才发现钟曼文和露西娅站在公司门口看着她，她不知什么时候坐在了门前的台阶上，她记得她出了公司大门后一直是站着的，现在怎么会坐在台阶上呢？而且台阶被人踩来踩去的，又是这么脏。她怎么也想不起来是怎么坐到台阶上的。一个人在精神恍惚的时候，通常对自己做过的事大都没有印象，至少没有清晰的印象。唉！都是梁冰的原因。

宫小薇有些木讷地说："哦！我想静一静就坐这儿了。"

露西娅和钟曼文用英语不知说了什么，就匆匆离开了。

宫小薇问："曼文，露西娅和你说了什么？"

钟曼文说："她说你看起来精神不好，希望我陪陪你。"

宫小薇说："那就谢谢你和露西娅了。"

钟曼文说："露西娅是个好姑娘。"

宫小薇问："露西娅找你什么事啊？"

钟曼文说："没什么事，她就是想我了，想过来看看我，对了，你刚才不是说要我陪你一会儿吗？现在我有时间了，要不咱们到公司聊吧！"

宫小薇摇摇头，说："不，咱们去奶茶店吧！那里清静。"

"好吧！"钟曼文拉起了宫小薇的手，就朝旁边的奶茶店走去。

就在这一瞬间，宫小薇心底升起一股愧疚之情，她觉得以前对钟曼文有点儿过分了。

她们在奶茶店找了个安静的角落坐下了，宫小薇主动要了两杯奶茶，没等钟曼文问，宫小薇就向钟曼文说了她和梁冰的事，说心里烦闷，又找不到合适的人倾诉，所以就把钟曼文约了出来。

钟曼文听了，说："其实你大可不必这么难过，如果你实在放不下梁冰，那就主动跟他发条信息，看看他是什么态度。"

宫小薇皱着眉头说："我一个女孩子，怎么好意思这么做？要做也是他主动才行啊！"

钟曼文说："问题是你现在很着急，人家不着急啊！"

宫小薇说："我就是抹不开面子，那要是以后和好了，他更看不起我了。"

"怎么会呢？"钟曼文说，"你想多了，恋爱中的人没有对错的，谁主动一点儿都没有关系。不瞒你说，我当年恋爱的时候就比较主动，也没影响我们的感情。很多事不能用固定的眼光看待，你改变一下也许会收到意想不到的效果。"

宫小薇点点头，觉得钟曼文说得很有道理。

钟曼文又说："要不你再仔细想想该怎么做，有时候不能太着急的。"

她们又聊了很多别的话题，比如：公司未来的发展规划，如何和客户打交道以及摄影理念更新等问题。这是钟曼文来到锦川摄影公司后，她和宫小薇单独相处时间最长的一次。就在她们即将结束这次相聚之时，宫小薇突然说："曼文，梁冰和你弟弟长得很像，早上，我在二楼的玻璃窗前看到你和你弟弟在门外聊天，觉得你弟弟简直就是第二个梁冰，所以，我才打听跟你聊天的是谁，你别介意啊！"

"是吗？"钟曼文来了兴趣，"这么巧啊！改天让我见见梁冰。"

她们说笑着离开了奶茶店，转身进了锦川摄影公司。

21

钟曼武和赵音音是在一个下雨的傍晚见面的，钟曼武有些不情愿，如果不是爸爸妈妈再三要求，他是不会和赵音音见面的，他准备见面后就和赵音音摊牌：他现在一无所有，还不想谈恋爱，让她另攀高门。

见面的地点是赵音音选的，就在西海市煤炭公司不远处的西海植物园，西海植物园先前是西海市西郊的一大片农田，后来由于城市的不断扩大，西海市西郊多个村子的土地都被征用来盖居民楼了，小区一多，大家都很渴望有一块绿地来休闲娱乐，在附近居民多次而又强烈的请求下，市政府就在西海西郊专门划分出一大片农田建了这个植物园，除了移栽来很多花草树木外，还修建了一个人工湖泊。夏天的时候，湖里鸭子成群结队，游来游去，充满了无限的生机和活力；到了冬天，湖面结冰，又成了滑冰爱好者的天堂。因为西海植物园是免费向公众开放的，每天到植物园休闲的人络绎不绝，当然也是年轻人谈情说爱的好去处。

赵音音之所以选择西海植物园，是因为她觉得这里离钟曼武工作单位较近。选择傍晚当然是考虑到这时候植物园的人少，比较清静。只是她没有想到下雨，幸好雨不大，她不愿到湖泊岸边的亭子里避雨，她更愿意撑着伞在雨里漫步，她甚至觉得约会时下雨也是一种浪漫。当她提议说要雨中漫步时，钟曼武想都没想就答应了，他甚至暗自庆幸，天一下雨，他们之间的约会就不会持续太久的时间。再加上小雨的嘀嗒声，正好可以冲淡他内心的烦躁。

赵音音不知道什么时候开始喜欢上钟曼武的，上高中时她并没有太多关注过钟曼武，只知道他学习很好，每天也不多说话，只是低头学习。那时候，她甚至一度看不起钟曼武，觉得他虽然学习好，但并不是她心目中理想的男生。高中毕业，他们去了不同的大学，就更没有任何联系了。这几年，赵音音一直在念书，读完研究生的时候，她才发现自己连个男朋友都没有，后来有朋友给她介绍过几个，不知为什么总不能激起她心底的涟漪。去年她回西海看望已经退休的高中班主任邱素梅老师，上学时，在她的印象里，邱老师是个严厉的中年女教师，没想到，退休后却变成了一个温和的老太太。邱老师问起了她的个人问题，她说还没有男朋友。邱老师当即说要不要考虑一下钟曼武，还说钟曼武在西海工作好几年了，经常来看望她。赵音音当下就红了脸，心底泛起了层层涟漪，嘴上却含含糊糊说着不合适。啊！钟曼武！这么多年过去了，赵音音对钟曼武的印象还停留在高中时代，她努力搜寻记忆中的那个钟曼武。回到家，她就拿出高中毕业时的集体照，她突然发现钟曼武其实挺帅的，高中时怎么就没发现呢？唉！那时候真的忽略了这个不爱说话、学习好、品行好的男孩了。人总是这样，经常在一起时，不觉得对方有多好，当分开很长时间后，回过头来反而觉得当初的那个人似乎还不错，尤其是经历了一系列不如意的人和事后，更是觉得先前的人优点蛮多。

之后的很多天里，赵音音竟然失眠了好几次，她开始思念钟曼武，但她还不知道钟曼武对她是否有意。这么多年过去了，人家钟曼武是否还记得她都是个未知数。她又不好意思主动联系钟曼武，因为她毕竟是个女孩子，万一钟曼武对她没有任何意思，那可就尴尬了。她本想请班主任邱老师帮忙侧面打听一下钟曼武，又怕最后不成功，闹得高中同学人人皆知，她就更觉得不好意思了，因为邱老师很可能会时不时向别的同学提起。

煎熬了很多天后，赵音音悄悄和爸爸说了这件事，赵书迪知道了女儿的心事后，立刻就笑了，赵书迪说他也觉得曼武这孩子不错，还鼓励赵音音主动联系钟曼武，赵音音哪好意思啊？赵书迪理解女儿，他就主动联系了自己以前的同事钟育祥，侧面提起了赵音音和钟曼武的事。

不管怎么说吧，这层窗户纸总算捅破了，接下来就看钟曼武的态度了。

现在，由于下雨的原因，西海植物园里非常安静，人们大都出了植物园躲雨去了，只偶尔会有一两个追求浪漫的年轻人还徜徉在曲折的小道上，时不时转动一下手里时尚的雨伞，或者在半遮半露中伸出手来触摸那细细的雨丝。更有人把伞收起来，面朝天空和细雨来个亲密接触。

钟曼武和赵音音各撑一把伞一前一后走着，钟曼武走在前边，赵音音很想和钟曼武共撑一把伞，但又不知道该如何开口。钟曼武也在考虑他该如何结束这次约会，他对赵音音的印象还停留在高中时期，赵音音当年的高傲深深扎根在了他心上，他今天无论如何都要向赵音音挑明，他们在一起并不合适。他也不说话，只是往前走，渐渐与赵音音之间的距离拉大了。赵音音有点儿生气，说："曼武，你能不能慢点儿走？我都跟不上你了。"

钟曼武这才回过头来站在原地等赵音音，赵音音紧走几步，埋怨："你就这么和我约会来了呀？这像是约会的样子吗？"

钟曼武把目光投向不远处的湖泊，说："不好意思啊！音音，我走路有些快，都习惯了。"

赵音音说："你太傲慢了，你不能这么对待一个女孩，你连起码的礼貌都没有。"

钟曼武也不辩解，依然望着不远处的湖泊。

赵音音更加生气地说："你能不能看我一眼？"

钟曼武这才收回目光，盯着赵音音的脸，他突然发现赵音音比高中时更漂亮了，再加上又接受了这么多年知识的熏陶，说气质不凡一点儿都不为过。

记得上高中时，赵音音就是班上数一数二的漂亮女孩，而且学习又好，是许多男生心目中的完美女神。只不过那时候赵音音忙于学习，再加上心高气傲，对某些有"想法"的男孩子根本没放在眼里。但钟曼武没把赵音音当女神看，一是他没时间欣赏她，二是当时真的不喜欢她的性格。真没想到，过了这么多年，当年的美丽班花竟然主动来到他面前了。不过，他依旧不改初衷，对她没有半点儿意思。

赵音音又说："你把你的伞收起来，和我共撑一把伞。"

钟曼武一愣，迟疑了一下，赵音音问："不愿意吗？"

钟曼武赶紧说："当然愿意，和这么漂亮的姑娘共撑一把伞，求之不得。"

钟曼武收起了自己的伞，和赵音音共撑一把伞，他们继续朝前漫步。

赵音音这时才细细端详了一番钟曼武，几年不见，那个记忆中的帅气男孩不见了，钟曼武已经蜕变成一位浑身散发着一股成熟魅力的男人了，赵音音更加喜欢钟曼武了。

两个人慢慢向前走着，钟曼武和一个女孩子共撑一把伞，他很不习惯，他真的想立刻向赵音音表明自己的态度，然后走人。可是，理智告诉他，不能这么匆忙，毕竟赵音音是个女孩，就算他再难以接受她，也不能当场伤了赵音音的心。两个人似乎没有什么话可说，只是静静地走着，他们踩在略有积水的柏油路面上发出毫无节奏的"嗒嗒"声，再加上雨点儿轻轻打在伞面上的"啪啪"声，汇成了一曲并不美妙的乐曲，惹得两人都心烦意乱的。为了缓和一下沉闷的气氛，钟曼武问赵音音："音音，一晃我们高中毕业都八年了，这么多年过去了，你还好吧？"

赵音音说："还好，生活得很平静。你呢？"

钟曼武说："我也还好。"

赵音音问："我记得你当年考上了浙江大学，那你毕业后为什么不留在杭州工作，反而又回到了西海呢？"

钟曼武说："大学毕业那会儿，我爸妈原本让我考研究生的，但我放弃了……"

还没等钟曼武说原因，赵音音就迫不及待地问："你为什么要放弃？你学习那么好，不读研究生太可惜了。"

钟曼武长长吁了一口气，说："我爸妈年纪大了，身边需要有人照顾，我又是家里的男孩子，理应回到他们身边。我想来想去，就回来了。"

赵音音说："你不是还有个姐姐已经在西海工作了吗？你爸妈完全可以让你姐姐照顾啊！"

钟曼武说："人不能太自私，把爸爸妈妈完全推给姐姐照顾，我做不到。再说了，姐姐毕竟是要嫁出去的，人家也还有自己的生活。"

赵音音说："你说的也是啊！我就没考虑这么多。"

钟曼武问："音音，你一直在北京念书工作，为什么突然就回西海来了？在北京不好吗？"

没想到一向高傲的赵音音这时候竟然有些忧伤地说："唉！一言难尽啊！北京，那是所有中国人都梦想的地方，我当然也是千方百计想留在那里，可是，现实是残酷的，每年成千上万的大学毕业生为了一纸北京户口争得头破血流，我也曾为之努力，工作没问题，可以找到一个高薪的岗位，但户口很难解决。如果解决不了北京户口，就算挣再多的钱，我也没有安全感和归属感，所以在漂泊了大半年后，我想来想去，还是回来了。作为一个普通老百姓，在哪里生活都是生活，只要努力工作，一样可以实现人生价值。"

"啊！音音，"钟曼武惊讶地说，"我真的没发现呀！原来你是一个哲学家啊！看问题这么透彻。"

赵音音说："什么透彻不透彻的，只不过是对自己的一段经历的感悟罢了，换作别人也会这么说的。"

钟曼武点点头。

雨渐渐停了，他们把伞收起来，继续慢慢朝前走。雨后的空气清新，两个人都觉得神清气爽，在城市里生活太久了，难得这么好的空气质量，真的很想大口大口呼吸这新鲜空气。

时令虽已到仲秋了，但植物园里依然是绿意盎然，只有少数怕冷的树叶子开始泛黄，但离真正飘落大地还有一段时间。虽然人们已经换上秋日的盛装，少了些许夏日的光彩，但大自然的多姿并没有减退多少。鉴于西海市的地理位置，只是在温度上让人多少感到一些凉意，毕竟地处高海拔地区。

　　赵音音今天穿了一件孔雀蓝外套搭配一条卡其色高腰裙，脚蹬一双白色运动鞋，显得高雅而又富有都市女孩的气质。再加上一头乌黑的长发，让人看一眼就会喜欢上这个漂亮的姑娘。钟曼武则是身着职业装——一身藏青色西服搭配一条蓝白粗条纹领带，虽然由于下雨黑皮鞋上溅了不少小水珠儿，影响了一点儿美感，但整体上依然展现出了都市成熟男人的风采。

　　单纯从两个人的衣着上看，其实是很般配的，如果他们真能在一起，也不一定就不行。赵音音感觉挺好，钟曼武却不这么看，不是他看不上赵音音，而是赵音音当年给他留的印象太深刻了，他还真不敢接近她，还有，他不仅要考虑自身，更要考虑赵音音将来能否和爸爸妈妈相处融洽，这比他自己还要重要，他真不希望找一个整天和婆婆公公吵架的女孩。或许经过这么多年的磨练，赵音音早已改变了不少，但谁又敢保证她一定能融入我们的生活中呢？想到这里，钟曼武还是觉得赵音音不太合适。于是，就委婉地对赵音音说："音音，我觉得……"

　　钟曼武还没说完，赵音音就抢着问："你是不是觉得我很漂亮？"

　　赵音音这么一说，弄得钟曼武顿觉好笑，只好说："你的确很漂亮，但是……"

　　"但是什么？"赵音音又打断了钟曼武的话，"你肯定想说但是你学历没我高，没关系，我不在乎啊！谁规定非得男孩子学历比女孩子高才行？"

　　"我不是说这个，"钟曼武哭笑不得，"我是说我现在一无所有，还没有做好谈恋爱的打算。"

　　"啊！"赵音音惊叫一声，随即就拉起了脸，"那你今天来跟我约会干啥？这不是耽误我时间吗？"

　　钟曼武赶紧安慰赵音音："音音，你听我说，我……"

　　赵音音冷冰冰地说："还解释啥呀？你看不上我早说啊！还用等到今天？什么人嘛！"

　　赵音音扭头就走，钟曼武在后面紧紧追着，边追边喊："音音，音音，等等啊！"

赵音音边哭边跑，钟曼武跑得快，追上了赵音音，他一把拉住赵音音的手，说："音音，真的对不起啊！我……"

赵音音抹了一把眼泪，说："松开我，算我看走眼了。"

钟曼武说："你听我把话说完，好不好？"

赵音音说："我不听。"说着，她就拼命想挣脱钟曼武的手。

"曼武哥，你怎么在这儿啊？"

听到身后有人喊他的名字，钟曼武扭过头，看见毛婷婷正站在他和赵音音的身后。钟曼武赶紧松开了赵音音的手，满脸惊讶地问毛婷婷："婷婷，你怎么一个人来植物园了？"

毛婷婷对钟曼武说："我家就在附近啊！你又不是不知道。我喜欢这里的环境，下了班经常来这儿散步的，今天下雨我来晚了，没想到你也喜欢这里啊！"

赵音音看了毛婷婷一眼，也不好意思再跟钟曼武闹情绪了，赶紧擦了擦脸上的泪痕。她不知道这个漂亮的女孩和钟曼武是什么关系。

钟曼武对毛婷婷说："我不常来的，今天是和我同学来的。"

接着他就向毛婷婷介绍："这位是我高中同学赵音音，硕士毕业，刚回西海不久，典型的集颜值和高学历于一身的都市女神。"

赵音音却白了钟曼武一眼，说："不用这么抬举我，我就是一个平凡的人，谁都可以欺负的。"

钟曼武听出了赵音音话中有话，毛婷婷一头雾水，不知道赵音音在说些什么，顿觉有些尴尬。

为了缓和气氛，钟曼武对赵音音说："音音，这位是我同事毛婷婷，我们在一个办公室工作。她也是一位集颜值和学历于一身的都市女孩。"

"你说什么呢？曼武哥，"毛婷婷说，"你就会开玩笑，我哪有你说的那么好？"

毛婷婷走上前对赵音音说："你好！音音姐。"

赵音音毕竟受过良好的教育，面对毛婷婷时，她控制住了自己刚才的情绪，一下子拉住了毛婷婷的手，说："你好！婷婷。"

毛婷婷说："你和曼武哥是高中同学啊！我以前都没听曼武哥提起过你。"

赵音音因为还生钟曼武的气，就夹枪带棒地说："钟曼武是谁啊？人家是西海市的精英，眼里根本看不起我的，哪儿会想起我呀？"

赵音音这么一说，毛婷婷心里顿时有些后悔，真不该说那句"没听曼武哥提起过你"的话，但又觉得赵音音说的话也很别扭。心想：赵音音怎么这么说话呢？刚才她说话的情绪就觉得不对劲儿，看来曼武哥和她的关系肯定不一般。如果只是普通同学关系，怎么能这样的态度呢？只有自认为关系亲密的人才会这么说。

钟曼武在一旁说："音音，谁看不起你了？我都把你当女神了。"

赵音音拉着脸说："什么女神？是女巫吧？"

毛婷婷看到他们两个人似乎要争吵，就想转移他们的注意力，说："天色有些晚了，要不我们一块儿去吃个饭吧！我请你们。"

赵音音说："不用了，婷婷，我想回家了。"

钟曼武说："我去送你。"

"用不起。"赵音音扭头就走。

钟曼武上前一把拉住了赵音音，说："你别闹了，好不好？"

赵音音拼命想挣脱钟曼武的手，说："松开我，再不松开，我喊人了。"

钟曼武只好松开了赵音音的手。

毛婷婷跑上来，说："音音姐，你就让曼武哥去送送你吧！天都快黑了。"

赵音音说："婷婷，谢谢你，没事，我自己打车回去。"

说着，赵音音又朝前走了几步，毛婷婷着急地对钟曼武说："曼武哥，快追啊！"

赵音音停下脚步，背对着钟曼武和毛婷婷，朝后一挥手，对毛婷婷说："婷婷，你不用劝他，我真不需要谁来可怜我。"

赵音音满含眼泪跑走了。

钟曼武知道赵音音的脾气，就没再去追，只是呆呆地站在原地。

毛婷婷问："曼武哥，你们到底怎么了？"

钟曼武说："没事。"

"这像没事的样子吗？"毛婷婷说，"看你们刚才那阵势似乎要打架的。"

"一句话和你说不清楚，"钟曼武说，"你也赶紧回家吧，天黑了，植物园人越来越少了，不安全。"

毛婷婷倔强地说："你不说我就不回家。"

钟曼武急得团团转，说："你们女孩子怎么都是这个性子啊？"

毛婷婷说："曼武哥，你告诉我，你和音音姐是不是在谈恋爱。"

钟曼武的心立刻狂跳起来了，但他故作镇静，说："哪有的事？我们就是普通同学关系，因为好久不见，今天相约来植物园逛逛。"

"你别骗我了，我早看出来了，"毛婷婷开始抹眼泪，"如果是普通同学，她不会用那种口气跟你说话的，只有恋爱中的人才会跟你使性子的。"

钟曼武刚想再解释什么，毛婷婷又接着说："曼武哥，我们在一个办公室工作这么久，你不是不明白我的心。"说着，她就抽搭开了。

"婷婷……"钟曼武恓惶地拉起了毛婷婷的手，"你不要哭，好不好？我真的……"

毛婷婷立即打断了钟曼武的话，边哭边说："你不要再解释了，你心里根本就没有我。"

毛婷婷挣脱了钟曼武的手，跑走了。

钟曼武站在原地，胡乱地跺着脚，任凭柏油路面上的积水溅湿自己的裤腿，然后对着已经暗下来的植物园上空痛苦地大叫了一声："我这是怎么了？"

22

钟曼文是坐公共汽车来到酸枣沟的，中途还换乘了一辆车，她提着一个大皮箱下车的时候，牛老汉和小萌早已经等候在村头了。好长时间不见，小萌又长高了不少，个子已经达到钟曼文的肩膀了，只是牛大伯更加苍老了，也没有以前那么有精神了。

小萌看见只有钟阿姨一个人来，就问："阿姨，叔叔怎么没有来？是不是他工作很忙？"

钟曼文的眼泪唰地就淌出了眼眶，牛老汉看到钟曼文哭了，就关切地问："小钟，你这是咋了？小罗没事吧？"

钟曼文抹了一把脸上的泪水，拉起小萌的手，对牛老汉说："大伯，咱们回家吧！"

牛老汉叹了一口气，跟着钟曼文和小萌回家了。

回到家，牛老汉又一次询问钟曼文的时候，钟曼文才告诉牛大伯罗启明已经去世了。

牛老汉听了，大吃一惊，接着就是一阵叹息，老泪纵横。小萌扑在钟曼文的怀里哭个没完。

待大家都平静以后，牛老汉用手背揩了一下眼睛，说："唉！可惜了，小罗是个好人，好人咋就是这个命呢？"

钟曼文擦了擦自己眼角的泪水，然后又给小萌揩掉她腮帮上的泪珠，摇了摇头，说："这都是没办法的事，启铭的病来得太快了，都没来得及抢救就……"

牛老汉说："小钟，小罗已经走了，我们还得好好往后过日子哩！"

钟曼文朝牛老汉点了点头。

随后，牛老汉对小萌说："小萌，你到西头你老金爷爷家买一斤肉。"

说着，牛老汉就从衣兜儿里掏钱给小萌，钟曼文赶紧上前阻拦牛老汉，说："大伯，您不用管了，我和小萌去。"

很快，钟曼文就拉着小萌出了屋门，牛老汉看着她们出了院门，心里很不是滋味，自言自语："好姑娘啊！"

钟曼文牵着小萌的手，走过村中小道，不断有人跟小萌打招呼，因为大家不认识钟曼文，有位在街边做针线活儿的中年妇女就问小萌："小萌，这是谁啊？"

小萌骄傲地说："秀芝大娘，这是我阿姨，从西海来的。"

这位叫秀芝的女人又问："那你西海的那位罗叔叔呢？"

聪明的小萌说："叔叔很忙，阿姨代叔叔来了。"

秀芝羡慕地说："小萌，你就是命好，不是叔叔来看你，就是阿姨来看你，你长大了可不要忘了你叔叔阿姨的好啊！"

小萌眨了眨那双美丽的大眼睛，说："秀芝大娘，我不会忘的，等我长大了，一定会去照顾叔叔阿姨的。"

钟曼文听了，心里暖暖的，这个懂事的小女孩，有着超越年龄的美丽心灵。

钟曼文朝秀芝笑笑，说："大姐，你好！"

秀芝说："妹子，你也好，你来得少，以前我们总是能见到小罗，村子里的人差不多都认识小罗，小罗真是个好人，帮了小萌家不少忙。好人一定有好报的。"

秀芝的话让钟曼文心里隐隐作痛，但她一点儿都不怪这位不知情的女人，相反她还感到丝丝欣慰，罗启铭在西海市就是一个走在大街上瞬间就会被人流淹没的普通人，但在这个偏僻的小山村却实现了人生的价值。一个人活着的风采，不一定非得在繁华的城市才能展现，就算是在穷乡僻壤也一样会发出耀眼的光芒。

一路上，小萌不断地向钟曼文介绍村里的情况，这儿修了水泥路，那儿架了一座桥，东边建了个养鸡场，西边还有个养猪场。她们要去的就是金老汉的儿子开的养猪场，这几年，金老汉的儿子又在县城郊外办了一个更大的养猪场，就把家里的这个养猪场托付给了他爹金老汉了。

不一会儿，她们就来到了养猪场。说是个养猪场，其实规模并不大，就是分两排建的十个猪圈，前后排各五个，圈墙统一是水泥灌注的。猪圈上方搭着顶棚，刚好把前后排的猪圈全都罩住了。猪圈的南边还建了两间简易的砖房，大概是主人管理猪圈时临时休息的地方。

小萌朝砖房喊："金爷爷！金爷爷！"

金老汉听到喊声，从砖房里撩开帘子探出半个头，见是小萌，就问："小萌，你怎么来了？有事啊？"

小萌说："我爷爷让我来买肉呢！"

金老汉笑眯眯地说："那快进屋吧！"

钟曼文跟着小萌进了简易砖房，这时，她才发现，原来砖房不光用来休息，还是卖肉的场所。屋里左边支了一张床，右边是一个冷柜，冷柜里放满了肉，冷柜旁边还有一张长条桌子，桌子上放着大大小小的几块肉。

金老汉问钟曼文："姑娘，你是？"

没等钟曼文回答，小萌就抢先了，说："这是我阿姨，从西海来的。"

"哦！"金老汉捋了一下下巴的胡子，说："西海那是大城市。"

钟曼文问："大伯，您去过西海吧？"

金老汉说："十年前去西海送过一次猪，有人说是想吃咱山里叫'生什么'的猪肉。"

钟曼文说："生态猪肉吧？"

金老汉说："对，就是这个名字，说山里的猪没有喂过饲料，猪肉比城里要好一点儿，就要求直接送猪过去，他们专门找人杀。"

钟曼文点了点头，又问："后来就没再送过猪吗？"

金老汉说："人家吃了一次觉得好，后来不用送了，都是他们亲自派车来拉的。我也就只去了西海那一次，那时候我就觉得西海太大了，到处是高楼。"

钟曼文说："现在西海的发展更快了，要是您再去一趟，一定会认不出原来的样子的。"

金老汉说："那肯定是，别说西海了，就连我们南灵县城，这几年我都快认不出来了，原来的老房子都不见了，楼越盖越多，地越来越少了。"

金老汉说完还长长地叹了口气。

钟曼文说："这说明城市在不断发展啊！"

金老汉说："发展当然是好事，可是土地没了，也是个大问题啊！老百姓终究要吃粮食的，没了地，今后吃的也有可能成问题啊！"

啊！钟曼文万万没想到，金大伯真的很有想法哩！对于一个一辈子都在土地上劳动的农民来说，当然视土地为生命。土地养活了千千万万的人，可是现在有些人却为了眼前的利益并不珍惜土地。是啊！我们的城市在不断地扩大，就拿西海市来说吧！这十几年以火箭一样的速度飞速发展着，可东郊和南郊的大片农田也逐渐被钢筋混凝土覆盖了。很多老百姓虽然暂时获得了可观的补偿，却失去了赖以生存的土地。

钟曼文想到这儿有些忧虑，她虽然不是土地经济学的专家，但懂得金大伯说出的这些朴素的道理。

一直没有说话的小萌好奇地看着钟阿姨和金爷爷，她略微懂点儿他们说话的意思，忍不住就问金爷爷："金爷爷，要是没了土地，我们是不是都要饿肚子了？"

金老汉摸了摸小萌的头，笑着说："那肯定的，不过，我们不会让你饿肚子的，来，爷爷给你割块儿肉。"

小萌赶紧说："我爷爷说只割一斤就行了。"

金老汉拿起刀在一大块肉上割了一小块儿，看分量一定超过了一斤。金老汉随手从墙上挂着的一沓塑料袋儿揪下一个来，把那块儿肉放到塑料袋儿里，直接递给了小萌，说："小萌，拿回家跟爷爷炖肉吃吧！"

钟曼文说："大伯，还没称重呢？"

金老汉摆摆手说："不称了。"

"那怎么能行？"钟曼文说，"小萌，快把肉放到秤上称称。"

小萌把那袋儿肉放到了旁边的台秤上，台秤显示一斤六两。

钟曼文问："大伯，多少钱？"

金老汉说："不要钱了，就当我送给你牛大伯的，都是乡里乡亲的，你牛大伯家里也不宽裕，再说了，就这点儿肉也不值啥钱，拿回去吧！"

"不行啊！大伯，"钟曼文有些着急，"您也不容易，二维码在哪儿？我扫码付款。"

金老汉说："我不会用那玩意儿，算了吧！算了吧！快回吧！你牛大伯还在家等着呢！"

钟曼文赶紧从兜儿里掏出五十元钱塞到了金老汉手里，然后拉着小萌出了屋门。后面，金老汉说："哎呀！姑娘，给多了呀！我给你找钱。"

钟曼文头也不回，说："大伯，不用找了。"

她们很快就出了猪场，金老汉朝她们的背影喊："待会儿我给你送去。"

钟曼文似乎并没有听到，加快了脚步，小萌在前面带路，她们本来是要回家的，可钟曼文临时又改变了主意，她们又去了东边的养鸡场，钟曼文在养鸡场买了十斤鸡蛋。路过村小卖部时，钟曼文又买了一箱纯牛奶。等她们回到家时，牛老汉正准备烧锅做饭。牛老汉看见钟曼文买了这么多东西，就说："小钟啊！你这是要干啥哩？买这么多东西。"

钟曼文和小萌把鸡蛋、牛奶、肉放到厨房的案板上，然后，钟曼文说："大伯，也没买什么，就是想着给您和小萌补补身子。"

接着，钟曼文就开始帮牛大伯做饭，钟曼文虽然从小生活在城市里，但对农村的做饭程序还是比较了解的。上大学时，大三的暑假，她去山西东南一带山区做过两个月的志愿者，主要是帮助山区小学开展英语教学。那时候，她住在当地老乡家里，就经常帮助老乡做饭，有时候自己也做。她记得当时做饭时，一般都是烧柴火，刚开始她点不着火，老乡就反复教她。点火需要先找一些易燃的材料，比如干透了的麦秸秆儿、玉米叶、野草等，如果没有这些易燃材料，可以用废纸来代替，先点着，然后慢慢引火到干树枝，等火烧旺了，再加上劈柴。钟曼文不但学会了烧火，而且在老乡的帮助下，她还学会了炒鸡蛋、炒豆角、炒青椒、炒各种野菜、打玉米糊糊等农家饭。

现在，钟曼文让牛大伯到屋里歇着，她说今天的饭由她来做。她先蒸上了大米，她和小萌择好豆角，然后她就开始切肉，切成肉丝后，她就准备去烧火，小萌在一旁说："阿姨，我来烧火。"

小萌自小和爷爷一起生活，除了地里的很多农活会做外，烧火做饭也很早就学会了，只见她熟练地点火、引火，很快就把劈柴引燃了。随后钟曼文就开始炒肉丝，等肉丝变了颜色，她把豆角放进去来回翻炒，加入少许盐继续翻炒，之后加入适量酱油上色，接着放入少半碗水，随后盖上了锅盖儿。过了一会儿，估计汤汁收得差不多了，揭开锅盖儿，又是来回翻炒，加入适量的花椒粉、十三香之类的调料，搅拌均匀，一盘豆角炒肉丝就做好了。

钟曼文做的第二道菜是大葱炒鸡蛋，虽说这道菜简单，但钟曼文依然用心去做。将鸡蛋打散，加入少许清水。把大葱切成末儿倒进打散的蛋液里，慢慢地搅匀。在这个过程中，钟曼文还叮嘱小萌用小火烧锅，并倒入少许油，等油热了后，钟曼文先是倒入已经搅匀的蛋液，让小萌多加一些柴，烧到大火，钟曼文均匀翻炒，再加一点儿水，放入少许盐和鸡精，然后快速翻炒，待鸡蛋呈金黄色，出锅，一盘大葱炒鸡蛋又做成了。

接着，钟曼文还炒了一个醋熘白菜，三个热菜端上桌后，钟曼文又凉拌了一盘黄瓜条儿，再加一个蛋花汤，四菜一汤，虽然都不是什么名贵的菜品，但是荤素搭配，自然也别有风味。

吃饭的时候，三个人围坐在院子里的石桌旁，他们就像一家人那样，完全看不出钟曼文是个客人，相反，钟曼文似乎成了这个家的主人，牛老汉和小萌仿佛客人一般。钟曼文不断地给牛大伯和小萌碗里夹菜，小萌和牛大伯连连说着"好吃，好吃"。

钟曼文说："大伯，我今天不走了，想多陪小萌一天。"

牛老汉听了，激动地说："呀！小钟，你住几天都可以，这里也是你的家，以后你啥时候想来就来，我和小萌都高兴着哩！"

"是啊！阿姨！"小萌说，"我和爷爷都盼着你能多住几天呢！"

钟曼文眼眶有些湿润了，说："谢谢大伯！谢谢小萌！"

牛老汉说："都是一家人就不说这个了。"

吃完饭后，钟曼文洗碗筷去了，牛老汉和小萌去隔壁的屋子为钟曼文收拾床铺了，牛老汉从柜子里拿出崭新的被子、褥子和床单。铺好床后，小萌又把屋子扫了两遍。钟曼文走进屋子，看到这一幕，心里一阵感动。小萌说："阿姨，您今晚就睡这儿吧！"

牛老汉说："小钟，也不知道你能不能睡得习惯？"

钟曼文说："已经很好了，今晚小萌和我一起睡。"

"阿姨！"小萌忽闪着两只漂亮的大眼睛，说，"那可太好了，我心里也是这样想的。"

钟曼文说："明天早上，我送你去上学。"

小萌边点头边说："嗯！阿姨，您真好！"

晚上，钟曼文和小萌睡在一张床上，钟曼文问了小萌生活和学习的情况，小萌说成绩还好，在班上总是排在前三名。只是这两年爷爷的身体明显不如以前了，前几年，每次上学放学都是爷爷亲自送她，这两年爷爷走不了长路了，她就一个人去上学。钟曼文知道小萌上学的不易，以前她就听罗启铭说过，因为酸枣沟村太小了，再加上这几年外迁的人很多，村子里先前的小学办不下去了，就合并到邻村——风头峪了，小萌就得到风头峪小学去上学，来回需要走五里山路，为了节约时间，中午小萌就在学校吃一顿饭，说是一顿饭，其实就是把早上带来的一个馒头就着放在老师办公室的一瓶咸菜将就着吃一顿，渴了就喝几口从家带来的凉开水。后来又听罗启铭说风头峪小学也快办不下去了，很多学生都跟着家长外迁流入城镇念书去了。

钟曼文叮嘱小萌："你上学路上一定要小心啊！"

小萌说："阿姨，没事，我不害怕，再说了，爷爷虽然不能亲自送我了，但他每天上学放学总是站在村头的山岗上，远远地看着我，有爷爷在山岗上看着我，我就不害怕了。而且，我走路很快，跑得也很快。"

钟曼文心里很不是滋味，她一把搂住小萌，说："好孩子，你一定要好好学习，将来考上大学，好好孝敬爷爷。"

小萌睁着那双美丽的大眼睛，点点头，说："阿姨，您放心，我一定会好好学习的，不会辜负爷爷、您，还有罗叔叔的。"

窗外一片静寂，不知什么时候远处传来了一两声野鸟的叫声，在静谧的夜晚显得尤为清脆。一缕月光悄悄地从窗户照进了屋里，钟曼文搂着小萌渐渐进入了甜蜜的梦乡。

第二天，钟曼文送小萌去上学，牛老汉站在村头的山岗上目送着她们走上山道。钟曼文心情很好，抛却了城市的烦躁，全身心地投入到了秋天的山野中去了。啊！放眼望去，景色实在迷人。阳光透过东方的山峦，斜射到西方的崖壁上，山坳里一下子亮堂起来了。一群群不知名的野鸟扑棱着翅膀飞出了灌木丛，落在不远处的柳树上，然后又"叽叽喳喳"欢叫着飞向了山坳里。山坡上已不再像夏日那样葱茏一片，野草和树叶开始变黄变红，远远望去如同星星点点的红帆、黄帆飘荡在万顷绿波之中，啊！大自然真是神奇，随着季节的更替，不断变换着自己的色彩。钟曼文快要陶醉了，她张开双臂想要拥抱这美丽的秋天。

小萌边走边向她亲爱的钟阿姨介绍着秋天的累累硕果：饱满的玉米、沉甸甸的谷穗儿、紫红的山楂、香甜的苹果，还有漫山遍野的酸枣……

不知不觉就来到了风头峪小学，风头峪小学是几年前新盖的希望小学，是西海大学捐资助建的，门口还立着一块"西海大学捐资助建"字样的石碑。这里唯一的老师沈红丽是20世纪80年代末毕业的师范生，她多年来一直坚守在这所学校。每天早上，她早早起床，洗漱完毕，然后就站在学校大门口迎接每一个孩子的到来。

　　小萌和钟曼文走上学校门前的台阶，沈红丽微笑着说："早上好！小萌！"

　　小萌一边向沈老师敬礼，一边说："老师！早上好！"

　　钟曼文友好地向沈红丽问好，沈红丽也向钟曼文问好。

　　小萌回头和钟曼文告别，钟曼文叮嘱小萌好好学习，然后就离开了。

　　钟曼文回到酸枣沟后，没有马上回西海，而是在村里又待了两天才走，她想多陪陪小萌。临走的时候，她除了给小萌留下一笔钱用于上学外，还到镇上分别给牛大伯和小萌买了几件秋冬季节的衣服，最后才回西海去了。

23

赵音音那天含着眼泪跑走后，回到家就把钟曼武不喜欢她的事告诉了她爸，气得赵书迪当场就给钟育祥打了电话，说他太瞧不起人了。钟育祥了解了事情的情况后，一个劲儿给赵书迪道歉。挂了电话就命令海丽瑛给儿子打电话，让他一个小时之内必须赶到家，否则就死给他看。

钟曼武当然知道爸爸妈妈的意思，他不敢不从，慌慌张张开着车就朝家驶去，一路上，他满脑子都是乱哄哄的，不知道该怎么面对父母。他想给姐姐打个电话，但又觉得自己已经是个男子汉了，可以处理好自己的事，不能老去麻烦姐姐，况且最近姐姐心里也不是太清静，所以就没打电话给姐姐。

回到家，刚进门，还没来得及换鞋，钟育祥就劈头盖脸地骂他："你是什么东西？人家好好的姑娘怎么就配不上你？"

海丽瑛也生气地说："是啊！曼武，你到底要找个什么样的？我们这老脸都让你丢尽了，今后还怎么面对你赵叔叔？"

钟曼武"扑通"一声跪在两位老人面前，说："爸！妈！我不孝。"

儿子这么一跪，钟育祥和海丽瑛顿时慌了。

海丽瑛上前拉儿子，说："曼武，有啥好好说，你这是干啥呢？"

钟曼武依旧跪着不起来，说："我给你们丢脸了。"

海丽瑛求救似的对钟育祥说："他爸，你也劝劝啊！"

钟育祥没有说话，脸色很难看。

钟曼武对钟育祥说："爸爸，您打我一顿吧！要是能解解您的怒气，您就是打死我，我都不会怨您。"

海丽瑛马上说："你说什么呢？快起来，要不，你爸真要生气了。"

钟育祥却说："我怎么就养了你这么个儿子？叫我说什么才好。"

钟曼武给钟育祥磕了一个头，额头重重地磕在地板上，"咚"的一声，海丽瑛心疼极了，她已经开始抹眼泪了，一边用手背揩眼泪一边又一次上前拉儿子，想要把儿子拉起来，但是钟曼武却死死地趴在地上。

钟曼武刚才额头撞地的一瞬间，深深地磕在了钟育祥的心坎儿上，他更心疼儿子，但为了维护一个父亲的尊严，他没有上前拉儿子。他一下子瘫坐在沙发上，呼吸有些急促。

海丽瑛哭着哀求钟曼武："曼武，算妈妈求你了，起来吧！"

钟曼武慢慢抬起头，额头上留下一块儿黑青的印迹，他依然跪着，说："爸！妈！你们生我养我不容易，我不争气，就让我跪着吧！"

钟曼武的一句"生我养我"戳疼了两个老人的心，他们想起了儿子的身世，这是一个抱养来的孩子，多年来他们从没有告诉过他，只是在曼文十七岁时跟她说过一次。现在，这个可怜的孩子依旧跪在地上，他还不知道这个家庭只是养大了他，并没有生他。

海丽瑛心如刀绞，说："曼武，其实你不是……"

海丽瑛的话没说完，就被钟育祥挡回去了，钟育祥说："你不是以前那个听话的孩子了，你现在长大了，有自己的主张了，我和你妈都管不了你了，随你去吧！"

钟曼武说："啊！爸爸！不要这么说，您要是不管我，我会难过的。"

钟育祥一挥手，背过脸，说："起来吧！膝盖都跪疼了。"

海丽瑛赶紧说："曼武，你爸都发话了，你还不快起来？"

钟曼武这才站了起来，膝盖一阵疼痛，额头上也隐隐作痛。

"曼武，你还没吃饭吧？我去给你做饭，"海丽瑛转身准备进厨房，"你爸今天特意给你买了你最爱吃的酱牛肉。"

钟曼武说："谢谢爸妈！"说完，一股热泪涌出了眼眶，他真想哭一场。

幸亏爸爸妈妈都没注意到他的窘态。

海丽瑛把一盘酱牛肉端到餐桌上，正要回转身再去端饭，钟曼武说："妈！我来吧！"

钟曼武进了厨房，看到案板上放着一碗已经盛好的米饭，还有一盘炒好的莜麦菜，旁边的小锅里还有半锅蛋汤。他知道这是在他回家前，爸爸妈妈就已经为他做好的饭。此时，他的心情极其复杂，甚至有些愧疚，他做得真有些过分了，既然不喜欢赵音音，那为什么还要和人家约会呢？就算是爸爸妈妈硬"逼"他去的，他也觉得自己应该为这件事负责。他抬起头，望着窗外的万家灯火，再次流眼泪了，两行泪水顺着脸颊流下，每一个亮着的小窗户里都会有无数个悲欢离合的人生故事。唉！生活其实并不容易。

"曼武啊！你怎么不出来呢？"客厅传来了妈妈的声音。

钟曼武赶紧抹了抹脸上的泪水，端着米饭和油麦菜出了厨房，故作镇静地说："妈！您做了这么多好吃的。"

海丽瑛说："不是我做的，都是你爸做的。"

钟曼武说："谢谢爸爸！"

钟育祥说："跟老爸还学会客气了。"

钟曼武吐了一下舌头。

海丽瑛说："快吃吧！都快凉了。"

钟曼武边吃饭边说："真好吃，还是家里的饭好吃。"

海丽瑛说："好吃，你就多在家吃饭，别整天在外边瞎吃了。"

也许是真的饿了，也许是刚才被爸爸妈妈骂了一顿心里有愧，想通过吃饭来转移一下心里的不安，总之，这顿饭，钟曼武吃得格外饱。

吃完饭，钟曼武对爸爸妈妈说："爸！妈！你们不用担心，我和音音的事，我会主动找赵叔叔认错的。"

钟育祥却一挥手，说："算了，还是我和你妈去向你赵叔叔赔礼道歉吧！你不知道，你赵叔叔是个非常爱脸面的人，要是你去了，他会更加觉得咱们看不起他，我和你妈去就不一样了，毕竟我们是家长，他心里会好受一些，脸面上也说得过去。"

海丽瑛说："你爸说得对。"

钟曼武低下了头，开始想心事了。

后来，赵音音的事虽然在爸爸妈妈出面后总算解决了，可钟曼武的心里依旧慌乱极了，好几天心情都不能恢复平静，因为他还要面对毛婷婷。毛婷婷和赵音音的不同在于：赵音音和他不在一起工作，不会见面的，尴尬自然不会有，而毛婷婷就不一样了，他和毛婷婷在同一个办公室上班，他需要整天面对她。上班的时候，毛婷婷也不再像以前那样围着他转了，毛婷婷现在跟他的交流仅限于工作层面，有时候在电梯里遇上，毛婷婷很快就会把脸扭向一边，无视他的存在。而且更让他不安的是，他听他们主任说，毛婷婷可能要调离财务部去人事部工作了。钟曼武心里清楚，毛婷婷是因为他才想离开的。他觉得有些对不住毛婷婷，以前没有好好珍惜和毛婷婷的友情。其实以前他也没想和毛婷婷建立恋爱关系，只是把她当作小妹妹看待，赵音音一出现，事情有些闹大了。他既不想伤害赵音音，也不想让毛婷婷难过，为此他心里很矛盾，他真的不知道该怎么收场了。

时间一晃就过去了好多天，国庆节假期结束，第一天上班，钟曼武一走进办公室，就发现毛婷婷的办公桌空了，他立刻就意识到毛婷婷调走了。他拿起手机就给毛婷婷拨了电话，手机拨通的那一瞬间，他听到了手机里传来了毛婷婷轻轻的抽搭声。他知道手机那边那个可怜的姑娘有多痛苦，他想立刻见到她。他问："婷婷！你在哪儿？我想见你。"

毛婷婷没有说话，依旧是小声地啜泣。钟曼武继续追问，毛婷婷却挂了电话。钟曼武惊慌失措、心烦意乱，顾不得上班的纪律，就跑出了办公室，步行跑上了二十层，来到公司人事部，可是在人事部并没有看到毛婷婷，只好问人事部的一个小伙子："你有没有见到刚从财务部调来的毛婷婷？"

那小伙子指着旁边的办公桌说："她刚才还在这儿整理东西，这会儿不知道上哪儿去了。要不我给她打个电话吧！"

说着，小伙子就准备打电话，钟曼武赶紧说："哦！不用了，谢谢啊！

我打吧！"

　　钟曼武郁闷地出了人事部，来到步行梯里，他没有打电话给毛婷婷，而是给她发了一条微信：婷婷，你到底在哪儿？我已经来到人事部了，人事部的同志说你刚出去，你是不是故意躲着我呢？如果你还把我当哥哥看待，你就告诉我，我现在不能去找你了，我要上班了，傍晚下班后，我在植物园的湖边等你，我们好好谈谈，不管你是否去，我都会按时在那里等你。

　　发完信息，钟曼武就下十五层的财务部上班去了。在上班的间隙里，钟曼武时不时会瞄一眼手机，但始终都没有收到毛婷婷的回音，他心里失望极了。

　　一整天，钟曼武都没有心情工作，心不在焉的，还被主任批评了几句。他甚至动了辞职的念头，但他又认真想了想，觉得不能太冲动，暂时还是留在这里上班为好。他是个考虑问题非常细致的人，对自己的未来有一定的规划。辞职肯定是要辞职的，但不是现在，现在如果离开纯粹是感情用事，对他自己、对毛婷婷都没有好处。

　　好不容易熬到了下班，钟曼武没有立即回家，而是开车去了植物园，因为他仍抱有一丝幻想，毛婷婷说不准会出现在那里，他敢肯定毛婷婷看到了他发的信息，他知道毛婷婷之所以不回复完全是由于生他的气。他还敢肯定毛婷婷心里还惦记着他，要不她早就删掉他了。胡思乱想中，他来到了植物园。天色有些晚了，植物园里的人并不多，他径直朝湖边走去，隐隐约约，他似乎看见湖岸边坐着一个人，因为距离较远，他不确定是不是毛婷婷，心想：但愿是吧！如果真的是你，婷婷，我会感动死的！

　　等走近了，钟曼武发现坐在湖岸边的是位姑娘，姑娘把头埋在两个膝盖中间，好像睡着了般。从姑娘的穿戴看，身着一件咖啡色打底衫和卡其色背带裙，脚蹬一双白色运动鞋，这不就是婷婷吗？钟曼武对毛婷婷太熟悉了，她这套衣服和鞋还是他陪她去西海的百盛购物中心买的。他记得那天下班后，他其实是要去看姐姐的，但毛婷婷硬要让他陪她去百盛，他拗不过她，就陪她去了。

百盛购物中心，人头攒动，钟曼武真低估了这个商城，原先他很少来这里，以为下班后不会有太多人光顾这里的，没想到晚上这里灯火通明，各个专卖店依旧在营业，而且似乎比白天的人还要多。钟曼武是个喜欢安静的人，一遇到人声鼎沸、吵吵闹闹的场面，他就会觉得特别难受。然而，毛婷婷却非常开心，一会儿到这个店里试试衣服，一会儿又到那个店里看看鞋。钟曼武很不耐烦，说："婷婷，你随意挑件买了算了，我还有事呢！"

毛婷婷瞪他一眼，说："曼武哥，今天你不陪我买件可心的衣服，你就别想走。"

钟曼武没办法，在他眼里，毛婷婷就是个倔强的小姑娘，他把她当妹妹看，也不忍心抛下她让她难过，心想：算了，既然来了，就陪她逛逛吧！

逛了一大圈，钟曼武的腿都酸了，毛婷婷也没买到合适的衣服和鞋。钟曼武说："婷婷，要不咱们下次再来吧！"

毛婷婷噘起了嘴，说："不，曼武哥，要不你给我指定一个店，我就直接买了，不逛了。"

钟曼武说："我哪儿知道哪个店的衣服适合你啊？"

毛婷婷说："你随意给我指定一个，我保证不再挑三拣四了。"

钟曼武哭笑不得，心想：真是个小姑娘，买个衣服让我这个外行来帮忙。

钟曼武只好来回看了看，随意指了指身边的这家叫"蓝月亮女装"的店，说："就这家了。"

毛婷婷倒也没有任何异议，径直进了店。钟曼武坐在店外的连排休息椅上看起了手机。

不一会儿，就听到店里的毛婷婷喊："曼武哥，你进来一下。"

钟曼武进了店里，见毛婷婷拿着一件咖啡色打底衫和卡其色背带裙，还有一双白色运动鞋，笑吟吟地问："你看这套怎么样？人家店里真好，不光有衣服，连鞋也有。"

钟曼武心不在焉地随口说："我看挺好。"

没想到钟曼武这么一说，旁边的年轻的女店员笑着对毛婷婷说："看，你男朋友都说好了，你快去试试吧！"

钟曼武一下子红了脸，毛婷婷却高兴地进试衣间试衣服了。

等她从试衣间出来，女店员马上说："呀！真的太漂亮了。"

毛婷婷问钟曼武："曼武哥，好看不？"

钟曼武看了，毛婷婷这么一穿，还真漂亮，于是就点点头，说："真挺漂亮。"

女店员来劲儿了，说："你男朋友的眼光就是高！"

又弄得钟曼武尴尬了一次，毛婷婷对钟曼武说："既然你喜欢，我就买了。"

付款的时候，毛婷婷去结账，女店员好奇地看了一眼钟曼武，大概她觉得一般情况下应该是男孩子付钱的，钟曼武不好意思地躲到了店外去了。

钟曼武送毛婷婷回家的路上，毛婷婷兴奋地说："曼武哥，我明天就穿着这身衣服去上班。"

钟曼武"嗯嗯啊啊"应付了一句……

"让一让，哥哥！"

身后传来一声童音，一下子把钟曼武又带回现实中来了，他赶紧躲到一边，一个小男孩滑着滑轮从他身边疾驰而过。

钟曼武慢慢走近依旧埋着头坐在湖岸边的毛婷婷，说："婷婷！谢谢你能来。"

毛婷婷抬起头，望着夜色中的湖面，说："我今天不是为你来的，我想来这里坐坐，清静一下。"

钟曼武坐在毛婷婷身边，说："婷婷，我知道你还在生我的气，我向你道歉。"

毛婷婷依旧看着湖面，说："不用道歉，是我自作多情。"

"你说什么呢？"钟曼武显然有些急了，"婷婷，你太倔强了，就算我做得不好，你也不能调走啊？财务部才是适合你的地方，人事部那地方根本发挥不出你的特长。"

"待着还有什么意义？"毛婷婷背过脸，"那里没有人喜欢我的，是我的伤心地，与其天天难过，还不如到别的地方散散心。"

"啊！婷婷！"钟曼武说，"你不能这样想，你是个好姑娘，我们都喜欢你。"

毛婷婷扭过脸眼泪汪汪地盯着钟曼武的眼睛，说："曼武哥，喜欢我？你喜欢的是音音姐，你之前为什么不告诉我？我太傻了。"

钟曼武说："婷婷，你真冤枉我了，我和赵音音就是普通同学，是我爸妈硬撮合我们的，我对她没有感觉的啊！而且我现在也还不想谈恋爱，为了这件事，我爸妈都气坏了，把我骂了一顿。"

毛婷婷擦了擦眼泪，说："你说的是真的？"

钟曼武说："我骗你干嘛？"

单纯的姑娘心情一下子好了很多，问："那你喜不喜欢我？"

钟曼武不知道该怎么回答毛婷婷，只是说："婷婷，我喜欢你，可我只是把你当妹妹看啊！"

钟曼武的一句话，让毛婷婷内心的火焰又熄灭了大半，她失望地看着钟曼武，说："曼武哥，你跟我说实话，你对我就没有一点儿感觉吗？"

钟曼武迟疑了一下，说："有肯定是有，但我们都还年轻，未来的路还很长，还有很多事要做，咱能不能都冷静一下，给彼此一个空间？"

毛婷婷说："谁规定年轻就不允许谈恋爱了？谁说做事情就不能在一起了？"

"婷婷，我不是这个意思。"钟曼武说，"你得理解我。"

"算了，你不要再解释了，对我没感觉就是没感觉，直说就行。"毛婷婷站起来就要走，被钟曼武一下子拉住了手，钟曼武说："婷婷，你不要冲动，好不好？"

毛婷婷愤怒地甩开钟曼武的手，继续朝前走，钟曼武紧走几步，上前又拉住了毛婷婷的手，说："婷婷，对不起。"

毛婷婷眼里含满了泪水，没有抽出自己的手，任凭钟曼武紧紧攥着她的手，她感觉到那是一双温暖的手，宽厚而柔软。

钟曼武说："走吧！咱们去那边走走吧！"

天色暗下去了，植物园里的人渐渐少了，夜风吹来的时候，能明显感到秋凉了。毛婷婷打了个冷战，钟曼武赶紧脱下自己的外套披在了毛婷婷的身上，毛婷婷一阵感动。

钟曼武说："婷婷，刚才是我不好，你不要往心里去。"

毛婷婷说："曼武哥，你不喜欢我，我也不再勉强你了，我能理解你。"

钟曼武惊讶地看着毛婷婷，问："你说啥呢？谁说我不喜欢你了？我喜欢还来不及呢！"

毛婷婷说："那你刚才是什么意思？"

钟曼武说："我收回我说的话，好不好？"

"曼武哥！"毛婷婷一下子扑倒在钟曼武的怀里，又哭了，"我是真的喜欢你。"

钟曼武紧紧拥抱着毛婷婷，动情地说："我知道你是个好姑娘。"

两个人紧紧相拥，黑暗中，钟曼武一边给毛婷婷擦眼泪一边亲吻着她。

世界仿佛静止了。

24

　　夜幕降临，"梁冰造型"门前的灯箱广告牌上的"梁冰造型"四个大字发出了闪烁的光芒，梁冰和陈鹏在店里忙碌着，吹、拉、染、烫。不断有顾客进到店里来，因为人多，需要排队，有人就建议梁冰可以再招两个帮工，梁冰也有这个打算，只是等以后再说吧！毕竟现在他和陈鹏两人忙是忙了点儿，可赚的钱也还算不错，如果再多上两个人，就得多两份儿开支，就目前来说，"梁冰造型"的总收入还不足以支撑。当然，梁冰还是很有梦想的，他绝不满足于开着一个小店，他设想将来扩大店面，甚至开连锁店，要在西海市打出自己的品牌。这都是未来他要奋斗的目标，目前的话就是要好好工作，用自己的服务质量来赢得顾客的口碑。

　　因为太忙，梁冰和陈鹏都还没有吃晚饭，他们连买盒饭的时间都没有。有顾客看着他们辛苦的样子，说让他们先去吃饭，但他们不愿让顾客等太久，就一直坚持工作。他们晚饭的时间通常都是拖到了晚十点打烊前。到那个点儿，街上也只有少量的快餐店在营业，不过，他们通常不在街上就餐，他们会回到出租屋做一顿晚饭。梁冰是个对生活有要求的人，也许是从小在农村生活的原因，他非常自立，很多事都亲自动手去做，妈妈也常常告诉他，出门在外要学会照顾自己，外边的饭再好也不如自己做出来的。他来西海的这几年，除了在西海职业技术学院念书时是在学校餐厅就餐外，毕业后，都是自己做饭，除非工作实在累了不想做饭或者想改善一下伙食，他才会去街上就餐。梁冰的这个习惯影响到了陈鹏，陈鹏以前在北京工作时，平时吃饭不是在外就餐就是叫外卖，他来到西海和梁冰一起工作后，刚开始很不习惯梁冰的生活方式，但相处的时间久了，陈鹏发现自己也渐渐融入梁冰的生活节奏中去了。

两个年轻人，为了在西海市能生存下去，起早贪黑，共同打拼着他们的事业，实属不易。但想想年轻本来就应该努力奋斗，用自己的双手去创造美好的生活，这也是一种幸福。他们互相鼓励，互相帮助，一路走来，虽然偶有曲折，但累并快乐着。

漂泊在城市的年轻人，有多少像梁冰和陈鹏这样的拼搏者，为了生活下去，拼尽自己的力量，在城市里才有了自己的立足之地，这未尝不是一种人生的追求。

前些日子，梁冰和宫小薇闹了矛盾之后，梁冰更加卖力地投入工作中，他觉得和宫小薇并不在同一个生活阶层中，还是面对现实吧！踏踏实实找个过日子的姑娘为好。陈鹏经常开导他，西海这么大，又不是只有宫小薇一个姑娘，比宫小薇出色的女孩多的是。开导归开导，当时梁冰似乎想通了，可一个人独处的时候就会想起宫小薇，一时半会儿不能忘记她，毕竟他们曾经有过美好的往事。想到深处的时候，梁冰就拍拍自己的胸脯，自言自语："想什么呢？宫小薇那是天上的星星，你怎么能摘到她？算了吧！"于是，他就走出家门，来到过街天桥上望着桥下川流不息的车辆发呆，心想：每一辆宝马车里大概都有一个"宫小薇"，而每一辆电动自行车上也都会骑着一个"梁冰"，这坐宝马车的哪能看上骑电动自行车的呢？真是十万个可笑。

陈鹏和梁冰就不一样，陈鹏前两年在北京当美发学徒时，曾经和店里的一个小师妹谈过恋爱，原本他们决定学完技术后一起回到老家西海市创业的。后来突然有一天，小师妹说她恋上了一个经常到店里理发的北京小伙子，直接和他摊牌了，说她想留在北京，不想跟着他回西海老家受苦。陈鹏当场崩溃，但小师妹却态度坚决，陈鹏当天就收拾好行李离开了北京，这才有了之后进了梁冰的理发店的事。陈鹏也曾伤心过，但他擦干泪水，全身心投入工作中，很快就走出了失恋的阴影。他这样做不是说非得给小师妹看看，而是要活出自己的人生。时间过得很快，在他的建议和协助下，"梁冰造型"如火如荼地发展起来了。当然，陈鹏也有自己的打算，他不可能一直跟着梁冰，他想将来开一家属于自己的店。

为此，陈鹏直接和梁冰挑明了自己的心事，梁冰理解陈鹏的心情，当年，梁冰何尝不是这样，他也曾在别人的店里打工，后来才开了自己的店。况且，自从陈鹏来了之后，帮了他不少忙，为他出谋划策，在他最困难的时候，陈鹏给了他无尽的关怀和帮助。每次他有事的时候，都是陈鹏在店里为他撑着，每天早上，陈鹏把店里打扫得干干净净；晚上下班时，又是陈鹏关掉最后一盏灯，拔下最后一个插头才肯离开。有这么一个得力助手，梁冰感到身上的担子轻松许多，当然，梁冰也是个大方的人，本着亲兄弟明算账的原则，虽然陈鹏是他雇佣的，但店里的收入，除了房租、水电、暖气、物业等支出外，一般都是按照工作量多少分成，多劳多得，梁冰并没有因为自己是老板就克扣陈鹏的工资，相反，有很多时候，陈鹏比梁冰的收入还要高。这样一来，两个人就容易相处了，陈鹏也很乐意和梁冰一起共事。陈鹏不止一次对梁冰说："冰哥，你就是我亲哥，你这个兄弟我今生交定了。"

每当此时，梁冰总是拍拍陈鹏的肩膀，说："老弟，啥都不说了，撸串喝酒去。"

两个好兄弟就共骑一辆电动车到附近的烧烤店撮上一顿，然后再一路唱着歌回出租屋。第二天一早，他们又会早早出现在"梁冰造型"店里，开始他们忙碌的一天。

这是他们的生活，也是他们的事业。

现在，兄弟二人正奋战在他们的工作岗位上。

直到送走最后一位客人，陈鹏开始整理店面，梁冰问："鹏子，你想吃点儿什么？"

陈鹏回过头，说："要不咱们去前面那家拉面馆吃碗拉面吧！"

梁冰表示同意。

他们关了店里的灯，准备锁门时，陈鹏却发现有个侧着脸站在门外的姑娘，还戴了一顶帽子，帽子遮住了姑娘的大半个脸，再加上街边的路灯不是很亮，根本看不清姑娘的脸。

陈鹏问："姑娘，你是要理发吗？我们今天下班了，要不你明天再来吧？"

姑娘没有说话。

梁冰走过来，带着歉意，说："真不好意思啊！姑娘，我们刚刚下班，你看这样行不行？明天早上，我们早点过来等你，第一个给你做头发。"

姑娘依旧不说话。

梁冰只好对陈鹏说："鹏子，要不，你先去吃饭吧，我来给这位姑娘做头发，人家顾客来都来了，咱也不差这一会儿下班。"

陈鹏说："行，这样，我吃完了，给你再买一份打包回来。"

梁冰说："行！"

陈鹏转身走了。

梁冰对姑娘说："你稍等，我把店里的灯先打开。"

没想到，姑娘一下子拽住了梁冰的衣角，抽搭开了，边抽搭边说："梁冰！"

接着，姑娘就摘下了帽子，梁冰这才发现，原来是宫小薇，他一下子惊呆了。

宫小薇是什么时候来的，在店外站了多久，梁冰一概不知，他现在的大脑一片空白，慌乱得不知道该说什么才好，只是语无伦次地说："小……小薇，快……快进屋吧！外边有些冷。"

梁冰很快推开了店门，打开了灯，扭过头，说："进来吧！小薇！"

宫小薇依旧在小声地啜泣着，不肯挪动脚步，梁冰关切地问："小薇，你怎么哭了？"

宫小薇没有回答，梁冰伸出右手拉住了小薇的右手，说："咱有话好好说，进屋吧！"

　　宫小薇这才进了店里，梁冰发现宫小薇满脸泪痕，大概是来的时候刚化完妆的原因，脂粉被泪水冲得一道一道的，梁冰赶紧从旁边的桌台上的抽纸盒里抽出几张抽纸，递给宫小薇，说："别哭了，擦擦泪吧！眼泪会伤了你的脸的，你这么漂亮，哭起来就不好看了。"

　　宫小薇边擦眼泪边说："我哭还不是因为你吗？"

　　"我？"梁冰拉过来一张转椅，拿起桌台上的一块儿抹布迅速擦了擦椅子，说，"坐吧！小薇！你对我有什么怨言，咱们慢慢说。"

　　宫小薇坐下后，梁冰又急急忙忙给她倒了一杯加热过的纯净水。看着梁冰忙碌的样子，宫小薇突然有些过意不去，这么多天的怨气，在看到梁冰的这一瞬间，实际上已经烟消云散了，梁冰真让她说的时候，她又觉得无话可说了。

　　一时间，两个人都有些尴尬，不知道接下来要从哪儿说起。为了打破僵局，梁冰问："小薇，你是开车来的？还是打车来的？"

　　宫小薇抬起头，说："我打车来的。"

　　梁冰说："这么晚了，你应该事先告诉我一声的，我好去接你，你自己打车多不安全。"

　　宫小薇喝了一口水，说："有什么不安全的？"

　　梁冰说："你一个姑娘家，大晚上的打车当然不安全了，女孩子因为打车而出事的还少吗？尤其在晚上。"

　　宫小薇说："那才有多大的概率呀？"

　　梁冰说："就是再小的概率，一旦发生就不可挽回，注意保护自己没有错的。"

　　宫小薇说："你这么关心我，这都多少天过去了，也没见你给我打过一个电话。"

　　梁冰说："小薇，我知道我和你是两个世界的人，很多时候我们并不在一个平台上，你从小生活在大城市，而我是在乡下泥巴里长大的孩子，本身就配不上你，所以就不好意思再打扰你的生活了。"

"你说的叫什么话嘛！"宫小薇一下子站了起来，"梁冰，你根本都不了解我，我宫小薇就算再有优越感，我也从没看不起你。我承认我有时候说话直，可我心里并不排斥你，我要是那种嫌弃你的人，我今天就不会厚着脸皮来找你了。我低三下四来找你，你就这样对待我啊？"

说着，宫小薇又开始啜泣了。

宫小薇这么一说，梁冰觉得很不好意思，人家一个姑娘家能做到这地步，挺不容易了，她为什么要这么做？还不是想和他和好吗？想到这儿，梁冰赶紧上前拉着宫小薇的手，说："小薇，对不起啊！"

正在这时候，陈鹏提着一个塑料袋儿推门进来了，看到了梁冰正拉着宫小薇的手，他有些惊讶，但很快就明白是怎么回事了，刚才门外那姑娘原来是宫小薇啊！看来有好戏要看了，他还是用他那惯常的方式对宫小薇说："嫂子来了！我什么也没看见啊！"

宫小薇白了陈鹏一眼，说："什么嫂子？你看见啥了？有点儿正形好不好？"

梁冰也在一旁说："鹏子，你怎么回事啊？别添乱好不好？快回家吧！"

陈鹏吐了一下舌头，只好把塑料袋儿放到桌子上，对梁冰说："冰哥，你的拉面，你们好好聊，我就不打扰你们的好事了，我先回家了。"

说完，陈鹏转身吹着口哨推开门走了，梁冰指着陈鹏的背影说："这孩子，长不大，小薇你别跟他一般见识。"

宫小薇说："你以为我跟你一样心眼儿小呀？遇到一点儿事就记到心里了。我今天要是不来找你，你是不是永远都不见我了？"

"那倒不会，"梁冰说，"只是……"

"只是什么？"宫小薇拉着脸，"这么长时间，连个信息都不发，我还以为你失踪了呢！"

"怎么可能呢？"梁冰说这句话很显然底气不足。

宫小薇说："还怎么可能？这已经是现实了，心虚了是不是？"

梁冰有些不好意思，毕竟上次不愉快地分别之后，他真的没有再给宫小薇发过一条信息，更没有给她打过一个电话，他并不知道，宫小薇一直在期待着他的来电，可是，宫小薇等了一天又一天，失望一次又一次包围着她，她实在等不下去了，如果再等下去，她会疯掉的，于是就痛苦地来了。

见梁冰不说话，宫小薇又说："你别不承认，事实就是事实。"

梁冰说："小薇，我很抱歉。"

梁冰的一个"抱歉"让宫小薇的心情好了很多，毕竟是女孩，男孩子只要稍微让着点儿女孩，女孩就不会那么计较了，有时候，女孩计较，那说明她心里还是惦记这个男孩的。

宫小薇说："快吃饭吧！"

梁冰这才想起陈鹏帮他打包的拉面，他边揭开塑料袋儿边说："你吃了没？要不要一起来？"

宫小薇说："都这个点儿了，我还能没吃饭？笨死了。"

梁冰打开饭盒，说："啊！都黏一块儿了。"

宫小薇说："别吃了，到外边重新买一碗吧！"

梁冰说："算了，将就着吃点儿算了，这么晚了，人家都关门了。"

说着，梁冰就吃了起来，这是一个从小在农村长大的孩子，他知道粮食的珍贵，不忍心扔掉这碗已经黏在一起的拉面。

看着梁冰吃饭的样子，宫小薇心里很不是滋味，她当初看上梁冰，也是看上他的朴实了，在他身上没有以前她所遇到的城市男孩的那种浮夸与做作。她又想起了梁冰买地摊儿鞋的一幕，脸上顿时热辣辣的。那天她真不该说那些话，她知道伤了梁冰的心，可她出于一个女孩子的脸面，不好意思向梁冰说句歉意的话。这一点儿，梁冰是心知肚明的，从看到宫小薇出现在眼前的那刻起，他就明白了宫小薇的来意，要不，一个姑娘决不会主动来找他。

梁冰很快吃完了那碗拉面，然后收拾干净桌子，把拉面盒和塑料袋儿一同扔进了店门外的垃圾桶里，等他转身回到店里时，宫小薇已经起身准备往外走了。

梁冰问："你要去哪儿？"

宫小薇说："咱们到外边走走吧！"

梁冰说："外边有些冷，毕竟已到深秋了，这西海的天气你又不是不知道，早晚温差大。"

宫小薇说："可我就想到外边走一走。"

"那好吧！"梁冰没有跟宫小薇较真，"你稍等我一下。"

梁冰很快关了店里的灯，锁了店门，然后和宫小薇朝西海大学东边的绿化带走去，他们一前一后走着，宫小薇不高兴了，说："你就这么让我走着啊？"

梁冰明白了宫小薇的用意，上前拉着她的手，宫小薇能感到梁冰的手宽厚而温暖。

一路上几乎没什么人，只有路灯散发着柔和的光芒，仿佛在为他们的约会制造浪漫的氛围，啊！恋爱是多么美好！

不知不觉他们就来到了绿化带，踩着厚厚的落叶，脚下发出"嚓嚓"的声音，不断有落叶飘落他们的头发衣领上。

他们在一个木长椅上坐下，宫小薇依偎在梁冰的怀里，问："梁冰，你还爱我吗？"

梁冰说："当然爱你！"

宫小薇就是这样的人，也不是说非要和梁冰争个你高我低，她只要梁冰一句话就行。梁冰的一句"当然"让宫小薇热泪盈眶，多少个无眠的夜晚，终于在今天化作了动情的泪水。

宫小薇说："我也爱你！"

这是一个恋爱中的姑娘面对爱情时的庄严宣誓。

两个来自不同阶层的年轻人在秋风萧瑟的夜晚紧紧拥抱在一起，今晚虽然没有月光的陪伴，但不断飘向大地的落叶似乎正在为他们跳着祝福的舞蹈。

25

　　锦川摄影公司来了一位金发碧眼的外国女孩，眉目间还有几分东方人的神韵，她推门进来，服务台的丽丽迎上前去，礼貌地问："您好！请问您是想拍写真吗？"

　　女孩摇摇头，皱起了眉头，她叽里呱啦地不知道说了些什么，她见丽丽皱着眉头，就用生硬的汉语说："不……写真，要……图……图像。"

　　女孩边说边在自己的脸上头上身上来回比画着。

　　旁边的宫小薇说："丽丽，让曼文来吧！她可能听不懂你说的'写真'是什么意思。"

　　丽丽跑到二楼把钟曼文叫下来，钟曼文走到女孩身边，问："May I ask if you want to take photos?"（请问您是要拍写真吗？）

　　女孩笑了，点点头，说："Yes!"（是啊！）

　　钟曼文说："Come with me, let's have a detailed discussion."（跟我来，咱们详细谈谈。）

　　然后钟曼文就带着女孩来到大厅的客户接待区，请她坐在软软的沙发上，接着就开始了她们的交流。

　　一番沟通之后，钟曼文才明白了，女孩叫艾莉，从加拿大多伦多来，刚进入西海大学国际教育学院学习，她打算在这里系统学习汉语，然后参加HSK（汉语水平考试），通过一定级别的考试后，她打算在中国读本科和硕士，不一定选择西海大学，很有可能去北京念大学。她之所以来到西海大学，是因为她妈妈是西海人。她是个混血儿，爸爸是加拿大人。很多年前，她爸爸还在多伦多大学考古专业念书时，他就对中国的古代石窟产生了浓厚的兴趣，为了做毕业论文，他不远万里来到中国西海市西郊一处著名的石窟做田野调查，当时他就租住在离石窟不远的艾莉妈妈家的院子里。艾莉的妈妈那时候正在西海大学念书，每次回家都会和艾莉爸爸探讨关于石窟的问题，时间长了，艾莉爸爸渐渐喜欢上了艾莉妈妈，田野调查结束，他回国做毕业论文，还时常和艾莉妈妈联系。艾莉爸爸从多伦多大学毕业，又来到中国西海市，向艾莉妈妈求婚。艾莉的姥姥姥爷不同意，觉得姑娘嫁那么远，他们不放心，但拗不过艾莉妈妈，后来艾莉妈妈还是跟着艾莉爸爸去了加拿大。艾莉高中毕业后，艾莉妈妈觉得应该让艾莉了解中国文化，就把她送到西海大学国际教育学院来念书了。

艾莉今天来拍写真，主要是为了纪念自己成为西海大学国际教育学院的一名新生，她的每一段求学经历开始和结束都要拍一套写真留作纪念。

钟曼文告诉艾莉，拍写真没有任何问题，锦川摄影公司会以最大的诚意迎接她的到来。但艾莉说她想立即拍摄，钟曼文有些犹豫地说："You need to make an appointment."（拍摄需要预约的。）

艾莉失望地摇了摇头，说："I'm not quite available these days."（我这几天都没有时间。）

看着艾莉失望的脸，钟曼文说："Please wait for a moment. Let me ask other staffs. Maybe they can help you."（要不，你稍等我一下，我问问我同事吧，他们也许能帮到你。）

艾莉笑了，那双湛蓝的眼睛好迷人，她说："Thank you!"（谢谢！）

钟曼文说："You are welcome."（不客气。）说完，她就走向了宫小薇。

宫小薇见钟曼文走了过来，就问："那个女孩什么情况？"

钟曼文说："她想立即拍摄，不知道咱们现在能不能帮到她？"

宫小薇皱着眉头说："一般都需要预约的，要不我去摄影棚问问陶江吧！看看他能不能抽出点儿时间。"

"还是我去吧！"钟曼文说，"你还有很多事要忙的。"

说着，钟曼文又走向艾莉，微笑着对艾莉说："Ellie, please rest here for a while. May I go to the studio and ask the photographer?"（艾莉，你先在这儿休息一会儿，我去摄影棚问问摄影师，好吗？）

艾莉微笑着点了点头。

钟曼文转身走了，她径直上了三楼，来到摄影棚，看见摄影师陶江正在为一对情侣拍摄婚纱照。

摄影助理文青看见钟曼文来了，就压低声音问："钟姐，你有事？"

钟曼文说："还有多久能拍完这一组？"

文青说："马上就结束了。"

钟曼文说："待会儿拍完了，我想和你们商量一点事。"

文青说："好的！"

钟曼文就站在旁边静静地等着，过了一会儿，拍摄结束，钟曼文跟陶江说明了来意，陶江边整理相机边说："接下来还有一个孩子生日照要拍，估计挺费时间，孩子需要充分调动情绪才能完成拍摄。要不问问其他两个摄影棚？看他们有没有空档。"

文青说："不行的，他们上午的任务量比我们还多一个，根本抽不出时间。"

钟曼文摇摇头，说："那这该怎么办呀？要不我下楼跟艾莉直接说明吧！"

就在钟曼文即将转身要走的时候，陶江叫住了她："哎！钟姐！人家一个外国人来拍一次本来就不容易，这样吧！等我拍完这个孩子的生日照，中午我不休息了，我就拍她，只不过她还需要等一会儿。"

"那可太好了，"钟曼文说，"只是牺牲了你的休息时间。"

"没关系的，"陶江说，"谁让咱就是干这行的呢！况且，钟姐你不也休息不成了吗？"

一切确定后，钟曼文下楼告诉艾莉，艾莉说她愿意等一会儿，还对钟曼文表示了感谢。

为了节约时间，钟曼文建议艾莉先到二楼化妆间去做造型，艾莉满心欢喜地跟着钟曼文来到二楼，进了化妆间，年轻的化妆师亚轩开始为艾莉造型兼化妆。按照艾莉的要求，通过钟曼文的翻译，亚轩基本明白了艾莉所需要的风格，她先是为艾莉涂粉底、画眉线、涂口红等，化好了妆后，艾莉很满意，她不住地竖起大拇指夸赞亚轩。亚轩为自己的劳动得到认可感到高兴。

接下来，亚轩就有些郁闷了，她精心地为艾莉做着发型，做完后，艾莉一直摇头，看来不是十分满意，亚轩多次改变艾莉的发型，结果都不能让艾莉满意，亚轩有些崩溃了，刚才的好心情顿时全消失了。旁边的钟曼文一直在鼓励亚轩，亚轩摇摇头说："钟姐，我真的无能为力了。"

该怎么办？顾客就是上帝啊！钟曼文急得像热锅上的蚂蚁，心里乱作一团麻。她又去找宫小薇，宫小薇也是一筹莫展。就在大家都绝望的时候，宫小薇突然大叫一声："啊！我怎么没想起梁冰呢？"

钟曼文问："梁冰？"

宫小薇说："梁冰是我男朋友，他是搞造型的，我要不让他来试试吧！"

钟曼文像遇到救星似的说："那敢情好了。"

宫小薇立刻就拨通了梁冰的电话，用命令的口吻说："梁冰，救救急，我命令你在半小时内赶到锦川摄影公司来。"

宫小薇挂了电话后，仰着头，骄傲地说："他答应了。"

钟曼文说："小薇，人家梁冰不忙吗？你这口气，吓死个人。"

宫小薇眉毛一扬，说："我的话他不敢不听。"

"就是！"丽丽在一旁帮腔，"如果不听，还想不想跟我们的宫美女混了。"

钟曼文没有心情跟她们磨牙了，她跑到二楼告诉艾莉："新来的造型师马上就到。"

艾莉很高兴，亚轩却噘着嘴躲到一边去了。

半个小时后，梁冰如约而至，他在宫小薇的带领下来到二楼化妆间，宫小薇还有意把她爸爸唐锦川也带上了二楼，她想趁机让老爸见识一下梁冰的能力。

钟曼文一看到梁冰，就吓了一跳，惊讶地叫了一声："啊！曼武！你怎么来了？"

梁冰听到钟曼文的叫声，疑惑地看着她，问："你是问我吗？"

钟曼文点点头，心里七上八下的。

梁冰说："这位大姐，我不是曼武，我叫梁冰，曼武是谁？"

钟曼文顿时有些尴尬，说："不好意思啊！曼武是我弟弟，和你长得太像了，我认错人了。"

"是吗？"梁冰扭过头看了一眼钟曼文，"真是缘分啊！"

宫小薇对钟曼文说："我就说嘛！上次你弟弟来找你，我远远看着就和梁冰长得很像，简直就是一对双胞胎，天下真有这样的事。"

"双胞胎"三个字一下子击中了钟曼文的心底，她想起了弟弟的身世，莫非……她真不敢想下去了，心立刻就剧烈地跳动起来了。

艾莉好奇地问："What are you talking about?"（你们在说什么？）

钟曼文平静了一下自己的情绪，用英语告诉了艾莉。

艾莉笑着说："The probability of two people looking similar in the crowd is much too low. This is really interesting."（人群中两个人相似的概率太低太低了，这可太有意思了。）

唐锦川站在旁边，他一直注意着梁冰，单从外貌上来说，这孩子长得不错，挺壮实的一个小伙子，下身牛仔裤，上身黑色夹克衫，脚蹬一双白底黑帮运动鞋，再加上寸头发型配上一张帅气的脸，显得活力四射，处处洋溢着阳光的色彩。怪不得小薇这么喜欢他，他和小薇站在一起，相配得很。唐锦川也正需要这样一位强壮的小伙子将来保护他的小薇。

唐锦川又一想，不能光看外表，看看他到底有什么能力吧！能力才是第一位的，毕竟要生存下去，还是要靠能力的。

梁冰工作起来真是用心，他先是通过钟曼文的翻译详细询问了艾莉的需求，然后略微思考了一会儿，在大家注视的目光下开始忙碌起来了。

宫小薇看到亚轩在角落里板着脸，知道她心情不太好，就走上前去，拉着她的手，悄悄地说："亚轩，没什么大不了的，你已经很棒了，多学点儿知识没坏处的，咱们去看看梁冰是怎么做造型的，好不好？"

宫小薇不愧是将来她爸爸的接班人，她知道该怎么管理员工，只有多为员工着想，时刻让员工感到温暖，公司才会得到员工的支持。唐锦川这么多年经营公司并不仅仅是对待客户诚信，对待自己的员工也是热情周到，人心换人心，才使得公司发展到今天这规模。宫小薇虽说性格有些倔强，但她明白一个公司要发展的基础是什么，你不能总是一副高高在上的样子，没有人愿意死心塌地跟着这样的领导干的。

亚轩来到梁冰的身边，仔细观察梁冰的工作方法，梁冰娴熟的技术让在场的每一个人都很佩服。这个多年在造型行业摸爬滚打的年轻人用自己的专业知识结合实践经验征服了艾莉，也征服了锦川摄影公司的每一位员工。

艾莉看到镜子里的自己，满意地朝梁冰竖起了大拇指，连连说："That's great! That's great!"（太棒了！太棒了！）

钟曼文对艾莉说："You're so beautiful!"（你真漂亮！）

艾莉说："Thank you!"（谢谢！）

说着，艾莉上前拥抱了梁冰，表示对梁冰的感谢，他们拥抱的瞬间，宫小薇心里涌现出一点儿酸溜溜的感觉。

宫小薇上前对唐锦川说："唐经理，请问对梁冰先生的工作能力你有什么感受？"

唐锦川知道女儿又在调侃他，就说："宫小姐，梁先生真的太棒了！宫小姐请来的人，果然才华横溢。"

这父女俩今天这么一本正经，让在场的人都忍不住笑了，梁冰却有点儿尴尬，他真想快点儿离开。

宫小薇趁机说："唐经理要不要考虑一下把梁冰先生引进到我们公司

工作？"

　　唐锦川惊讶地看着宫小薇，一时不知道该怎么回答了。

　　宫小薇说："这么有才华的人，唐经理要是错过了这村儿就没这店儿了。"

　　唐锦川说："这你得征求一下梁先生的意见。"

　　没等宫小薇开口，梁冰马上说："不好意思，小薇，唐经理，你们的好意我领了，我现在就想先把我的店经营好，谢谢你们！如果需要我帮忙，我依然会当仁不让。"

　　宫小薇拉了一下梁冰，说："梁冰，你……"

　　宫小薇话没说完，梁冰就说："我店里还有事，我先走了。"

　　说完，他就转身下楼去了。

　　宫小薇在后面喊："还没给你报酬呢！"

　　梁冰头也不回，说："不要了，下次请我吃饭就行。"

　　钟曼文心想：多好的小伙子啊！和曼武一样。这梁冰和曼武长得太像了，十七岁的时候，爸妈告诉了我曼武的身世，曼武不会和梁冰有什么关系吧？

　　一时间，钟曼文陷入了深深的思索中去了。

　　因为紧接着艾莉要拍摄，钟曼文只好收拾好心情带着艾莉上了三楼的摄影棚，陶江和文青已经等候在那里一段时间了。

　　像以前的拍摄一样，在钟曼文的翻译下，拍摄很顺利，艾莉很高兴，临走的时候说等学业结束的时候，她还要选择来这里拍摄。

　　傍晚下班后，钟曼文拒绝了唐锦川要和她共进晚餐的邀请，也没有回自己家，而是去了她爸爸妈妈家，她要和爸爸妈妈谈一下曼武的事。

　　等钟曼文心事重重地推开门的时候，她爸妈都注意到了女儿的脸色极差，如果不是遇到什么不顺心的事，女儿不会是这个样子。上次看到女儿的这种表情还是在罗启铭去世的那几天，除此之外女儿每次面对他们都是非常平静且微笑着的。

海丽瑛关切地问："曼文，你怎么了？脸色这么难看。"

钟曼文坐在沙发上，泪眼蒙眬地问："爸！妈！今天能不能告诉我曼武的事？"

海丽瑛问："你要问曼武什么事？"

钟曼文说："他的身世。"

啊！海丽瑛和钟育祥都不知道该怎么回答女儿了。

钟育祥说："你今天怎么突然想起问这个？"

钟曼文说："我和曼武都长大了，你们不能再隐瞒我们了。"

"唉！"钟育祥连连叹气。

"都过得好好的，"海丽瑛拍了拍钟曼文的肩膀，"你想什么呢？"

钟曼文把见到梁冰的事和爸妈说了一遍，紧接着又补充说："梁冰和曼武长得太像了，说他们是双胞胎都不为过，我都认错了，我在想，这梁冰和曼武到底有没有关系？"

海丽瑛和钟育祥大吃一惊，两人顿时惊慌失措，紧张得要命。

钟曼文恳求爸妈："你们就告诉我吧！要不我会憋死的。不但要告诉我，还要告诉曼武。不告诉我们，对我、对曼武都不公平。"

钟育祥故作镇静地说："曼文，我们是想未来抽个时间再告诉你们哩！"

海丽瑛说："你爸说得对，咱们先吃饭吧！"

钟曼文摇摇头，说："爸！妈！我和曼武都是成人了，你们应该理解我们的心情。"

看来真的瞒不住了，钟育祥只好朝海丽瑛递了一个眼色，海丽瑛明白老伴儿的意思，他想让她告诉女儿。

海丽瑛只好说出了曼武的身世："二十五年前的那个冬天，天气非常冷。有一天傍晚下着大雪，我和你爸去接你放学，那时候咱们还在胡同里住，当走到胡同口的时候，看到有位背着背篓的姑娘抱着一个用红色小棉被包着的婴儿，天太冷了，姑娘穿的又单薄，孩子一直在哭，我就问她为什么在这儿，她一下子跪在了我和你爸面前，哀求我们救救她怀里的孩子。我们赶紧把她扶起来，这时才发现，姑娘背上的背篓里同样还有一个用一块儿红色小棉被包着的婴儿。我们觉得姑娘太可怜了，你爸让我先把姑娘领回咱家暖和暖和身子，他一个人去接你放学。后来我们才知道姑娘的两个孩子是双胞胎，怀里抱着哭的那个是哥哥，背上背篓里的那个是弟弟。姑娘和她男朋友没有结婚就生下了这两个孩子，可是她男朋友为了逃避责任，在一个早上弃她们母子而去。姑娘哭着说她养不活两个孩子，恳求送给我们一个，我和你爸想都没想就同意了，就这样曼武留在了咱们家，姑娘带着另一个孩子走了，临行前给我们留了她的名字和乡下的地址。她还说一定会回来看孩子的，我们还特意把家里的电话号码给了她，希望她来看孩子时不至于找不到我们，可是后来搞城市建设时胡同被拆了，咱家的电话号码也换了，估计她来找也找不到了。好几年后，我和你爸按照姑娘留的地址去找过她，但当我们到达那个村子时，村里人说自打姑娘的父母去世后，她带着孩子不知道去了哪里。我们回到西海后，虽然也曾努力打听，但终究没有任何消息。不知道你说的梁冰是不是曼武的双胞胎弟弟？如果是的话，那就好办了，只是不知道曼武知道这个消息后会怎样想？"

海丽瑛说完后，钟曼文早已是泪流满面了。

突然，门被打开了，钟曼武站在门口，木然地望着爸爸妈妈和姐姐，他跟跟跄跄地走到爸爸妈妈面前，"扑通"一声重重地跪倒在两位老人面前，说："爸！妈！我都听见了，我……"

"曼武！快起来！"钟曼文上前拉住曼武，"你这是干什么哩？"

钟曼武挣脱姐姐的手，给爸妈磕头，大哭。

海丽瑛上前拉儿子，说："曼武，别这样，这里永远都是你的家。"

"是啊！孩子，快起来，"钟育祥也上前去拉儿子，"我和你妈永远都是你爸妈，还有你姐姐永远都是你姐姐，一切都不会变的。"

钟曼武在爸妈的搀扶下站了起来，他情绪崩溃，一下子和爸妈拥抱在一起，号啕大哭。钟曼文再也忍不住了，她上前拥抱弟弟，一家四口抱在一起，每个人都哭成了泪人。

客厅的钟声重重地响了七下，已经是晚七点了。

海丽瑛擦了擦眼泪，说："咱们吃饭吧！"

一家人围坐在一起吃饭，谁也不说话，谁也都有好多话想说。

吃完饭，海丽瑛拿出一张保存了二十五年的纸条，颜色已经发黄，还有一块儿已经很旧的红色小棉被，她小心翼翼地递给曼武，说："这是你妈妈当年留下的。"

钟曼武拿着小棉被，泪眼蒙眬地看到纸条上写着：梁巧巧　东灵县梁家庄。

钟曼武那止不住的泪水顺着脸颊淌下，打在那张发黄的纸条上。

钟曼文从弟弟手里接过小棉被和那张纸条，擦了擦纸上的泪痕，她再也忍不住了，一下子和弟弟拥抱在了一起，姐弟俩抱头痛哭。钟育祥和海丽瑛也背过脸，悄悄抹掉了眼角的泪水。

钟曼文晚上没有回自己的家，她想陪陪爸爸妈妈和弟弟。

26

钟曼文很快通过宫小薇的关系找到了梁冰。梁冰得知他有可能有个双胞胎哥哥后，惊讶而又疑惑地看着钟曼文，问："钟姐，你弟弟真的和我长得很像？"

钟曼文说："我是看着他长大的，他面部的每一个细节都刻在我脑海中了，我见到你的那一瞬间，我就有种预感，你和我弟弟之间似乎会存在着某种关系。"

梁冰说："可我妈从来都没跟我说过我还有一个双胞胎哥哥。"

钟曼文说："也许阿姨有她的苦衷，也许还没有到告诉你的时候。"

梁冰摸了摸自己的头，心里还是有很多疑问。

钟曼文说："小梁，你也不要有任何心理负担，我们只是想了解清楚我弟弟和你的关系，如果你们真是双胞胎，那敢情好；如果不是，我们依旧是好朋友。不管你们是不是双胞胎，都不会影响我们的生活的。"

梁冰点了点头，心里久久不能平静，他没想到，生活的车轮把他推到了这条路上。以前妈妈从没跟他说过这些话。他只知道他和妈妈相依为命，在他的儿时的记忆里，妈妈每天都在拼命劳动，为的就是把他养大。那时候，他很好奇自己为什么没有爸爸，有一天他忍不住问妈妈，妈妈只说了句爸爸死了就再不提爸爸了。后来，他渐渐长大了，就不再问了，但他知道一定是爸爸伤害了妈妈。他唯一要做的就是像妈妈一样好好工作，孝敬妈妈。他来到西海的这几年，只有念书的那几年是到了寒暑假才回家，工作以后，只要一有点儿空闲，他就会回家看望妈妈，每个月还按时打钱回家。他还想，将来在西海买了房，就把妈妈接到西海来生活。他的梦想正在一步一步地实现着，未来的生活是值得期待的。要是再有个哥哥的话，那也是非常美好的。

钟曼文离开后，梁冰就陷入激动当中去了。虽然他还不能确定钟曼文的弟弟是不是他亲哥哥，但这个消息足以让他激动不已了。他立即就给远在老家的妈妈梁巧巧打了电话。接通电话，他还没把这件事说完，妈妈当场就在电话里哭了。

梁冰关切地问："妈！您这是怎么了？"

梁巧巧说："妈就是想哭。"

梁冰问："这些年，您从没跟我说过这些事，您要是不高兴，我就不去认他了。咱们俩还过咱们的日子，和别人不相干。"

梁巧巧说："不是，冰冰，妈这是激动哩！我都没跟你说过，你确实有个哥哥，二十五年前为了养活你，我只能把他送给了一户好心人家。我天天做梦都想你哥哥哩！只是不知道你说的是不是你亲哥哥。那年，我去西海找过，可是那家住的那个胡同早拆迁了，给我留的电话也打不通，我哪儿都找不到了。"

梁冰说："妈您别难过，这件事就交给我来处理吧！如果他真是我哥哥，那我们都高兴；如果不是，权当这事没发生。就算找到了我哥哥，将来还是由我来孝敬您。"

梁巧巧说："嗯！这些理妈都懂，妈只是觉得这么多年亏欠你哥哥了，把他给了别人。"

梁冰说："事情都过去这么多年了，不怪您，妈！您不是不要哥哥，而是出于无奈，想开点儿，我过几天就回家看您。"

挂了电话之后，梁冰的心依然跳个不停，他非常期待和哥哥见面。

几天后的一个傍晚，钟曼武开着车载着姐姐一起来到了"梁冰造型"，来之前，钟曼文先请宫小薇给梁冰打了个电话，他们想和梁冰好好谈谈。

梁冰还在店里忙碌着，钟曼文姐弟俩不好意思进去，就在店门外等，进进出出的顾客都好奇地看着他俩。陈鹏出来取晾在店外的毛巾，看到了他俩，惊讶得半天合不拢嘴，他进店后，第一件事就问梁冰："冰哥，店外有个人，和你长得一模一样，该不会是你双胞胎哥哥或弟弟吧？"

梁冰边给顾客做头发边说："说啥呢？天下长得像的人多的是，快干你的活儿吧！"

正在做头发的小姑娘也忍不住笑了。

梁冰趁机说："你看，人家姑娘都笑你了。"

陈鹏撇了一下嘴，说："本来就是嘛！门口那个男的和你真挺像。"

梁冰说："你好奇心可真大。"

"真是的，"陈鹏瞟了一眼梁冰，"不信你去门口看看。"说着，他就开始给身边的顾客吹头发。

过了一会儿，梁冰做完了头发，走到店外，看见了钟曼文姐弟俩，他走上前说："钟姐，你好！小薇提前给我打了电话，说你们要来，不好意思啊！让你们在门外等这么久。"

钟曼文笑着说："没关系。"

接着钟曼文指了指钟曼武对梁冰说："小梁，这是我弟弟钟曼武。"

梁冰伸出手和钟曼武握手，说："你好！曼武哥！我叫梁冰。"

钟曼武说："你好！梁冰！"

梁冰仔细看了看钟曼武，啊！真的很像自己，怪不得陈鹏那么说。

钟曼武也觉得梁冰和他长得很像，他猜想：难道梁冰真的是自己的双胞胎弟弟吗？要是真有这么个弟弟，也是很幸福的事。

钟曼文说："小梁，你先忙你的，等您忙完了，我们好好谈谈。"

梁冰说："不用，我跟鹏子说一声让他帮着照看就行。"

梁冰转身回到店里，跟陈鹏交代了几句就匆匆出来了。

钟曼文说："小梁，上车吧！"

三人钻进车里，梁冰问："我们去哪儿？"

钟曼武说："梁冰，去我家吧！我爸妈也想见见你呢！"

梁冰同意了，他想看看收留哥哥的家庭到底是什么样子。

穿过市区，他们很快就来到了钟曼文父母家所在的小区。

小区里环境相当不错，假山、木桥、小河，还有大片大片的树木草地。花草树木上都布满了彩灯，在灯光的映照下，小河泛着星星点点的光，好迷人呀！虽然已近深秋，但小区里散步的人不少，大家说说笑笑。小朋友们三五成群地在一起玩耍，有的在和爸爸妈妈打羽毛球，有的在玩滑轮。老年人在健身器材那儿锻炼身体，年轻的父母则聊着孩子的学习，也有一些姑娘和小伙子在低头看着智能手机。

梁冰跟着钟曼文姐弟进了单元楼，上了电梯，来到了钟家。一进门，梁冰惊讶不已，悄悄感叹这个家庭的富有，因为之前他从没进过这样的房子。菱形的大吊灯，高悬在客厅正中，彩色的光斑像水滴一样洒到洁白的天花板上，然后折射下来，给客厅蒙上了一层温暖、柔和的光芒。偌大的纯平彩电镶嵌在西边铺满淡粉色壁纸的墙上，显得庄重而大气。正对着彩电的是一排布艺沙发，蓝色和白色的搭配，简洁又时尚，三个抱枕安静地躺在沙发的怀抱里，仿佛在召唤主人来享受美好的休闲时光。沙发旁的茶几上摆满了各种水果和干果，可以想象，主人一家下班后坐在沙发上边看电视边品尝各种果品的惬意。客厅北边是餐厅，餐桌上已经摆满了各种精美菜肴，看来这一家是要盛情款待他了。

"来！小梁！"钟育祥热情地招呼梁冰，"坐，坐，咱们一起吃顿饭。"

梁冰朝钟育祥问好："大伯好！"

海丽瑛上前拉着梁冰的手，说："多帅的小伙子啊！"

梁冰脸有些红了，说："伯母好！"

海丽瑛说："快坐吧！"

梁冰一个劲儿说着"谢谢，谢谢"，他非常拘谨地坐了下来。

大家都坐定后，钟育祥和海丽瑛都争着往梁冰的碗里夹菜。谁也不提梁冰和钟曼武的事，但每个人心里都很清楚，二十五年了，两个兄弟要相认了。这种氛围，既温暖，又伤感。

吃过饭，钟曼文招呼大家都坐在柔软的沙发上。

钟育祥温和地说："小梁，希望你不要拘谨，把这里当成你的家。"

"嗯！嗯！"梁冰朝钟育祥点点头，"大伯，您的话让我感到很温暖。"

钟育祥问："你家里都还好吧？"

梁冰说："还好，我和我妈都很好，多年前，我们住在姥爷姥姥家，后来姥爷姥姥去世了，因为我妈妈要打工，我们就搬到别的村子住了。"

海丽瑛问："你妈妈是不是叫梁巧巧？"

梁冰说："是哩！伯母。"

海丽瑛对钟曼文说："曼文，去拿来那两样东西。"

钟曼文知道妈妈说的那两样东西是什么，那是二十五年前，曼武的亲生母亲留有姓名和地址的纸条，还有一块儿先前包过曼武的红色小棉被，先前妈妈都给她和曼武看过。

钟曼文很快取出了那张保存了二十五年的纸条，钟曼文递给妈妈，海丽瑛又递给梁冰，说："小梁，你看看。"

梁冰看到了上面写着妈妈的名字和地址，只是那个地址是原来住的村子。那字体就是妈妈的，妈妈的字很漂亮，她学习很好，只是由于家里穷，初中毕业就来西海打工赚钱了。梁冰的泪水涌出了眼眶，他心里很不是滋味。

梁冰擦了擦泪水，说："真的是我妈妈的字。"

"还有这个，"海丽瑛把那块儿红色小棉被递给了梁冰，"这是你哥哥用过的，我记得当年同样的另一块儿包过你。"

梁冰拿着小棉被，泪如雨下，说："伯母，我家里也有一块儿。"

"哥！"梁冰突然抱住了钟曼武。

"冰冰！"钟曼武和梁冰拥抱在了一起。

兄弟俩抱头痛哭，二十五年，原本是应该生活在一起的亲兄弟，却分隔两地，在不同的家庭长大，命运截然不同。

钟育祥、海丽瑛和钟曼文都哭了，海丽瑛上前拍拍梁冰和钟曼武的肩膀，说："好了，都不要难过了，我们应该高兴才是。今晚，冰冰就不要走了，和你哥哥好好聊聊。"

梁冰朝伯母点了点头。

夜晚，梁冰第一次和哥哥躺在一张床上，兄弟俩聊了大半夜。钟曼武说了他在这个家里受到的无尽的疼爱，他和姐姐都毕业于浙江大学，他原本可以继续念研究生，甚至到更大的城市去工作生活，但他放弃了，他要照顾爸爸妈妈，就义无反顾地回到了西海，目前他在单位积累经验，将来还要创业开自己的公司。梁冰说了他和妈妈相依为命这么多年熬过了太多的苦日子，他原本学习也很好，只是不愿看到妈妈太辛苦，就在上高中时悄悄跑到外边兼职打工，耽误了太多的功课，造成学习跟不上，只考上了西海职业技术学院。但他不后悔，他觉得减轻了妈妈的负担，一切都是值得的。他现在经营着自己的造型店，等将来攒足了钱，就在西海买房安家落户，然后把妈妈接过来一起生活。

第二天刚好是星期天，一大早，全家人一致商定，决定去梁冰的老家看看他妈妈。梁冰激动地给妈妈打了电话，梁巧巧在电话里差点儿哭了。临出门时，海丽瑛还把那张发黄的纸条和曾经包过曼武的红色小棉被也带走了。他们先是在小区外的早点店吃了饭，然后由钟曼武开车，一家人高高兴兴地上了车，路过沃尔玛超市时，钟曼文和钟曼武姐弟到超市买了好多东西，有奶、水果、米、面等，把后备厢装得满满的。

现在，梁巧巧在家里，坐也不是，站也不是，内心既激动又慌乱。激动的是二十五年了，就要见到自己的儿子了；慌乱的是见了面不知道该说些啥。这个五十岁的女人一会儿跑到村头，一会儿又钻进屋里。自从爹娘去世，为了生活，她就带着年幼的梁冰从东灵县梁家庄来到了西灵县南河村，她之所以来到这里，是因为西灵县南河村有个远门舅舅开了个养鸡场，她来到养鸡场干活，赚点儿微薄的收入来养活梁冰。后来，舅舅年纪大了，没有精力来管理养鸡场了，就把养鸡场交给了儿子，谁知道他儿子根本没兴趣办养鸡场，他只喜欢干家具加工，没几年养鸡场黄了，但儿子的家具加工厂却在县城开起来了，而且生意还不错，远超养鸡场的利润。养鸡场一关门，梁巧巧没了活干，就准备返回东灵县梁家庄。谁知道，舅舅找到她告诉她养鸡场虽然没了，但那块地还不错，可以种地，梁巧巧觉得有道理，别看南河村的名字不如梁家庄响亮，但南河村坐落在丘陵上，村前村后都是大片大片的良田，村南还有一条小河，这也是南河村得名的原因，而梁家庄位于大山深处，山高土薄，没多少好地。舅舅家盖养鸡场的那块地，种庄稼是没问题的，况且离村子又不远，下地干活也方便。为此，梁巧巧就决定留下来种地了，舅舅没过多久就跟着儿子进城去了。说是进城养老，但舅舅是个闲不住的人，他硬要到儿子的家具加工厂看护厂子，说是害怕有人去偷东西，白天夜晚都要住在厂里。儿子说厂里有人看管，但舅舅说多一个人多一份力，他儿子也没办法，就遂了他的愿。

就这样，一晃很多年过去了，梁巧巧就一直在南河村住到现在。女人的心已经飞到儿子身边了，她又一次跑到村头张望。她的两个儿子即将同时出现在她面前了，她真的不敢相信这是真的，她原以为这辈子都不可能再见到自己的大儿子了，也不知道儿子在那个家里过得怎么样，不过，从当年和那家人短暂的相处中看，那家人都很善良，儿子被善良的人收留，一定过得很好。只是不在妈妈身边长大，她心里还是觉得很愧疚。

远远地看见有辆白色轿车开来了，梁巧巧的心又紧张起来了，一会儿坐在路边的石头上，一会儿又站起来，不断地原地踱步，来回搓着手，期待又惊慌。

车子停在了梁巧巧身边，梁冰第一个下了车，下车就喊："妈！"

钟曼武拉开车门也下了车，他两眼迷离，梁冰上前拉住哥哥的手，来到梁巧巧面前，说："妈！这是我哥！"

起风了，风吹乱了梁巧巧的头发，她忍着满眼的泪水，不知道说啥才好。

钟曼武"扑通"一声跪在梁巧巧面前，叫了声："妈！"

接着，他就哭了。看到哥哥跪下了，梁冰也跪在了妈妈面前，一滴热泪涌出了眼眶。

梁巧巧上前拉起曼武和梁冰，说："孩子们，快起来。"

梁巧巧上前抱住曼武，说："妈妈当年把你送了人，妈妈这辈子亏欠你。"

钟曼武紧紧抱着梁巧巧，说："妈！您别这么说，我知道您心里苦着呢！那是您迫不得已。"

旁边的钟育祥、海丽瑛和钟曼文都是泪眼蒙眬的。

梁巧巧转身，看着钟育祥和海丽瑛，再也忍不住了，她一下子跪在了钟育祥和海丽瑛面前，说："大哥，大姐，谢谢你们把孩子养大，我这辈子都报不完你们的恩情。"

海丽瑛和钟曼文赶紧上前搀扶梁巧巧，钟曼文含着泪说："阿姨，您别这样。"

海丽瑛抹了一把脸上的泪水，说："巧巧，别这样。"

梁巧巧站起来，和海丽瑛抱头痛哭，她边哭边说："大姐！二十五年了。"

钟育祥红着眼圈说："好了，都别这样啊！咱们一家人能相见，这是我们的福气。"

过了好一会儿，梁巧巧才稳定了情绪，用胳膊袖揩了一下眼角的泪水，说："大哥！大姐！孩子们！咱们回家吧！"

不是一家人的一家六口人回到了梁巧巧的家。

多少话都在不言中，海丽瑛把那张发黄的纸条和红色小棉被交给梁巧巧时，梁巧巧抚摸着小棉被又是哭了半天，之后，她又拿出了当年包过梁冰的那块儿小棉被，两块儿小棉被完全一样。这么多年过去了，两块儿小棉被虽然都已经很旧了，但依然被两个家庭保存得十分完好，这是梁冰和钟曼武是亲兄弟的见证。

全家人坐在一起，海丽瑛问梁巧巧这么多年是怎么熬过来的，梁巧巧鼻子一把泪一把地向大家详细说了自己这二十五年的经历，直说得钟曼武和梁冰兄弟俩泪流满面。钟曼武也说了自己在西海市受到爸爸妈妈和姐姐无尽的关爱，不但把他养大成人，还供他念到大学毕业。梁巧巧又是对钟育祥和海丽瑛千恩万谢的。

最后，大家一致决定想把梁巧巧接到西海去生活，但梁巧巧拒绝了。梁巧巧说她在农村生活惯了，再说了，这里还得种地，今年的收成很好，她实在舍不得那块好地。

为了不让梁巧巧伤心，大家又在家多陪了她两天才决定返回西海。

临走时，梁巧巧拉着钟曼武的手，说："孩子，你一定要好好孝敬你爸爸妈妈！他们把你养大不容易，咱一定得知恩图报。"

钟曼武朝妈妈沉重地点了点头。

27

回到西海后，钟曼武就给远在老家的梁巧巧转了一笔钱，附言写着：妈！这是我孝敬您的。

梁巧巧没有收，她给钟曼武回复道：孩子，妈二十五年前狠心把你送给了别人，已经很对不住你了。你的心意妈领了，这个钱妈不能收。妈现在生活得很好，再说了，还有你弟弟冰冰呢！你有空了多回家看看妈，妈就知足了。

钟曼武继续恳求，梁巧巧就不说话了。他能理解一个妈妈的心情。他大学毕业回到西海市，这几年赚的钱，本想交给爸爸妈妈，但爸爸妈妈不要，而是让他把钱攒下来，用到需要的地方去。他们说只要他能经常回家陪陪他们，他们就知足了。这就是做父母的对孩子的最高要求。

既然妈妈不收钱，钟曼武就想着多照顾一下梁冰，他原本打算给梁冰出一部分资金，想让他把店面再装修一下，也算哥哥对弟弟的一点儿帮助，但梁冰委婉地谢绝了，他对哥哥说："咱兄弟俩亲是亲，但毕竟现在是不同家庭的人，你的心意我领了，我完全有能力装修的，等将来我手头紧的时候，一定会去找你的。"

钟曼武也没再强求，他知道这个弟弟和妈妈一样要强，过惯了苦日子的人深知生活的不易，宁愿自己多吃些苦，也不愿沾别人的光。当然梁冰从内心来说感到很幸福，毕竟他有了哥哥，觉得精神上突然间有了依靠似的，尽管物质上他不希望依靠哥哥。

钟曼武说："冰冰，要不我把车给你留下，你随时能开，我知道你谈恋爱需要用车，你不能和人家姑娘约会，总是骑着你那电动车吧！"

"不用，哥！"梁冰说，"真正的感情不在于是不是开着车出去约会，要是人家心里有我，就算我步行去找她，她也是高兴的；要是人家心里没我，就算我开着飞机去约会，人家未必就喜欢。"

钟曼武说："你说的在理！"

钟曼武又说："要是将来需要我帮忙的，你随时给我打电话。"

梁冰说："谢谢哥！我不给你打电话还能给谁打呢？在西海市，我就你这么一个最亲的人。"

梁冰的话让钟曼武心里暖洋洋的，兄弟俩做梦都不会想到，在他们二十五岁的年纪里能遇到彼此，从他们见面的那一刻起，两人的心就贴在了一起。他们不仅仅是在外形上相似，更在心灵上产生了共鸣。

在接下来的日子里，钟曼武空闲的时候总是会来到弟弟的店里看看，陈鹏有时还跟钟曼武开玩笑："曼武哥，要不你也学学理发吧！到时候，咱们店里有你和冰哥这对双胞胎兄弟，那肯定会超级火爆的。"

钟曼武说："鹏子，你个小孩子就知道拿我们大人开涮，好好干你的活儿得了。"

陈鹏说："你们才比我大几岁啊！就敢说自己是大人。"

钟曼武说："反正比你大。"

梁冰说："鹏子，大一天也是大。"

"真有你们的，"陈鹏说，"你们可真是亲兄弟，都来攻击我。"

梁冰说："不攻击你还能攻击谁呢？谁叫你没大没小的，你个毛孩子。"

"好好好！这里是你们的地盘儿，"陈鹏说，"我老老实实干活儿还不行吗？"

梁冰说："这就对了，晚上请你吃烧烤。"

陈鹏一下子来劲了，说："那敢情好。"说完还朝梁冰做了个鬼脸儿，

钟曼武到梁冰店里的次数多了，就没有太多的时间陪爸爸妈妈说话了，

这让海丽瑛的心里很不是滋味，她对老伴儿说："我看曼武最近变了很多啊！大有冷落咱们的趋势。"

钟育祥劝她："不会的，曼武是我们一把屎一把尿养大的，他是个什么样的人，我们还不清楚吗？"

海丽瑛说："那是以前，现在不一样了，他有了亲妈和弟弟了。"

钟育祥说："你想多了吧！"

海丽瑛说："我不可能不多想，换作谁都会这么想的，不行，我得找他谈谈。"

"你可千万别，"钟育祥阻止她，"本来没有的事，你要是找孩子一说，你让孩子怎么想？"

"可你都没感觉出来吗？"海丽瑛着急地说，"他最近下班回家都很晚，回来了也不跟咱们多说话就钻进自己的屋里了，你要是再问他去干啥了，他总是那句话'去看冰冰了'，这还不能说明问题吗？他现在跟冰冰走得很近，跟咱们有些远了。"

钟育祥说："冰冰是他弟弟，他去看看他也是应该的。"

海丽瑛说："理是这么个理，可我总觉得曼武有点儿变了，早知道这样，我们无论如何都不会说出他的身世的，连曼文也不应该告诉的。"

钟育祥说："该来的一定会来的，就算你守口如瓶，也有瓶子爆裂的时候，更何况曼武有权利知道自己的身世。"

"你倒是心挺大啊！"海丽瑛挖苦老伴儿，"儿子都快被人抢走了，你还心静如水，我看将来谁给你养老送终。"

钟育祥满脸严肃地说："你说得过分了啊！"

"什么叫过分？这是事实，你个老东西。"海丽瑛毫不示弱。

钟育祥气得脸红脖子粗的，说："你太过分了。"

这时候，门开了，钟曼文进来了，看到爸妈这阵势，就问："爸！妈！你们干嘛呢？"

海丽瑛一看女儿来了，赶忙说："你爸他欺负我。"

钟曼文说:"我爸怎么欺负您了?我怎么觉得我爸好像受了委屈似的!"

海丽瑛瞪了一眼女儿,说:"你跟你爸穿一条裤子啊!合起伙来气我。"

钟曼文上前搂住妈妈的肩膀,说:"我们哪儿敢啊!谁都知道您才是咱们家的大掌柜,我和我爸还有曼武都听您的指挥。"

"唉!"海丽瑛坐在了沙发上,"不说曼武还好,一说曼武,我就头疼,这不我刚才还为这个事和你爸吵了两句。"

钟曼文示意爸爸也坐下来:"爸!您也坐啊!到底怎么回事啊?"

钟育祥说:"让你妈说吧!"

海丽瑛就把担心曼武疏远这个家的事告诉了曼文,钟曼文听了,心里也多少有点儿不好受,但为了安慰爸妈,她笑着说:"我当是啥事呢?就这个事啊!你们觉得曼武是那样的人吗?"

海丽瑛说:"当然不是。"

钟曼文说:"这不就结了吗?既然知道曼武不是那样的人,为什么还要给自己找不开心呢?"

"关键是,"海丽瑛皱起了眉头,"你不知道,他最近经常去看冰冰,陪我们越来越少了,连说话甚至都不想跟我们说了,你说这不是疏远这是什么?唉!愁死了,好好的一个家庭,由于曼武的身世成了现在这个样子。"

钟曼文觉得一时也难以解除爸妈心头的困惑,只好说:"曼武和我的关系最好,回头我找他聊聊。"

"算了,"钟育祥摇了摇头,"我担心你这一聊,说不准会引出啥别的问题呢!我看还是顺其自然吧!"

"曼文,你看你爸,"海丽瑛又忍不住了,想发火,"他刚才就是这个态度,你说儿子是咱们养大的,二十五年了呀!说不管咱们就不管咱们了,咱不是白给别人作嫁衣了吗?"

钟育祥一听,气得又站了起来,说:"你这是什么逻辑吗?你妈总这样,曼武也没说不管咱们。你太……"

钟曼文打断了爸爸的话,害怕他和妈妈引起更大的争执,赶紧拉了一下爸爸，说："爸！爸！您消消气，先坐下，今天大家都听我的，好不好？"

钟育祥重新坐了下来，海丽瑛瞥向一边，故意不看他，钟曼文说："这样吧！请你们相信我，也相信曼武，我能把这件事处理好的。"

钟育祥和海丽瑛都知道，曼武和曼文最亲，他们姐弟二人无话不谈，在曼文最困难的日子里，可以说是曼武搀扶着她一路走来的。曼武像个忠诚的卫士一样守护着曼文，曼文像温暖的阳光一样呵护着曼武。姐弟俩的感情实际上早已超越了血缘，融入骨髓中了。

劝了好一阵子，钟曼文总算把爸妈的情绪稳定下来了，她说要走了，爸妈想留她在家吃晚饭，但她说还要去婆婆家看看，就起身走了。她走后，海丽瑛和钟育祥又是难过了好一阵子，这段时间光顾着儿子的事了，却把女儿的事抛到了脑后，女儿到现在还是孤单的一个人，也不知道什么时候才能重新组建个家庭。在罗启铭离开的日子里，不知道女儿如何熬过每一个日子的，就算这样，她也没忘记孝敬婆婆公公。

钟曼文离开爸爸妈妈家，在爸妈小区门口准备打车的时候，一辆白色的轿车停在了她身边，她正纳闷时，轿车前车窗玻璃被摇下了，葛景尧露出半个笑脸，他跟钟曼文打招呼："喂！曼文，好久不见，你去哪儿？上我的车吧！"

钟曼文一看是葛景尧，忙笑着说："我没事，你快走吧！这儿不让停车，被警察看到要罚款的。"

"没事？谁信呢？"葛景尧说，"一看就知道你在打车，快点儿上车，我送你。"

钟曼文知道葛景尧是诚心的，就上了他的车。上车之后，钟曼文才说她要去婆婆家。

葛景尧说："正好顺路，我也要到那个方向办点儿事。"

钟曼文知道葛景尧是故意这么说的，其实，下班了，他并没什么事的，他就是不愿回自己的家。

葛景尧问："曼文，你在老唐那里还好吗？他要是敢欺负你，你跟我说一声，看我不砸了他的场子。"

钟曼文说："葛经理，你说啥呢？我在那里挺好的。"

葛景尧说："那就好，你记住，啥时候不想在那儿干了，咱们公司随时欢迎你。"

钟曼文说："谢谢葛经理，公司现在还好吧？"

葛景尧说："还好，要是你在会更好。前段时间离职了几个，刚刚又招进来几个西海大学的毕业生，都太年轻了，经验不足，到时候，我求你帮忙的时候，你可别拒绝啊！"

钟曼文说："当然！"

"有你这句话，我就知足了。"葛景尧说，"你不知道你离开后，我的确难过了好一阵子，不过，没关系，人总是要往前走的，就像我当年从西海一中辞职一样，我能理解你的心情。"

钟曼文说："谢谢！"

葛景尧说："你不要客气，别老'谢谢，谢谢'的，把我们的关系都拉远了。"

钟曼文笑了笑，为了表示对葛景尧的关心，就委婉地问："你和嫂子现在还好吧？"

"唉！好啥呀？"葛景尧叹气、摇头，"要不是为了璐璐，我们早就离了。"

"你千万别，"钟曼文劝他，"要不，璐璐太可怜了。"

葛景尧说："就是觉得璐璐可怜，我才忍到现在，等等再说吧，等璐璐将来考上大学……"

"你说啥呢？"钟曼文严肃地说，"你不能这样，我看嫂子就挺好，至少这么多年为孩子付出这么多，还照顾伯父伯母。"

"那倒是，说到这一点儿，"葛景尧说，"你嫂子绝对是个好女人。"

钟曼文趁机说："既然是好女人，你就得好好珍惜。"

"有些事你不知道实情，以后再说吧！"葛景尧满脸茫然的表情，"曼文，咱不谈这件事了，好吗？还是说说你自己吧！你什么打算？"

　　钟曼文一下子就明白了葛景尧要问什么，她也不隐瞒，说："目前我还不想找，毕竟启铭刚走没多久，将来找不找，我还说不准，也许就不找了，也许遇到合适的，我再勇敢一次也是有可能的。"

　　葛景尧开玩笑："要不，你先别找，等我将来离婚了……"

　　葛景尧的话还没说完，钟曼文就止住了他，她的脸立刻红了，说："你说什么呢？再说我下车了。"

　　葛景尧慌忙解释："别啊！我就是跟你开个玩笑，你别当真啊！"

　　"不是，我倒没事，"钟曼文紧紧拽着自己挎包的带子，"这要让嫂子知道了，指不定怎么骂我呢！你不要这么说了，我真的很担心。"

　　"好好好！你放心，"葛景尧说，"我不会再这么说了，就算我有这个心，我也没这个胆啊！"

　　钟曼文慌乱的心这才稍稍平静了一些，说心里话，葛景尧人不错，说话比较直接，他闹离婚也有他的苦衷，这与他媳妇肖寒太强势有一定的关系。无论在工作上还是生活中，肖寒大都充当了女强人的角色，而葛景尧又多少有点儿大男子主义，他受不了女人的光芒盖过自己，再加上时不时为一些鸡毛蒜皮的小事闹矛盾，久而久之，两人的隔阂就越来越深了。离婚自然而然就被提上了日程，只不过为了孩子，两个人谁都不肯先说出口。再加上双方的父母又都在拼命给他们施压，他们都是孝顺的人，就没敢闹得那么僵。

　　车很快就来到了钟曼文婆婆住的小区门口了，钟曼文下车时依然有礼貌地对葛景尧说了声"谢谢"，葛景尧说："你不要这么客气，我在车上的话你别往心里去，就是跟你开个玩笑，我不会那样做的。"

　　钟曼文说："放心吧！我能理解你。"

　　葛景尧说："有时间就到公司坐坐，你的位子我都没让人动，还保持着原来的样子，要是在外面不如意了，就回咱自己的公司，那是咱自己的家。"

　　钟曼文朝葛景尧点了点头，转身走开了，一滴热泪涌出眼眶，葛景尧的话让她心里暖融融的。在她心里，葛景尧是个好男人，这么好的男人应该有个美满的婚姻的，可是上天捉弄人，他偏偏那么不幸。

钟曼文叩开婆婆家的房门时，罗良才和曹慧芳一阵惊喜，没等两位老人开口，钟曼文边换鞋边说："爸！妈！我来看看你们。"

曹慧芳问："你还没吃饭吧？我去给你盛饭。"

钟曼文不想麻烦老人，就撒谎说："我在我妈那儿吃过了。"

罗良才说："那就休息一下吧！"

钟曼文说："爸！我今天过来是给你们洗洗衣服和床单。"

曹慧芳说："有洗衣机，我和你爸自己就能洗。"

"没事，妈！"钟曼文已经开始去公公婆婆的卧室收拾衣服、床单、被罩了。

曹慧芳和罗良才不知道说什么才好，心里温暖一片。

钟曼文干活很麻利，不一会儿就收拾好了，把衣服、床单、被罩统统放入了洗衣机里，开始洗。有个别内衣什么的，不能在洗衣机里洗，她就蹲在洗衣房里手洗。老人手洗一次不容易，钟曼文通常每隔几天就会来帮他们洗一次。尽管罗启铭已经走了，但并没有影响到钟曼文和公公婆婆的感情。

洗完衣服，钟曼文又开始拖地，把各个房间都拖得干干净净的，之后，她安顿两个老人上床休息，开始给婆婆按摩，婆婆最近背不舒服，曼文就经常给她按摩脊背。按着按着，曹慧芳感动得哭了，钟曼文问："妈！您怎么了？是我按疼你了吗？"

曹慧芳说："不是啊！曼文，我这是感动，你这么贴心。"

钟曼文说："妈！这是我应该做的。"

曹慧芳含着泪笑了。

给婆婆按摩完，钟曼文又开始给公公按摩腿，罗良才自然也是一阵感动。罗良才似乎想跟钟曼文说点儿什么，好几次都张开嘴又闭上了。钟曼文看到公公那欲言又止的样子，就问："爸！您是不是有什么话要跟我说啊？"

曹慧芳插话："是啊！你爸有话要跟你说哩！"

罗良才嗫嚅着："我……我和你妈……"

钟曼文边按摩公公的腿边微笑着说："爸，您看您，您有话就说呗！我又不是外人。"

罗良才这才说："我们上次跟你提起的那个小周，人也挺好，你要不要再考虑考虑？"

钟曼文马上意识到公公婆婆又要给她介绍对象了，老人都是好意，都是为她着想，她现在这个样子，总不能一辈子一直就这么过下去吧？可她目前心里很乱，说不想谈论这件事吧！那也是假的，谁不想拥有一个爱人呢？说想谈论这件事吧！那也不太现实，她还没有从罗启铭的影子里走出来，再加上最近事情太多了，她心里很烦，又没人可以诉说。

曹慧芳也说："曼文，你总得再向前走一步啊！要是启铭知道，他也会为你祝福的。"

钟曼文听到婆婆说到"启铭"，她的眼泪又来了，但她在老人面前不能哭，只能强忍着满眼的泪水，说："爸！妈！让我好好想想吧！我知道你们都是为我好，我很感激哩！"

罗良才说："嗯！小周今年四十了，十年前妻子因病去世了，留下一个女儿，今年也有十多岁了，这么多年，为了孩子，小周一直都没再找，他是我以前带过的研究生，我们又一起工作多年，他既是我的学生，又是我的同事，我很了解他，人品很好，你要是有意，可以和他见见。"

曹慧芳继续插话："是啊！曼文，你们先见见，至于能不能成那另说，要是没看上眼就算了，见一面也没啥大不了的。"

公公婆婆的话让钟曼文很感动，她知道两位老人都是诚心诚意的，他们都是勤劳本分的知识分子，一辈子对工作严肃认真，对亲人朋友热情大方。她从罗启铭身上也看到了公公婆婆的言传身教的影响，罗启铭也像他父母一样勤劳善良，这也正是她爱他始终无法走出来的原因。

钟曼文低声说："爸！妈！你们的话我记住了，先让我认真地考虑考虑吧！"

　　罗良才说："也行！到时候你想通了就跟我们说一声。"

　　钟曼文点了点头。

　　这一晚，钟曼文没有回自己的家，而是在公公婆婆家住下了，她想多陪陪两位老人。

28

肖寒接璐璐回到家，还没来得及换鞋，就接到了公公的电话，公公葛忠升在电话里焦急地说："肖寒，你妈病了，景尧的电话始终关机，你能不能赶快来一趟？"

肖寒安慰公公："爸！您别着急，我马上就到。"

肖寒对璐璐说："璐璐，你先自己在家，我回来可能会晚一些，你自己做饭吃，奶奶病了，我得赶紧过去看看。"

璐璐说："我要不要给爸爸打个电话？"

肖寒说："你爸的电话暂时打不通，他可能有事，你等一会儿打个试试。"

肖寒转身出门，她今天累了一天，接连做了三台手术，都是剖宫产。下了班拖着疲惫的身躯去接璐璐回来，路过菜市场时还买了一条鱼，想着明天炖好给公公婆婆送去，让老人吃，这刚到家，就接到了这个消息，她心里七上八下的，生怕婆婆出现意外。她一刻也不敢耽误，就匆匆拦了一辆出租车去了婆婆家。

婆婆家还在以前的旧小区里，多年前，肖寒就劝过公公婆婆搬出来和她住在一起，可两位老人就是不愿意，说在老地方住惯了，街坊邻居也都熟悉，换个新环境不能适应。肖寒知道，老人不愿意和她住在一起的原因是怕给她添麻烦，还有老人也都清楚儿子和她的关系不好，他们真不愿看到儿子和儿媳的"冷战"状态，他们也会很别扭的。

　　出租车很快到了胡同口，里面就开不进去了，肖寒只好付了钱下车跑着进了胡同，等她气喘吁吁地赶到婆婆家的时候，惊呆了，只见婆婆躺在地上，公公在一旁束手无策，急得直跺脚。

　　肖寒说："爸！我来了，我妈怎么样？"

　　葛忠升见肖寒来了，顿时像见到了救星似的，说："肖寒，你妈刚才就在这儿突然摔倒了，也不知道怎么回事，给景尧打了好几个电话，他都关机，只能给你打了。"

　　"景尧可能正忙，"肖寒蹲下身，摸了摸婆婆的额头，"妈！你哪儿不舒服？"

　　肖寒的婆婆叫胡兰英，当了一辈子小学教师，此时的她正痛苦地躺在地上，满头大汗，连说话的力气似乎都没有，只是摸着自己的胸部，看着肖寒，眼神是多么地无助啊！

　　看到婆婆这个样子，凭着当医生的敏感，肖寒的第一感觉可能是心肌梗塞，不能再耽搁了，肖寒立即叫了他们医院的120急救，她们医院虽然是妇产医院，主要是妇科和产科还有儿科，但为了最大程度保障妇女儿童的身体健康，最近十年也开展了很多其他科室，涌现出了许多知名的内科和外科的专家。

　　为了节约时间，肖寒对婆婆进行了简单的身体处理，等急救车赶到，肖寒又和医生护士一同把婆婆抬上救护车。考虑到公公年纪大了，原本肖寒让他在家休息的，但老人不放心，硬是坚持跟随老伴儿去了医院。

　　救护车风驰电掣，在最短的时间内赶到了西海妇产医院，胡兰英被送进了急诊科。肖寒是妇产医院的医生，急诊科的很多医生护士她都熟悉，这样就方便多了。她很快找到了急诊科的谢楠主任，谢楠和她是同一批进院的大学生，两个人既是同事也是好朋友，她们把美好的青春都奉献在了妇产医院，由青春妙龄渐渐步入了中年的行列，虽然她们各自的专业不同，但两个人在业务上都很强大。当年谢楠生孩子都是肖寒亲自帮她接生的，包括后来孩子的一系列保健护理，肖寒没少操心，如今肖寒的婆婆生病，谢楠是一定会全力以赴的。当然，不要说她们有这层关系了，就算没有，在遇到突发病例的情况下，不管是肖寒还是谢楠，都会尽最大努力救死扶伤的，这就是医生的职业操守。多年来，两个好朋友就是奉行这样的原则才一步步成长为妇产医院的知名专家的。

经过一系列检查之后，胡兰英被诊断为心肌梗塞，事不迟疑，谢楠对肖寒说："幸好及时赶到，梗塞面积还不是太严重，需要马上进行手术。"

肖寒说："一切你来安排，需要我做什么你随时叫我。"

谢楠点点头，随后，她拿出一份手术同意书，对肖寒说："需要在上面签字，葛景尧怎么没来？按说首先应该他签字的。你们还在'冷战'啊？"

肖寒说："一言难尽，楠楠，回头我再跟你说，这个字我签吧！"

谢楠说："肖寒呀！要我怎么说你呢？你就是太善良了。好了，我马上进手术室，你不要太紧张。"

肖寒说："哎，楠楠，等等，按规定，我不能进手术室，但我想陪在我婆婆身边，你看行不行？"

谢楠迟疑了一会儿。

肖寒恳求："我也是这里的医生，我知道我该怎么做，我就静静地站在一边，什么话也不会说，更不会影响你的工作。"

谢楠左右为难。

肖寒又说："我婆婆最信任我，有我在她身边，她会踏实的，看在朋友的份上，楠楠，就答应我吧！"

谢楠终于点头了，说："那你赶紧去换衣服换鞋，跟我来。"

肖寒感激地说："谢谢楠楠！"

一直在旁边的葛忠升听到肖寒恳求谢医生的话，顿时热泪盈眶。

肖寒转身对公公说："爸！您放心，楠楠是我们医院最好的医生，您先在外边休息会儿吧！我妈没事，有我在呢！"

葛忠升红着眼圈对儿媳妇点了点头，等肖寒一走，他就背过脸泪流不止，这么好的儿媳妇，儿子却那样对待她，他愤怒地又给儿子打电话，结果依然处于关机状态。他自言自语骂着儿子："你个王八蛋，你妈要是有个好歹，看我怎么收拾你。"

很快，葛忠升泪眼婆娑地看到，几个白大褂把老伴儿推进了手术室，他知道那几个白大褂里有一个是他儿媳妇。他拖着沉重的步伐，一步一步挪到手术室外的长椅上，一下子瘫坐在椅子上，老泪纵横。

葛景尧下班后，原本不打算直接回家，想先去街上逛一圈再回家。他一直沿着他们家的那条街走到西海电视台，又从西海电视台走到西海古城墙，直到华灯初上，西海市已经进入了夜晚的模式，他才不情愿地顺着来的方向回家了。

回到家，葛景尧发现只有璐璐一个人在厨房鼓捣着什么，就问："璐璐，你干什么呢？"

璐璐回过头，说："爸爸，您回来了，我弄点儿吃的。"

听璐璐这么一说，葛景尧顿时生气了，问："你妈呢？怎么还没回来？工作都这么忙吗？连你都不管了？"

璐璐说："爸爸，奶奶病了，妈妈把我接回家就去照顾奶奶了，您的电话怎么回事啊？我打了好多次一直是关机。"

葛景尧听了，心里顿时有些愧疚，刚才的怒气瞬间消失了，他赶忙掏出手机，啊！今天下午一直在开会，他把手机关机了，于是就不好意思地说："璐璐，爸爸下午一直在开会，就把手机关机了，不好意思啊！"

璐璐说："那你赶紧去看看奶奶吧！也不知道现在怎么样了。"

葛景尧打开手机，手机收到好几条短信，都是说在关机状态下，曾有来电。他看了看，有爸爸打来的，也有璐璐打的，唯独没有肖寒打来的，他心里仍有一丝不快。

葛景尧对璐璐说："我去看看你奶奶，你自己先在家，有什么事给爸爸打电话。"

璐璐说："放心吧！爸爸！"

葛景尧急忙出门，开车的时候，给爸爸打了电话，葛忠升一接到儿子的电话，就在电话里大骂儿子："你个混蛋，怎么一直关机？"

葛景尧解释："爸！我下午一直开会，就关机了。"

葛忠升说："你妈重要，还是开会重要？"

葛景尧焦急地问："爸！对不起，我妈怎么了？"

葛忠升说："你还知道问你妈啊？"

葛景尧说："爸！我错了，您别生气，我马上开车过去。"

葛忠升没好气地说："你妈现在在医院做手术。"

葛景尧问："哪个医院？"

葛忠升说："肖寒的医院，听清楚了，是肖寒把你妈送来的。"

听到"肖寒"，葛景尧心里有种说不出的滋味，他加了一下油门，说："我这就去。"

葛忠升说："你妈要是有个三长两短，我饶不了你。"

葛景尧说："我的错，我的错。"

毕竟是自己的儿子，葛忠升口气缓和了一下，说："你慢点儿开车。"

"知道了！爸！"葛景尧挂了电话，心情久久不能平静。

来到医院手术室前，葛景尧看到爸爸苍老的身影，眼泪一下子就涌出了眼眶，他抹了一把脸上的泪水，走上前问爸爸："爸！我妈她……"

葛忠升也不看儿子一眼，说："你妈的手术还在进行中，肖寒也在手术室，她坚持要陪在你妈身边做完手术。"

葛景尧羞愧地低下了头，轻声问："是哪位医生给我妈做手术？"

葛忠升说："谢楠主任，肖寒和谢主任是多年的朋友和同事，谢主任原本不让肖寒进手术室的，是肖寒再三恳求，谢主任才勉强同意的。"

葛景尧的心里很难受，他突然觉得以前对肖寒的态度有些过分了，愧疚、悔恨一股脑涌现出来了。

葛景尧双手抱头呆坐在长椅上，他的心情极其复杂，复杂到很想哭一场。要是周围没有人，他一定会一头撞在墙上的，直到撞得头破血流。

过了好一阵，手术室的门开了，胡兰英被推了出来，葛景尧一个箭步上去，问："妈！妈！您好点儿没？"

葛景尧很快被旁边的肖寒推开了，肖寒严肃地说："妈需要安静。"

胡兰英看了儿子一眼，没有说话，眼角挂着泪水，她痛苦地闭上了眼睛。

葛景尧还要扑向妈妈的担架车，被肖寒用胳膊挡住了，谢楠摘下口罩，严厉地批评葛景尧："葛景尧，你干吗呢？不知道阿姨需要安静吗？亏你还是个男子汉，怎么这时候才来？"

葛景尧自知理亏，不敢说话了。他知道谢楠也和肖寒一样，对待病人一丝不苟，那种严肃认真的态度，足以把一个情绪崩溃的人震慑住。

胡兰英被推进了病房，安顿在病床上，护士很快给她扎上了吊针。肖寒对公公说："爸！您放心，妈的手术很成功。"

葛忠升对谢楠说："谢谢您！谢医生。"

谢楠对葛忠升说："不用谢，叔叔！这是我应尽的职责，您先照看阿姨吧！"

随后，谢楠把肖寒和葛景尧叫了出去，葛忠升看着他们三人的背影，他知道谢医生不想让他担心，才单独要和儿子、儿媳谈谈的。

来到谢楠的办公室，谢楠对葛景尧说："葛景尧，不是我批评你，你知不知道阿姨当时有多危险，心肌梗塞超过三小时就非常危险了。今天要不是肖寒出于一个医生的职业敏感，她尽最大努力及时把阿姨送到医院，抢到了时间，否则后果不堪设想。你作为儿子，这么重大的事竟然不在场，实属不应该。我不管你和肖寒之间有多大的矛盾，你今天做得有些过分了……"

"楠楠！"肖寒拉了一下谢楠的衣角，"不说这个了，还是谈谈我妈的病吧！"

谢楠出于对好朋友的关心，对肖寒说："你呀！你心里装满了别人，唯独没有你自己，我还不知道你心里有多苦啊？"

肖寒哽咽着说："不说这个了，楠楠！"

葛景尧在一旁低下了头，五味杂陈。

谢楠说："阿姨已经做了支架植入，暂时缓解了病情，保住了生命，之后就需要漫长的养护，你们都不能大意，这种病需要静养，情绪一定要稳定，还需要按时服药和扎吊针，定期复查，才能最大限度延长生命，提高生活质量。肖寒，你是医生，应该明白病人所需，我就不多说了。回头你跟叔叔简单说说，就不要再和阿姨多说了，尽量让她保持心情愉快。我建议，以后出院了，你们两口子轮流看护阿姨，叔叔一个人照顾不过来的。"

肖寒点点头，说："这个没问题，我接下来打算住到我婆婆家。"

谢楠问葛景尧："你呢？"

葛景尧慌忙说："我们都住到我妈家。"

谢楠笑了笑，说："这就对了。葛景尧，你先回病房吧！我还想嘱咐肖寒几句。"

葛景尧说："你们还背着我说啊？我又不是外人，再说了，我妈的病我有知情权的。"

谢楠说："我和肖寒都是医生，有些专业的话，你听不懂的，回家让肖寒跟你详细说，你们两口子就是说上几天几夜不睡觉，我都不会管的。"

葛景尧只好走了，他知道谢楠根本不是要和肖寒说妈妈的病情，而是想继续在背后"数落"他。

葛景尧走后，谢楠说："肖寒，我今天情绪有点儿激动，讽刺了葛景尧，你不会生我的气吧？"

肖寒说："怎么会呢？楠楠！我知道你是为我好。"

谢楠说："我早就想找机会骂他一顿了，今天正好是个机会。好端端的一个家庭，你看他折腾成啥了，我可不愿看到你们离婚啊！"

肖寒想哭，在好朋友面前，她再也忍不住了，含着泪说："不说他了，我就是这个命，我也不抱有幻想了，把璐璐养大，把公公婆婆照顾好，我就知足了。"

这个坚强的女人，给别人的印象一贯都是强势干练，属于那种永远打不倒的人，但在好朋友面前，她却像个孩子一样哭得好伤心。

谢楠上前拥抱了肖寒，一边给肖寒擦眼泪，一边劝她："事情总会好起来的，葛景尧要是通过这件事还不悔改，那他就不是个男人。"

门外，葛景尧其实并没有走远，他听了屋里她们两个人的谈话，蹲在地上，双手抱住了头，心里骂着："葛景尧，你个王八蛋！"

肖寒情绪失控，趴在谢楠的肩膀上失声痛哭，多少年来的委屈瞬间爆发出来了，她不敢在自己的爸爸妈妈面前哭，更不敢在公公婆婆面前哭，面对璐璐时，她也得强装坚强，她只能在好朋友的怀抱里释放自己。

谢楠是理解她的，说："肖寒，我们都是职业女性，不比他葛景尧差在哪里，你不要过度难为自己，勇敢走自己的路，过自己的生活。"

肖寒情绪稍微稳定了，她擦了擦眼泪，说："楠楠，不说了，你也挺忙，改天咱们一起吃个饭，算我代表婆婆谢谢你，我该回病房看看婆婆了，她离不开我的，有我在，她心里才会踏实。"

谢楠说："说啥谢不谢的，都是自己人。好了，改天咱们聚聚，你去看你婆婆吧！"

肖寒整理好衣服和头发，又用抽纸擦了擦眼睛和脸，转身出了谢楠的办公室，她惊讶地看到葛景尧蹲在地上，她看了一眼葛景尧，没有和他说话，径直朝前走了。葛景尧追上肖寒，吞吞吐吐地说："肖寒，我……我想和你谈谈。"

肖寒转过身，说："这里是医院，我得去照顾妈。"

肖寒走了，葛景尧长长地叹了一口气，也跟着肖寒朝病房走去。

回到病房，肖寒对公公说："爸！待会儿，让景尧把您送回家去休息，我今晚在这儿陪我妈。"

葛忠升说："那怎么能行？还有璐璐呢！今晚让景尧在。"

葛景尧说："我在！你们都回去吧！"

肖寒说："都别争了，我是医生，陪护病人比你们都专业，况且妈最需要我，是不是？妈！"

胡兰英躺在病床上微微点了点头，她真的离不开肖寒，她不想让儿子在。

肖寒说："看妈都点头了，你们都回去吧！景尧你先带爸回去，顺便把璐璐接到爸家，这几天就劳烦你了，接送璐璐上下学，我在医院工作，照顾妈也方便。等妈将来出院了，我决定和璐璐搬到妈家住，妈以后是离不开人照顾了，爸年纪大了，也需要人照顾。景尧，你工作忙，随你，住到哪里都可以，我没意见。"

儿媳的话让葛忠升感到一阵阵温暖，同时也一阵阵伤心。他瞪了儿子一眼，说："听见没？要不是肖寒，我和你妈早就死了。你个混账东西。"

"爸！这里是病房，"肖寒说，"您不要激动，您血压高，快跟景尧回家吧！回家别忘了喝药。"

葛景尧一直低着头，肠子都悔青了，一是后悔在妈妈最需要的时候他却关机，二是后悔以前他对肖寒太冷漠，今天若是没有肖寒，妈妈的病真不知道会是个什么结果。他不知道该说什么才好，他也不想说。

肖寒对葛景尧说："景尧，你干嘛呢？快带着爸爸回家吧！爸爸的血压那么高，还有璐璐一个人在家，你放心啊？"

葛景尧猛地站了起来，对肖寒说："肖寒，对不起！"

葛景尧的话让肖寒大吃一惊，她知道葛景尧的这句"对不起"是什么含义，多少年了，她一直在等葛景尧这句话，没想到是在婆婆的病床前，她心里一阵心酸，差点儿落下泪来。

肖寒回头看了一眼葛景尧，强忍着泪水，说："景尧，快走吧！太晚了，妈还需要休息呢！"

"咱们走吧！景尧！唉！"葛忠升无奈地叹了口气。

葛景尧走到妈妈身边，说："妈！我和爸走了，明天我们再来看您。"

葛忠升也对老伴儿说："老胡啊！我回了，明天一早我就过来。"

胡兰英没有说话，只是微微点了点头。

葛忠升和葛景尧走后，肖寒把婆婆安顿好，她一个人躲到病房外的走廊里暗暗流了好长时间的眼泪。

29

钟曼文和钟曼武姐弟俩进行了一次深刻的谈话，谈话的焦点当然是围绕他们的爸爸妈妈的。钟曼文极其委婉地告诉了曼武爸爸妈妈现在的忧虑，曼武听了很后悔，他说最近一直在照顾梁冰，忽略了爸爸妈妈的感受。但他对姐姐说："我最近心情很复杂，的确忽略了爸爸妈妈的感受，以后不会了。"

钟曼文说："我就知道你心里一定有爸爸妈妈的，也一定还有我们这个家的。"

钟曼武说："无论什么时候，爸爸妈妈和你都是我最亲的人，爸爸妈妈的家也永远是我们的家。"

钟曼文听了很感动。

接着，钟曼文把她公公婆婆要给她介绍对象的事告诉了弟弟，钟曼武非常支持，但她心里仍旧有很多顾虑。钟曼文说："我还是不能忘记你姐夫，这是关键所在，无论跟谁在一起，他都不可能代替你姐夫在我心里的位置。"

钟曼武说："我能理解你，可是你也不能永远沉浸在回忆之中啊！你的生活还得继续，你总不能就这么委屈自己一辈子吧？"

钟曼文叹气，说："唉！看看再说吧！真叫人心烦意乱，要是你姐夫还活着该多好啊！"

钟曼武知道姐姐和姐夫的感情很深，她又开始想念姐夫了。为了不让姐姐太难过，他鼓励姐姐："要是真的遇到了心动的人，不妨大胆试试，姐夫也会为你祝福的。只有你生活得好，姐夫才会高兴的。"

钟曼文说："但愿吧！"

钟曼武说："不是但愿，是一定的。"

钟曼文点点头，然后问曼武："你最近怎么样？"

钟曼武知道姐姐要问什么，他说和赵音音的事已经结束，现在他和同单位的毛婷婷正式谈恋爱了，但他还不确定将来是不是就一定会和毛婷婷在一起。

钟曼文听了，说："曼武，我警告你啊！谈就认真谈，别到时候伤了人家姑娘的心。"

钟曼武说："我肯定认真，只是我还不知道毛婷婷的父母怎么看我，毕竟她爸爸是煤炭公司的高层领导，说不准还看不上咱们的家庭呢！"

钟曼文问："毛婷婷的意思呢？"

钟曼武说："毛婷婷说她爸妈完全遵从她的意愿。不瞒你说，姐，她自从进了我们办公室工作，一眼就喜欢上我了，就一直追求我，我开始没同意，总觉得还年轻，以后再说，这不赵音音出现后，她对我失望了，就调到别的科室去了，我才觉得我伤了她的心，主动找她道歉，她原谅了我。"

钟曼文说："那就好，你得珍惜人家。"

钟曼武说："当然。"

言归正传，最后姐弟俩的谈话又回到正题上了，钟曼文希望钟曼武无论如何都不要疏远爸爸妈妈，千万别伤了老人的心。钟曼武说永远都不会的。

晚上，钟曼武回到家已是午夜十二点了，爸爸妈妈听到他回来了，妈妈就在卧室里喊："曼武，你回来了！"

钟曼武走到爸爸妈妈的卧室门口，说："爸！妈！我可以进去吗？"

"进来吧！"

卧室里传来海丽瑛的声音。

钟曼武推开爸爸妈妈的卧室，看到爸爸妈妈都背靠着床帮，半躺在床上，问："这么晚你们还没睡啊？"

海丽瑛说："人老了，睡不着的时候就多了，锅里还给你热着饭呢！"

钟曼武说："我和冰冰在街上吃过了。我早就想请冰冰吃一顿饭了，可冰冰太忙，我就一直等到他下班和他吃了饭才回来，回来就这么晚了。"

海丽瑛说："没事，曼武，来，坐。"

钟曼武就坐在了爸爸妈妈的床沿上。

钟育祥问："冰冰还好吧？"

钟曼武说："还好，就是脾气倔着哩！我想帮帮他，他说啥也不肯接受。"

海丽瑛问："你有没有跟你妈妈联系过？"

"联系呢！"钟曼武有些无奈，"妈妈和冰冰一样都很要强，不愿接受我的帮助，总说自己一切都好。"

"来日方长，曼武，"钟育祥意味深长地说，"今后慢慢来吧！你们刚刚相认，接受起来需要一个过程的，看得出你妈妈和冰冰都是本分的人，他们不想依靠谁，只想依靠自己的双手，这样他们的心里才踏实。"

钟曼武说："您说的是哩！"

钟育祥说："曼武，天不早了，你早点休息吧！明天还要上班呢！"

钟曼武慢慢站起身，走到卧室门口，又回转身，说："爸妈……"

看到他欲言又止的样子，钟育祥问："曼武，你还有什么事吗？"

钟曼武说："爸！妈！你们永远都是我的父母，这一点是不会变的，我不会离开你们的。"

"啊！曼武，"海丽瑛有些激动地说，"好孩子，爸妈都知道。我们是一家人，决不会分开的。"

钟曼武的眼眶有些涩涩的，说："我回屋了，你们也睡吧！天太晚了。"

转过身，一滴热泪就涌出了眼眶，钟曼武正准备拉上爸爸妈妈卧室的门。

"哎！等等，"钟育祥叫住了他，"把这个拿上。"

钟曼武看到爸爸起身，下床，从床头柜里拿出一封信，递给他，说：

"这是你赵叔叔送来的，说是音音留给你的。"

钟曼武接过信，双手有些不听使唤。转身，出了爸爸妈妈的卧室，拉上门。然后就一头钻进了自己的房间，轻轻关上门，开灯，小心翼翼地拆开信，一张照片滑了出来。钟曼武拾起照片，照片上的赵音音侧着身子，满头飘逸的长发，背景是茫茫的草原，她在吹蒲公英。赵音音还是挺漂亮的。

钟曼武又抽出信封里的那封信，展开，赵音音那娟秀的字体映入了他的眼帘。

曼武：

当你看到这封信的时候，我已经离开西海回北京了，原本打算回西海安身立命，现在看来根本不是我想得那样简单。经过了多天的深思熟虑，我也想明白了很多道理。我决定重新回到北京，想继续念书，准备明年的博士考试，只有念书才能充实我现在的精神。你我无缘，这是现实，我必须独自面对。人生原本就是这样，雨过之后未必就能见到彩虹，不可能事事顺心，完美的人生根本就不存在。没关系，我们都还年轻，要走的路还很长，明天的太阳依旧会升起来的。等到你找到心爱的姑娘，一定要第一时间告诉我，让我分享你的幸福。最后送你一张我硕士毕业时在呼伦贝尔草原拍的照片留作纪念。我喜欢小草和蒲公英，小草无私地绿化着大地，才造就了草原博大的胸怀，蒲公英象征着自由与坚强，生命力极其顽强，不管风把它的种子带到什么地方，它都可以生根发芽茁壮成长。我也希望我能像小草和蒲公英一样无私、坚强、博大。好了，别的不多谈了。再会！

音音

看完信，钟曼武的心情很复杂，其实，赵音音还是一个非常好的女孩，他心里说：对不起，音音，希望你一切都好。

一夜无眠，钟曼武想了一夜的心事，各种滋味涌上心头：快乐、悲伤、激动、兴奋、无奈、失落……

直到现在他才稍稍明白了人生的含义，只有经历了才知道脚下的路并不全是平坦大道，也有泥泞小径。没有走过沙漠的人怎么可能知道水的甘甜呢？没有经历岁月磨炼的人，怎么可能懂得生活的意义。

钟曼武一夜长大了许多。

窗外渐渐发亮，钟曼武起床，他决定为爸爸妈妈做一次早餐。多少年了，都是爸爸妈妈为他做早餐，他每天早上被爸爸妈妈叫醒，非常自然地坐到餐桌旁吃早餐，吃完就匆匆上班去了，从来没有关心过爸爸妈妈如何为他准备早餐，如何为他收拾碗筷。他想想都觉得非常愧疚，凭什么他二十五岁了还要父母照顾？他有没有为父母做点儿什么？羞愧啊！

钟曼武走进厨房，他甚至连食材放在哪里都不知道，这一瞬间，他顿觉自己好无能，无能到只会在这个家蹭吃蹭喝，而从来不懂得如何为这个家付出。无论如何，就算做得不好，他也要做下去，他是爸爸妈妈的儿子，将来是要照顾他们的生活的，如果不从现在做起，还要等到什么时候。于是，他翻箱倒柜，凭自己的印象来准备早餐。熬制小米粥，炸馒头，准备一碟儿榨菜，再炒个豆芽菜，对了，还要煮三颗鸡蛋。

费了很大工夫，钟曼武总算做好了早餐，一样一样端到餐桌上，等着爸爸妈妈醒来，他不想叫醒他们，他就这么静静地坐在餐桌旁等他们醒来。

卧室的门推开了，妈妈出来了，看到曼武和桌上的饭，她惊讶地叫了起来："呀！曼武，都是你做的呀？"

钟曼武没说话，只是朝妈妈微笑着。

海丽瑛又转身，说："哎呀！老钟，你儿子为咱们做好早餐了，你快起来吃吧！"

钟育祥的声音："我这就起来。"

看得出来，两位老人都很激动，他们真的没有想到，儿子给了他们一个大惊喜。

洗漱完，钟育祥和海丽瑛坐到餐桌旁，钟曼武说："爸！妈！我就是比葫芦画瓢做了这顿早餐，不太好……"

海丽瑛说："挺好啊！我们平常不也是这样做的吗？"

钟育祥说："曼武，你能给我们做顿早餐，我们都高兴着哩！"

钟曼武说："今后，只要我在家，我就给你们做饭吃。"

海丽瑛和钟育祥都笑着朝儿子点了点头。

海丽瑛问："音音给你的信，没别的事吧？上次伤了人家姑娘的心，我和你爸都觉得愧对你赵叔叔。"

钟曼武惆怅地说："音音说她重回北京了，要去考博士，还送给我一张照片留作纪念。我也觉得很对不起她。"

海丽瑛说："其实，音音那姑娘也挺好的，要是你……"

钟育祥不等海丽瑛把话说完，就打断了她："别说这些了，都过去的事了，再说孩子有他自己的想法，咱们今后要少管。"

钟曼武说："爸！妈！我正要跟你们说件事呢！我谈女朋友了。"

"啊！什么时候的事？"海丽瑛放下筷子，激动地问，"我和你爸都不知道，抽时间带回家让我们看看。"

"就是啊！曼武，"钟育祥睁大了眼睛，"姑娘是什么情况啊？"

钟曼武就把毛婷婷的详细情况告诉了爸妈，还委婉地说是毛婷婷一直在追他。

海丽瑛立即就说："家庭情况是不错，就是学历比不上音音。"

"你说啥呢？"钟育祥轻轻推了推老伴儿，"只要孩子愿意就行，学历低也没啥影响，况且人家姑娘好歹也是本科毕业，咱曼武不也才是本科毕业嘛！"

海丽瑛瞥了老伴儿一眼，说："那能一样吗？咱曼武是名牌大学毕业，毛婷婷才是个三本。"

钟育祥不耐烦地说："好了，遵从孩子的意愿。"

钟曼武说："爸！妈！婷婷虽然三本毕业，可她是个好姑娘。她家庭条件那么优越，她从来都没有一点儿那种有钱人家女孩子的傲气，最关键的是她太喜欢我了，我刚开始并不是太同意，觉得我们不是一路人，后来慢慢觉得她真的挺好。我觉得找个喜欢自己的人才是最实在的，等我们将来结了婚，她来到咱们家，也不会跟你们闹矛盾，一家人和和睦睦比啥都强，我就是干事业也有劲儿。"

"曼武，你说得对，"钟育祥说，"我和你妈都没意见，只要你们两个处得好就行。"

海丽瑛心里还是多少有点儿不舒服，她不舒服主要是觉得毛婷婷学历不行，肯定智商就不行，将来要是生个孩子，遗传了她的智商可就糟糕了。她想对儿子说清楚，可又不好意思说出口，只好把老伴儿拉到一边，悄悄告诉了他。钟育祥一听，批评了她："你怎么能这样想呢？三本毕业就说人家智商低，这不是无稽之谈吗？"

海丽瑛还不死心，说："真的，你别不相信。"

钟育祥问："你我智商高吗？可咱的两个孩子都是名牌大学毕业。"

"你说啥呢？"海丽瑛生气地拉了一把老伴儿，"说儿子的事呢！怎么扯到咱们身上了？"

"这不一样吗？"钟育祥说着就走开了。

"爸！妈！你们说什么呢？还要背着我。"钟曼武觉得爸妈有些神秘兮兮的。

"哦！没事，你妈听到你说婷婷不错，她激动得很呢！"钟育祥坐在餐桌旁，继续吃饭。

"才不是呢！"海丽瑛走了过来，气呼呼地瞪了一眼老伴儿，"你不说我说，曼武啊！妈有点儿担心，不好意思说，但想想为了你，还是要说出来。"

钟育祥见老伴儿要说，就赶紧阻止："哎哎哎！吃饭吧！说那干啥？没事找事啊！"

海丽瑛朝老伴儿翻了个白眼，说："我就要说，不说憋死我呀！曼武，是这么回事，你和婷婷呢谈朋友，妈没意见，只是觉得婷婷一个三本毕业生，智商不高啊！你们将来生了孩子，万一遗传了她的智商，这不是不好吗？"

钟曼武听妈妈这么一说，"扑哧"笑了，说："妈！您这智商也太高了，这都能想得到，那都是多少年后的事了。"

海丽瑛说："多少年后也总会到来的。"

钟曼武说："妈！您放心啊！婷婷那时候是学习不够刻苦才没考上好大学的，再说了，智商受很多因素影响的，遗传只是其中之一，还有环境、饮食、药物等。其实，婷婷挺聪明的，要是不够聪明怎么能追上你儿子呢？"

"那倒也是。"海丽瑛说，"我儿子这么聪明的人都被她追上了，说明她足够聪明才行。"

"哎！我警告你们两个啊！"钟育祥突然严肃地说，"不能时时刻刻把人家婷婷追曼武的事挂在嘴上了，这要传出去，一个姑娘多没面子，这谈对象是两相情愿的事，不存在谁追谁，以后都不许这么说了，将来谁要问起来，就说是曼武喜欢婷婷的，这是传统。"

钟曼武当然理解爸爸说这话的含义，海丽瑛却小声嘀咕："本来就是她追的曼武嘛！"

"你还说？"钟育祥又对老伴儿说了一次："以后不要这样说了，这对曼武、对婷婷、对咱们家都好。"

接着，谁也不说了，虽然偶遇矛盾，但今天的早餐吃得还算舒心，两位老人觉得他们的儿子挺懂事，钟曼武则认为这是他应该孝敬爸爸妈妈的。

钟曼武临出门去上班时，海丽瑛说："要不今晚把婷婷带回家让我和你爸见见吧！"

钟曼武说："妈！这么着急啊？"

"当然了，"海丽瑛说，"这么重大的事，我当然着急要见见她了，这是关系到我们将来婆媳相处的大事。"

钟育祥对老伴儿说："要不再等等吧！也不在这一时半会儿。"

海丽瑛却坚持要见毛婷婷。

钟曼武说："那我上班时问问她吧！她要是不同意，那我可就没办法了。"

海丽瑛说："她那么喜欢你，一定会同意的。"

钟育祥拉了一把老伴儿，说："好了，你让曼武上班去吧！要迟到了。"

海丽瑛对钟曼武说："好好好，上班去吧！别忘了带婷婷回家。"

钟曼武一边答应着一边出了家门。

钟曼武上班后，直接来到公司大楼二十层的人事部，他要找毛婷婷，毛婷婷看到钟曼武突然进了她们办公室，惊讶地问："曼武哥，你怎么来了？找我吗？"

还没等钟曼武回答，旁边有个小伙子就说："肯定是找你啊！难不成还能找我呀？"

毛婷婷白了小伙子一眼，说："没你的事，干你的活吧！"

小伙子吐了一下舌头，埋下头开始敲击键盘。

钟曼武朝毛婷婷招招手，说："婷婷，你来一下。"

毛婷婷来到办公室门外，钟曼武说："你今晚跟我回家，我爸妈想见见你，你看行不行？"

钟曼武原以为毛婷婷会立即答应的，没想到她有点儿难为情地说："这么突然啊！我还没做好见叔叔阿姨的准备呢！要不过一段时间再说吧！"

钟曼武说："也行，只是我妈有些着急。一听我说你很漂亮，她都有些迫不及待了。"

钟曼武的前半句是真的，后半句是他编出来的，他想借此激发一下毛婷婷跟他回家的热情。

毛婷婷一听，很开心，但嘴上却说："曼武哥，你就会逗我，我才不信呢！"

钟曼武装作一本正经的样子说："反正在我心里你就是最漂亮的。"

这话真说到了毛婷婷的心坎儿上了，她说："你现在的嘴可真甜。"

钟曼武见毛婷婷心情很好，就趁机说："要不要再考虑考虑？我爸妈那可是给我下了死命令了，让我必须带你回家，这是关系到你将来进老钟家当儿媳妇的大事。"

毛婷婷说："曼武哥，你说的什么话嘛！这是单位啊！"

钟曼武说："那怕什么？我就是要光明正大的，好了，我要上班了，你考虑考虑啊！"

说完，钟曼武转身就走了，毛婷婷还听到钟曼武竟然吹了一声口哨。

钟曼武刚回到办公室，手机就响了一声，他打开手机，是毛婷婷发来的一条信息，只有一个字：行！

30

　　毛婷婷跟着钟曼武去了他家，海丽瑛一下子就喜欢上毛婷婷了，她真的没想到婷婷这么漂亮，和她想象的完全不一样。她拉着婷婷的手问长问短，先前认为婷婷学历太低的成见早已消失得无影无踪了。毛婷婷自然又大方的谈吐赢得了海丽瑛的信任。为了尽心招待毛婷婷，海丽瑛又把钟曼文叫来帮忙做饭，当然也是想让曼文为曼武把把关。钟曼文对弟弟的恋爱是非常尊重和支持的，以前她也听曼武说过毛婷婷，她相信曼武的眼光。在她心里，曼武是一个很有主见的孩子，他认定的事肯定错不了。今天妈妈把她叫来，说是做饭兼把关，实际上做饭是主要的，把关就谈不上了。她当年和罗启铭谈恋爱时，曼武和她现在是一样的态度。当时爸爸妈妈不太愿意，并不是看不上罗启铭，而是觉得罗启铭是医生，工作量太大，将来有可能没时间照顾家庭，但曼武却支持她，给了她无尽的鼓励，还说服了爸爸妈妈。当然后来，曼武和罗启铭也成了无话不谈的好朋友了。只可惜，罗启铭走得太早了，唉！不知不觉又想起了罗启铭，看来这辈子难以忘记了。

　　一家人欢欢喜喜吃了顿饭，毛婷婷给大家留下了不错的印象，海丽瑛和钟育祥还是挺认可毛婷婷的，虽说她比不过赵音音的学历，但将来要是论生活，赵音音不一定比她强。像赵音音那样的姑娘，事业心那么强，肯定不会把太多的时间牺牲在照顾家庭上的，但毛婷婷就不会，婷婷工作轻松，有很多时间来照顾曼武和家庭，为了曼武将来的生活，老两口觉得还是婷婷更好一些。人都是有私心的，两位老人通过反复权衡，觉得儿子和毛婷婷在一起也挺好。

　　吃过饭后，钟曼文要回自己家，钟曼武就说要开车去送姐姐。钟曼文考虑到曼武还要送婷婷，就委婉地说："算了，天还早，我自己打车回去就行。你送婷婷吧！"

　　毛婷婷马上说："姐！让曼武哥先送你，然后再送我也不迟啊！反正我今晚也没什么事。"

　　钟曼武说："就按婷婷说的来吧！"

　　钟曼文点头同意了。

　　他们三人离开家，钟曼武开车把姐姐送到小区门口，然后就又去送毛婷婷了。

　　钟曼文一下车，毛婷婷就说："曼武哥，刚才姐姐在，我也不好意思问你，爸妈对我的印象怎样啊？"

　　显然，毛婷婷已经融入了这个家庭中了，把钟曼武的爸妈也当作自己爸妈看待了。

　　钟曼武说："对你的印象很好啊！说我是高攀了。"

　　"你认真点儿，"毛婷婷说，"到底怎样吗？"

　　"当然是不错了，"钟曼武一边开车一边说，"要不也不会把我姐叫到家做那么丰盛的菜来隆重地招待你了。"

　　"这倒也是，"毛婷婷笑着说，"今晚的菜真的很好吃，但愿将来你也能做这样的菜给我吃。"

　　钟曼武说："那还用说吗？我不给你做菜还能给谁做菜呢？"

　　钟曼武的话让毛婷婷心里暖融融的，她是个爱感动的姑娘，有些动情地说："曼武哥，你真好。"

　　钟曼武说："好还在后头呢！你就等着瞧吧！"

　　"曼武哥，"毛婷婷眼里涌动着泪花，"我快要哭了，该说什么才好呢！我觉得我很幸福，今后你让我做什么我就做什么，我都听你的。"

　　钟曼武说："婷婷，你不能这么说，两个人在一起，不存在谁必须服从谁，爱是相互的，我们互相尊重互相包容就行，不过，你放心，我一定会对你好的。"

毛婷婷点了点头。

钟曼武又说："婷婷，你将来一定得对我爸妈好，要不，我会难过的，你知道他们把我养大不容易。"

毛婷婷说："那是肯定的。"

接着，钟曼武就把自己的身世详细地告诉了毛婷婷，钟曼武说完，毛婷婷已是泪流满面了。她真的不知道曼武哥原来是这样的身世，这是一个可怜的人，虽然他找到了自己的亲生母亲，今生的遗憾得以弥补，但他内心深处的那根敏感的神经一定还是疼痛的，好在他从小到大都受到了现在的爸爸妈妈和姐姐太多的关爱，他又是幸运的。人不能太自私，得懂得感恩，钟曼武身上所展现出的对父辈的孝心，对亲人的诚心，对朋友的爱心都深深触动了毛婷婷的心弦，让她感动，和这样的人生活在一起一定会幸福的。

钟曼武突然把车停在了路边，毛婷婷问："曼武哥，你这是干什么？要下车啊？"

"不！婷婷，"钟曼武神秘地朝毛婷婷笑了笑，"你真的很漂亮。"

坐在副驾驶位置上的毛婷婷还没有反应过来，钟曼武就侧着身子一把抱住了她，在她脸上狂吻起来。街灯柔和的光芒透过车窗照进车里，洒在钟曼武和毛婷婷的头发上、脸上、衣服上……

钟曼文下车后走进小区，她还没有立刻回家的打算，今晚曼武带着婷婷回家，她是羡慕的，几年前，她也曾带着罗启铭回过家。她羡慕婷婷看曼武的眼神，就像当年她看罗启铭一样；更羡慕曼武能找到心仪的女孩，就如同她当年找到心仪的男人一样。羡慕之余，更多是对曼武的祝福。当然，几年前，曼武也曾祝福过她，唉！时过境迁，罗启铭丢下她走了，他只能活在她的记忆中了。

一边胡思乱想，一边看着小区广场上的孩子滑着滑轮来回嬉戏着。

"曼文！"

身后有人喊她的名字。

她回过头，朱大海提着一个包正站在她身后朝她微笑，借着小区里的路灯，她分明看到朱大海今天气色不错。

"你好啊！朱师傅，好久不见。"钟曼文说。

朱大海说："你好，曼文，真的好久不见了，我还以为你搬走了呢！"

钟曼文说："没有，我只是经常不按时回家，你这是要回家的吧？"

朱大海说："不，我要出门。"

钟曼文问："这么晚了，你还要出去啊？"

朱大海说："朋友让去的，我抹不开面子，能不去吗？"

钟曼文说："那你一定要注意安全啊！开车慢点儿。"

朱大海挺起了胸膛，说："没事，我是多年的老司机了，当兵时，我就开上车了，就西海这街道，我闭着眼睛都能开过去。"

钟曼文说："技术再好也得注意，毕竟你不再是二十多岁的年轻人了。有时候心里想的和自己身体的承受能力不在一个层次上了，你得服从自己的身体状况，不服年纪不行啊！"

"真没事，我不比那二十来岁的小伙子差，你不知道，曼武最近一直夸我气色好，不亚于他们年轻人，干起活来生龙活虎的，"朱大海说，"再说了，我最近身体真的不错，全身都有使不完的劲儿，而且还经常去游泳健身，不瞒你说，我现在也想明白了，人活着，就算心里再遭罪，也不能亏了自己的身体，该锻炼还得锻炼，这世上，只有身体健康才是最重要的，其他都是扯淡。"

"扯淡"刚说出口，朱大海就后悔了，他觉得不该在一个知识分子面前说这种话，忙说："不好意思啊！曼文，说得快了，有些用词不当。"

"没关系啊！朱师傅，"钟曼文一副不在意的样子，"你说得对，对生活有了新的认识，我为你感到高兴。"

朱大海问："哦！对了，曼文，你最近怎么样啊？"

钟曼文说："我还是老样子，一个人生活，与世无争，有时候回我爸妈或者公公婆婆家里照顾一下他们。"

朱大海说："我也不知道该说不该说，说错了，你也别怪罪我。"

"说吧！真没关系。"钟曼文说。

"你还年轻，如果遇到合适的再往前走一步，两个人总比一个人强。"朱大海劝起钟曼文来。

钟曼文说："你说的是哩！只是现在我还没往这方面想，至于未来，看看再说吧！你呢？朱师傅。"

"我！"朱大海来回揉搓着自己手里的包，"我打算往前走一步了，这也是想了好长时间决定的。当初我和小敏她妈离婚时，的确痛苦了很长时间，甚至还有轻生的念头，每天喝个烂醉，上班没精打采，动不动就和人吵架，你也看到过一次我在公交车上的熊样子。后来，同事们就经常劝我，曼武也不止一次劝过我，我想想觉得也有道理，我不能这么混下去了。特别是有一次小敏给我打电话，跟我唠了大半夜，小敏真是懂事啊！她也劝我能往前走就走一步，我算彻底明白了，这人不能就这么废了，我长得人高马大的，模样也不差，呵呵，我自己认为的……开始新生活也不是没可能。"

朱大海的话把钟曼文逗乐了，她笑着说："朱师傅，你说得对，其实你真的挺帅的，开始新生活完全没问题，谁要是和你在一起，那是她的福气，我祝福你啊！"

朱大海说："那就谢谢你了。我也不瞒你，曼文，前两天朋友给我介绍了一个，是个小学老师，离婚两年了，孩子已经上大学了。她比我小三岁，刚开始我觉得不行，毕竟人家是老师，有知识，我是个大老粗，就不想去见人家。可朋友说去见见又不犯法，如果人家不愿意就当没见，谁也不欠谁的，那天朋友的老婆还故意把我捯饬了一下，换了件新衣服，我就硬着头皮去了。见了面也不知道说啥，支支吾吾的，之后就尴尬地离开了，真的没想到，后来人家告诉我朋友，说看上我了，想和我处处试试。天哪！我自己都不相信。"

钟曼文开着玩笑说："要相信自己，说明你很有魅力啊！"

朱大海说:"魅力谈不上,也许是看对眼了吧!其实吧!我刚才没好意思跟你说,她一小时前给我发信息说她想出去走走,我说那咱们就去看场电影吧!她立即就同意了,我现在出去就是和她相约去看电影的。"

钟曼文说:"那就赶紧去吧!"

"好的,"朱大海朝钟曼文挥挥手,"再聊啊!曼文!"

钟曼文朝朱大海点了点头。

看着朱大海远去的背影,钟曼文发自内心为他感到高兴,高兴之余,还有羡慕,如同羡慕曼武一样,她不由自主地感叹:幸福是属于别人的,我的幸福早已消失得无踪无影了。

不要再多想什么了,外边有些冷了,还是回家吧!钟曼文裹紧了自己的风衣,朝自家走去,刚进家门,她就流泪了。每当身后的这扇门关上的时候,孤独、失落、痛苦就会一股脑向她袭来,她太想念罗启铭了。今晚的两次相遇,一次是弟弟的,一次是朱大海的,别人的幸福更增加了她内心对罗启铭的思念。唉!今晚注定要失眠了。

手机响了一下,钟曼文看了一眼,是唐锦川发来的一条信息:曼文,睡了吗?

钟曼文随即回复了一条:还没呢!你有事吗?

接着,唐锦川就打来了电话,钟曼文慌乱中接通了电话。

唐锦川说:"曼文,真不好意思打扰你,可我实在忍不住了,你要不要出来我们一起聊聊?我有重要的话要对你说。"

钟曼文说:"啊!这么晚了,是真有什么急事吗?要不明天你看怎么样?"

唐锦川说:"我已经在你们小区外了,明天我怕我没了勇气,我就只耽误你一会儿时间,不会太久的。"

钟曼文迟疑了一下,还是答应了,她知道如果不是有急事,唐锦川是不会这么晚打来电话的。

于是,钟曼文重新整理情绪,还洗了洗脸,略微化了一下妆,就匆匆出门了。来到小区大门外，唐锦川已经站在车旁向她招手了："曼文，这里。"

钟曼文走向唐锦川，唐锦川说："上车吧！"

钟曼文有些警惕地问："要去哪里？"

唐锦川微微一笑，说："放心，不会把你怎么样的，我们就随意开着车转转。"

"这么晚了！"钟曼文依然不太情愿，"要不……"

话还没说完，唐锦川就说："曼文，真的，上车吧！我今晚必须对你说，要不，我会憋死的。"

唐锦川都说到这份儿上了，钟曼文只好上了他的车，她坐在后排，车里有一股浓浓的花香味。

钟曼文忍不住问："怎么这么香？"

唐锦川神秘地笑了笑，说："暂时保密啊！"

钟曼文满脸疑惑的表情，想：这个唐锦川，到底要干什么呀？

他们坐定后，唐锦川就开车走了，钟曼文问："唐经理，你有话就说吧！"

唐锦川说："不急，你看西海的夜色还是挺美的，你要不要先欣赏一下西海的美丽夜景？"

"我都看了三十多年了，西海的每一盏路灯都印在我的脑海中了，不用再欣赏了。"钟曼文不屑地说。

"但今天不一样，待会儿你就知道了。"唐锦川却充满了激情。

"有什么不一样的？"钟曼文摸了摸额头，显然对唐锦川今天的行为并不感兴趣。

唐锦川开车的速度很慢，驶出一条大街又钻进另一条大街，他也不说什么事，只管开着车前进。

十几分钟过去了，钟曼文有些不耐烦了，说："真的太晚了，你到底要带我去哪里？"

唐锦川说："马上就到了。"

　　轿车来到了西海市东郊的迎宾大桥上，桥下是流淌着的迎宾河。迎宾河以前并不叫这个名字，叫玉带河，因为像一条带子而得名，人们过这条河到东郊去都得乘船，后来西海市修建了迎宾桥，玉带河就改名为迎宾河了。迎宾桥的建成，连接了西海市中心和东郊，极大地方便了人们的来往，如今几十年过去了，西海东郊已经成了西海市最繁华的地段了，新的商业圈在东郊如火如荼地形成了。

　　钟曼文坐不住了，说："唐经理，你究竟要干什么？我真的受不了了，你要是不说，我就下车了。"说着，就要去拉后车门。

　　唐锦川有点儿慌了，说："曼文，你干啥哩？危险！就要到达目的地了。"

　　钟曼文这才收回了拉车门的手，唐锦川把车停在迎宾大桥正中央的最右侧车道上，说："曼文，到了，咱们下车吧！"

　　钟曼文好生奇怪，唐锦川却满脸神秘的微笑。两个人从车里出来，站在迎宾大桥的人行道上，望着美丽的迎宾河夜景。河道两边灯火璀璨，灯光倒映在粼粼的河面上，夜风荡漾着河水，闪闪烁烁的灯影在微微抖动着，真令人陶醉。抬头，天上的月色正好，月光淡淡的、柔柔的，轻拂着迎宾桥和迎宾河，也拥抱着每一个夜行的人，让他们不再寂寞，不再伤感。钟曼文眼前闪过了罗启铭的笑脸，要是现在身边站着的人是他该有多好！

　　唐锦川倒背着手，说："曼文，今晚的夜色真美！"

　　钟曼文说："是啊！真美！我以前怎么没有注意过？"

　　唐锦川说："那是因为你没有遇到我。"

　　钟曼文回过头，问："你不是有话要跟我说吗？"

　　"是啊！"唐锦川倒背的手，突然放在了胸前，他双手捧着一束正在绽放的玫瑰花，说："曼文，送给你的。"

　　花香四溢，怪不得刚才在车里闻到一股浓浓的香气，原来是花香。

　　钟曼文惊讶地问："为什么要送给我？"

　　唐锦川动情地说："曼文，这么长时间你还看不出来吗？我喜欢你，真心的，请接受我的一片心意吧！"说着，唐锦川单膝跪地，双手献上鲜花。

　　钟曼文被唐锦川这突如其来的举动搞蒙了，她怎么也没想到唐锦川今晚会来这一出，该怎么办？在夜风习习的迎宾大桥上，刚才美丽的夜景一下子从钟曼文的眼前消失了，她什么也看不到了，只看到唐锦川那张期待的脸。

　　夜有些深了，迎宾大桥上几乎没了什么车辆和行人，静谧而又安详。在银色的月光下，在灯光璀璨的大桥上，伴着迎宾河里闪烁不定的灯影，唐锦川选择这样的时机向钟曼文求婚，这着实让钟曼文没有想到，她既惊讶又慌乱，她一时间真不知道该怎么办了，只是语无伦次地说："唐经理，你这是干什么？"

　　"向你求婚啊！"唐锦川高高举着那束玫瑰花，"我已经想了很长时间了，如果我再不向你表白，我就会憋死的。我今天之所以选择在迎宾大桥向你求婚，是因为桥象征着沟通、友谊与爱情，但愿这里是我们新生活的开始。"

　　唐锦川的话让钟曼文感动得热泪盈眶，她想起了当初罗启铭向她求婚的一幕，只是罗启铭没有唐锦川这么浪漫，他选择了他们第一次见面时的街心公园里，连位置都没有改变，就在那条熟悉的林荫道上，她接受了罗启铭的求婚。可是今天，她该怎么面对唐锦川呢？

　　唐锦川说："曼文，接受我吧！从我见到你的第一天起，我就喜欢上你了。"

　　钟曼文含着泪花说："唐经理，你是个好人，我真的很感动，可是，我还不能答应你，启铭在我的心里太重要了，他走得那么匆忙，匆忙得我们都没来得及告别。你的花我接收了，求婚暂时还不能接受，希望你能理解我。"

　　钟曼文伸手接过唐锦川送上的鲜花，然后拉了一把唐锦川，唐锦川站了起来，说："我能理解，要不，我们拥抱一下吧！也算对得起今天这美丽的夜景。"

　　唐锦川张开双臂，拥抱了钟曼文，两个人在静悄悄的迎宾大桥上抱了很久。

　　等唐锦川把钟曼文送到家时，已是凌晨两点了，她再无任何睡意，她羡慕别人的幸福，其实幸福离她自己也并不遥远。

31

肖寒安顿好婆婆公公后，就回了房间，准备和璐璐一块儿睡觉，这几天她和璐璐一直住在婆婆家照顾婆婆。这时候，葛景尧给她打来了电话，问她要不要回家一趟，他有话要对她说。肖寒说有点儿晚了，改天吧！璐璐在旁边却说："妈妈，我觉得你应该现在就去。"

葛景尧听到了电话里璐璐的话，就说："肖寒，璐璐都这么说了，你就来一趟吧！我去接你。"

肖寒说："妈还需要我照顾呢！"

葛景尧说："我刚跟爸爸打了电话，爸说妈现在没事，来吧！肖寒！"

璐璐说："去吧！妈妈！"

肖寒想了想，说："那好吧！待会儿你再把我送来。"

葛景尧说："遵命。"

肖寒差点儿被葛景尧的最后一句话逗笑了，她硬忍着没笑出来，倒是璐璐笑出了声，璐璐说："妈妈，你看爸爸都'遵命'了，您还不快去？"

肖寒赶紧挂了电话，说："璐璐，你先睡，妈妈去去就来。"

肖寒走出房间，轻轻敲了敲公公婆婆的房间，说："爸，妈，你们睡了吗？"

"没呢！进来吧！"屋里传来公公的声音。

肖寒推门进屋，说："爸，妈，璐璐睡了，我回家一趟，待会儿还回来。"

葛忠升和胡兰英几乎异口同声："快去吧！今晚就住家里吧！我们没事，放心吧！"

老两口知道这是儿子和儿媳单独相处的最佳时机，他们希望儿子和儿媳的关系能有所缓和。

肖寒点了点头，就退出了公公婆婆的房间。

肖寒心事重重地下了楼，出了小区，葛景尧的车已经等候在小区门口了，葛景尧站在车旁，朝她招手："肖寒，这里。"

肖寒没有答话，径直朝葛景尧的车走去，也没有理葛景尧就上了车，坐在后排，葛景尧开着车朝自家驶去，一路上他们没有任何交流。路并不远，很快就来到了他们的小区。

两个人上楼，进屋，关门，没等换鞋，葛景尧就一把抱住了肖寒，连连说："肖寒，对不起，对不起。"

肖寒也不挣扎，眼泪唰地流了出来，距离上次葛景尧拥抱她已经过去五年了，这是五年来，她第一次被丈夫拥抱。

葛景尧抱着肖寒，肖寒就这么哭着，眼泪顺着脸颊淌下，打湿了她的衣领，也沾湿了葛景尧的脖颈。葛景尧说："让你受委屈了。"

肖寒不说话，只是哭，五年了，无数个夜晚，她躺在床上辗转反侧，委屈、愤怒、伤心、绝望等应有尽有，直到今天才全部释放了。

葛景尧有力的双臂紧紧拥抱着肖寒那瘦弱的身体，他愧疚得要死，五年来，要不是怀里的这个女人支撑着这个家，也许这个家就散了。是她维护了他的尊严，是她为他照顾了孩子和老人，是她尽到了一个妻子应尽的全部责任。要不是她，妈妈可能就永远告别我们了。唉！我真是浑蛋，以前为什么没有发现她的好？为什么非要经历一场险些失去亲人的灾难时才会良心发现？为什么没有从自身的倔强里找找原因？

葛景尧愧疚地说："肖寒，我真的很抱歉，愧对你和孩子，还有父母。你要不嫌弃，咱们就还一起过日子，像五年前一样。"

"别说了，景尧，"肖寒趴在葛景尧的肩上，捶了他一下，"都过去的事了，翻过这一页吧！"

"行！"葛景尧擦去肖寒脸上的泪水，"翻过这一页，咱们重新开始。"

"嗯！"肖寒连哭带笑地又捶了一下葛景尧。

夫妻二人终于又像刚结婚时那样甜甜蜜蜜地说了好长时间的话，竟然不知不觉聊到后半夜了。

肖寒看了看窗外，说："时间不早了，我不放心爸妈哩！你送我回去吧！"

葛景尧说："送啥呀？我们一块儿回去。这段时间，我也住爸妈家里。"

肖寒说："你早就该这样了。"

说着，他们就简单收拾了几件衣服，很快就出门了，他们回到爸妈家，为了不影响爸妈和璐璐休息，他们两人进了另一个房间，肖寒觉得有种从未有过的幸福感，她偎依在葛景尧的怀里甜蜜地睡着了。

过了几天，葛景尧路过锦川摄影公司的时候，他才想起已经好长时间都没有见过自己的老朋友了，于是，就把车停在锦川摄影公司门前，他想见见唐锦川。他下了车，径直进了唐锦川的公司，服务台的丽丽看到有人进来，就走上前问："先生，您要拍照吗？"

葛景尧笑着摇摇头，说："我不拍照，我找你们经理。"

丽丽问："有预约吗？"

葛景尧眉头一皱，问："还要预约啊？"

"是啊！"丽丽说，"我们经理每天都很忙的，不预约的话恐怕没时间接待您啊！"

葛景尧心想：这个老唐，公司不大，名堂倒不少，见你一面还得预约，要什么派头？

葛景尧心里这么想，嘴上却说："这样，姑娘，你跟你们唐经理说一下，就说老葛找他，他就会出来的。"

"这……"丽丽有些犯愁。

看到丽丽左右为难的样子，葛景尧说："姑娘，你不用发愁，你只要说出老葛，他不会批评你的，反而得感谢你。"

丽丽这才走向了唐锦川的办公室，唐锦川这时候正在办公室里悠闲地抽着烟，丽丽敲门，唐锦川赶紧在烟灰缸里掐灭烟，说："请进。"

丽丽进来了，说："唐经理，外边有个人找您。"

"丽丽呀！我不是说过吗？要预约才行啊！"唐锦川敲着桌子说，"如果都不预约的话，我该怎么应付？"

丽丽低着头，说："那个人让我告诉您，他是老葛。"

一听"老葛"，唐锦川立即拍了一下桌子，说："你怎么不早说。"

丽丽嘟囔着："你也不让我早说啊！"

唐锦川"腾"地从椅子上起来，冲到门外，叫了一声："景尧！"

正在大厅来回观望的葛景尧听到叫声，转过身来，看到唐锦川，揶揄地说："唐经理，你架子真大啊！不请不出来。"

唐锦川笑着说："我哪敢啊？这不一听说你来了，马上就出来迎接你了，快进屋吧！"

葛景尧跟着唐锦川进了他的办公室，唐锦川把门一关，说："不好意思啊！景尧，我真不知道是你来了。你说你来了也不提前通知我一声，我好提前做好准备迎接你啊！"

葛景尧一屁股坐在唐锦川办公桌后的转椅上，说："锦川，不是我说你，多大点儿公司啊？还瞎搞这么些名堂，什么预约不预约的？你不觉得累吗？真把自己当成一根葱了？"

"说啥呢？景尧，"唐锦川边给葛景尧倒水边说，"我是比不上你的公司，可我也是麻雀虽小五脏俱全呀！我搞预约也是跟随时代潮流嘛！"

"你的业务量有那么大吗？还搞这些花里胡哨的。"葛景尧轻蔑地说。

"你也别瞧不起我，不瞒你说，我现在的业务量是噌噌往上涨呢！你刚才没看到大厅里那些客户吗？"唐锦川自豪地说。

葛景尧喝了一口水，说："几个客户呀？你就在这儿显摆吧！"

"好了，景尧，"唐锦川抽出一支烟递给葛景尧，然后给他点上，"不说这个了，你今天来找我什么事？"

葛景尧抽了一口烟，吐了个烟圈，说："没事就不能来看看你呀？"

唐锦川也抽了一口烟，说："能，能，当然能，我这里你随时都能来。"

葛景尧说："这还差不多，我就是路过这儿，想进来看看你，就来了。"

唐锦川问："你最近怎么样？"

"挺好啊！"葛景尧脸上写满了得意，"一切都很美好。"

唐锦川说："那就好，只要生活顺心比啥都强。你和肖寒……"

唐锦川的话还没说完，葛景尧就朝他摆摆手，说："我正要和你说这件事哩！"

唐锦川原本以为葛景尧面对肖寒会继续他伤感的叹息，没想到葛景尧一反常态，动情地诉说了他和肖寒和好的消息，这让唐锦川大吃一惊，吃惊之余，更多的是无尽的祝福，毕竟是老同学兼这么多年的老朋友，他真的不希望葛景尧走到家庭崩溃的边缘，今天这个消息，他真的为老朋友感到高兴。

葛景尧说："要不是肖寒，我也许就见不到我妈妈了，是肖寒把我妈妈从死亡边缘拉回来了，你说一个人的一生，如果遇到一个对你父母好得就像对自己的亲生父母一样的女人，你还怎么忍心再伤害她？我以前就是个浑蛋。"

说着说着，葛景尧就泪眼蒙眬了，大口大口抽着烟，唐锦川看着自己的朋友如此懊悔，就安慰他："景尧，都过去的事了，不管怎么说，你们已经和好了，往后的日子一定往前看，谁的人生没有点儿糟心事儿呢？"

"话是这么说，"葛景尧抬起头，抽了一口烟，呛得连连咳嗽，"可这么多年，我把肖寒伤得那么重，她仍然一如既往地全身心照顾璐璐和我爸妈，从来没有一句怨言。如果时光真能倒流，我情愿为肖寒做牛做马。"

"你不要再这么责怪自己了，"唐锦川也抽了一口烟，"时光只会向前，不会倒流的，就像我，跌跌撞撞也是一种人生，要是让我再重活一次，我依然会选择把小薇养大。"

葛景尧问："锦川，你最近怎么样啊？"

唐锦川说："还能怎么样？都到了这个岁数了，走一步说一步吧！"

葛景尧说："我觉得曼文挺不错，你应该勇敢一次，都快大半辈子了，你不能再这么委屈自己了。"

唐锦川猛抽了一口烟，长叹一声，说："唉！该怎么说呢？我也曾勇敢了一次，而且是太过勇敢了，向曼文表白过，可人家不点头啊！"

"她为什么不同意？"葛景尧满脸疑惑，"难道嫌你的条件不够好？"

唐锦川摇了摇头，说："她还没有走出失去前夫的阴影，没做好心理准备。"

葛景尧说："那你就等她。"

唐锦川说："只能等了，还能怎么样？"

看得出唐锦川很看重钟曼文，葛景尧能理解他朋友的心情。钟曼文身上的确有种与众不同的高雅气质，不要说唐锦川对她动了心，就是葛景尧，也曾经萌生过这个念头。

葛景尧问："曼文今天在不在？"

唐锦川说："在呢！工作太认真了，能力也很强。你要是想见她，我把她叫下来。"

葛景尧摆摆手，说："算了，别打扰她工作了。"

"你不是经常说想念她吗？还希望她重新回到你的公司去，你看你，来都来了，见见她不也是很正常吗？"唐锦川走上前拍了一下葛景尧的肩膀，"景尧，这可不像你以前的风格啊！只要说到曼文，你萎靡的眼神立刻就有了光彩。"

"不是，锦川，"葛景尧敲敲桌子，"你不知道曼文很敏感吗？她工作的时候最不愿意别人打扰她。"

唐锦川说："那就算了。"

葛景尧说："你别说，其实，我还真想见见她。"

唐锦川说："你到底见不见她？"

葛景尧说："那就见见吧！"

唐锦川瞪了葛景尧一眼，说："你这个人，就是找抽型的。"

说着，唐锦川就出门去了，他让丽丽去楼上喊钟曼文。

不一会儿，丽丽回来，说："钟姐还在忙着，她说过一会儿才能来。"

葛景尧说："看到没，锦川，你这里的人都爱摆架子啊！曼文以前不是这样的，看来，环境真的能影响一个人，有什么样的公司就能培养出什么样的人，有什么样的老板就能有什么样的员工。"

"景尧，你这说的叫什么话嘛！"唐锦川说，"人家曼文正在工作，你总不能让人家把客人扔下跑过来见你吧？那客人会怎么看我们？客人的口碑决定了我们公司未来的发展。"

"算了算了，不说这个了，我要走了，不在这儿接受你的教育了。"葛景尧站起来就要走。

唐锦川一把拽着他的胳膊，把他又摁到了椅子上，气呼呼地说："你这个人，真是奇怪，明明是你想见人家曼文的，你走了，曼文来了，我该怎么对她说。"

葛景尧笑着说："你就说我等不上她，先走一步了。"

"什么人嘛！"唐锦川白了一眼葛景尧，"你就会给我出难题。"

葛景尧还是走到了门口，拉开了门，他一下子惊呆了，钟曼文站在了门口，钟曼文问："葛经理，你怎么在这儿？"

葛景尧一时语塞，说："哦！哦！我来看看老唐。"

"他不是来看我的，他主要是来看你的。"唐锦川在葛景尧的身后说，"就是他想见你，我刚才才让丽丽上楼去叫你的。"

"哦！有事吗？葛经理。"钟曼文问。

"没……哦……不……有……有事。"葛景尧吞吞吐吐。

唐锦川走过来对钟曼武说："景尧有很多话要跟你说哩！他今天来的主要目的也是想和你聊聊，都快进屋吧！"

葛景尧转身朝唐锦川努了努嘴，径直走向了办公桌后的椅子，钟曼文也跟着进来了。

唐锦川说："曼文，你坐呀！"

钟曼文这才坐在了旁边的沙发上。

唐锦川又说："你们两个聊，我还有事，先出去了。"

葛景尧马上说："锦川，你要去干什么哩？"

"我真有事，就不陪你们了，待会儿，等我回来，咱们一块儿吃个饭。"说完，唐锦川扭头就走了。

办公室里只留下了葛景尧和钟曼文，两个人都觉得有些别扭，为了缓和这种僵局，葛景尧首先说话了，他说："曼文，我今天就是顺路过来看看老唐和你，你别听老唐瞎说，他的嘴没把门。"

钟曼文说："没关系啊！我知道你们都是多年的朋友了，不就是互相逗逗，开个玩笑吗？"

"理解万岁，"葛景尧说，"要不是我说曼文你聪明呢！你就是聪明，可惜了啊！"

"什么可惜了？"钟曼文问。

葛景尧说："我还是觉得你在老唐的公司纯粹是浪费，你应该重新回到你的专业领域，回咱们自己的公司吧！"

钟曼文说："不谈这个了，葛经理，我知道你是好意。"

葛景尧说："咱们的公司今后会越来越好的，我之所以这么说，因为我现在浑身都充满了力量，生活的阳光又重新拥抱了我。"

"阳光一直都拥抱着你呀！"钟曼文说，"而且以前你也是浑身都充满了力量。"

"我说的不仅仅是这个，"葛景尧骄傲地说，"不瞒你说，曼文，我和肖寒已经……"

葛景尧的话还没说完，钟曼文就立即打断了他："你要说什么？那个词我可不愿听到。"

葛景尧说："你说什么哩？想哪儿去了，我们不是离婚，而是已经和好如初了。"

"啊！"钟曼文大吃一惊，"那就恭喜你啊！的确是我想歪了。"

葛景尧说："有时候家庭的幸福是事业的催化剂，我没有了家庭的后顾之忧，就更有力量去拼搏事业了，你说，咱们的公司是不是会越来越好？"

"那是肯定的。"钟曼文笑了。

"所以，你完全可以重回故地，和我一起打拼，到时候我不会亏待你的。"葛景尧有些得意地敲了敲桌子。

钟曼文知道身边这个男人言行一致，他说到能做到的，在他身边工作的时候，他对她的确很关心，处处照顾她，她都记在心里了。但她当初既然选择离开，就没有再回去的想法，她就是这样一个人，一旦做出决定，是不会再改变的。于是，她对葛景尧深表歉意地说："不好意思啊！葛经理，那你的好意我只能心领了，我不可能回去了。"

葛景尧生气地问："难道你愿意把自己后半辈子都耗在摄影棚里？岂不荒废了你的专业？"

钟曼文平静地说："人各有志，我离开也是想换个环境，改变一下心情，不瞒你说，我也有可能离开这里。"

"曼文，你不能再折腾了，"葛景尧站了起来，"恕我直言，你年龄已经不小了，该稳定下来了。"

"你说的有道理，我真诚地表示感谢，"钟曼文背过脸，"咱们今天就谈到这儿吧！葛经理，现在是我上班的时间。"

"那好吧！今后你就把我当哥哥看待，有需要我帮忙的时候，我一定会全力以赴的。"葛景尧说。

"谢谢！我先去上班了。"

说完，钟曼文就转身出了办公室。

"唉！"葛景尧长叹一声，使劲儿捶了一下桌子，"这个女人！真搞不懂。"

32

钟曼文下班后又去看公公婆婆了，一进门，她还没来得及换鞋，公公罗良才就问："曼文，前几天那个事你考虑得怎么样了？"

钟曼文一听就明白了公公的意思，说："爸，我考虑过了，还是不见了吧！"

罗良才有些着急，问："为什么呀？小周都问过我好几次了，说想跟你见个面的。"

"可是，爸爸，"钟曼文一边换鞋一边说，"我觉得我还是接受不了。"

"唉！曼文，"罗良才叹气，"要不让你妈跟你说吧！"

"曼文，你要不要再考虑考虑？"婆婆曹慧芳走了过来。

钟曼文说："妈，这几天我已经想过了，让您和爸爸费心了，我还是……唉！"

她欲言又止，后半句没说出口就开始叹气了。

曹慧芳说："小周上次来家里看你爸，我见过他，挺好的一个人，稳重，人长得也不错，工作又体面。曼文，遇上一个合适的不容易，这次你要是错过了小周，还不知道啥时候才能再遇到这样的机会。"

钟曼文说："妈，您也知道，我心里还是忘不了启铭，我爱他胜过爱自己。"

曹慧芳说："爸妈都理解你的心情，可你毕竟得面对现实，继续往前走啊！"

钟曼文说："我也曾努力想往前迈一步，可是，我怎么也摆脱不了启铭的影子，至少目前还不可能，妈，您能理解我吗？"

曹慧芳叹气，对老伴儿说："这孩子，本来觉得有点儿希望的，现在看来为时尚早啊！唉！怎么办啊？"

罗良才说："要不让曼文再静一静吧！咱们别催得太紧。"

曹慧芳说："那好吧！"

钟曼文听了，心里很不是滋味。

曹慧芳说："曼文啊！你也别太在意，我和你爸没别的意思，就是想着早日能有个人照顾你。"

钟曼文低声说："妈，没事，慢慢来吧！您和爸爸要注意身体。"

曹慧芳说："我和你爸身体都棒着呢！不用操我们的心。"

钟曼文说："你们年纪大了，身边需要有个人照顾，等我忙完这阵，我就打算搬过来和你们一块儿住，这样照顾你们也方便些。"

"啊！曼文，"曹慧芳顿时哭了，擦眼睛，"我和你爸说什么才好呢？"

"妈！您别这样。"钟曼文上前边擦婆婆脸上的泪水边说，"我不会离开您和爸爸的。"

罗良才手扶着头，感慨万千。

这一晚，钟曼文就住在了公公婆婆家。第二天一早，她为两位老人做好早餐就上班去了，路上堵车严重，她焦急万分，等她风尘仆仆地来到单位时，宫小薇在公司的大厅正面对众员工开早会。她悄悄站在队尾，宫小薇严肃却又略带傲慢地说："曼文，你迟到了，按照公司纪律扣除本月工资五十元。"

钟曼文说："刚才是由于路上堵车。"

宫小薇不屑地说："堵车不是迟到的理由，你完全可以早点儿出门，避开拥堵。"

钟曼文没有再说什么，她迟到了自然要接受惩罚，但对宫小薇的说话态度有些不满。

早会结束，宫小薇把钟曼文单独留下来，说："曼文，你到我办公室来一趟。"

钟曼文尽管不情愿，她知道宫小薇将会对她说些什么，但还是硬着头皮去了。宫小薇原本没有正式的办公室，但她强硬地向唐锦川要了一间办公室。唐锦川原本不想给她，觉得没有必要，宫小薇却拿出一大堆理由，说什么自己现在是公司的二把手，很多业务要在私人空间里谈，拗不过女儿，唐锦川只好把大厅西南角原来放顾客照片的一间屋子腾了出来给宫小薇做了办公室。

一进办公室，宫小薇就对钟曼文说："曼文，对你迟到的处罚，你还有什么要说的吗？"

钟曼文说："有，对于处罚我无条件接受，但对你说话的态度，我拒绝接受。"

宫小薇没想到钟曼文会这么跟她说话，火气一下子蹿到了头上，说："你什么态度？怎么这么跟我说话？"

"你又是怎么跟我说话的？"钟曼文也不示弱。

"我是你的上司，想怎么说就怎么说。"宫小薇立刻就喘起了粗气，"别以为我们家梁冰和你弟弟是双胞胎，我就会对你网开一面，我告诉你，就算你嫁给我爸爸，我该怎么处罚你还是要处罚你的，你这个月奖金没了。"

"你随便！"钟曼文严肃地瞪了一眼宫小薇，然后就转身准备出办公室。

宫小薇说："我话还没说完呢！你眼里还有没有我这个领导？"

钟曼文又转过身，说："你先看看你有没有当领导的样子？"

宫小薇气得脸红脖子粗，说："钟曼文，你还想不想干了？"

钟曼文面无表情，说："我不想干了。"

说完，钟曼文夺门而出。

门外，好多员工都在窃窃私语，她们大概都听到了钟曼文和宫小薇的吵架声，钟曼文走出宫小薇的办公室时，好多员工都上前劝她留下来，钟曼文什么也不说，只是连连摇着头。

这时，唐锦川从外边进来了，看到眼前的一幕，问："这是怎么回事？"

钟曼文拨开众人，冲出了公司大门，丽丽上前告诉唐锦川："唐经理，钟姐不干了。"

"啊！为什么？"唐锦川大吃一惊。

丽丽摇了摇头。

"是她主动辞职的。"宫小薇走了过来。

唐锦川问："你是不是又对她说了什么？"

宫小薇说："她今天迟到了，我批评了她两句，她就受不了了。"

"小薇，你……"唐锦川生气地说，"要我说你什么好呢？"

唐锦川转身出了公司大门，满大街都是熙熙攘攘的人流，钟曼文早已不见了踪影。他掏出手机拨打钟曼文的电话，手机里传来"你所拨打的电话已关机"的声音。

唐锦川狠狠地跺了一下地，长叹一声，一屁股坐在公司门前的台阶上。

钟曼文没有坐公交车，而是拦了一辆出租车，她两眼含泪，她也不知道今天为什么会这么冲动。以前面对宫小薇的蛮横时，她通常都是忍让。今天再一次面对宫小薇时，她原本是想冷静一下的，毕竟她迟到了，接受处罚是应该的，但宫小薇说话的态度，她真的受不了。

她竭力安慰自己：工作没了，可以再找，我有能力，随时都能找到工作，说什么也不能受气。

现在要去哪里，她不知道，出租车师傅问了她三次要去哪里，她都吞吞吐吐的，说不出个地点来。

师傅是个小伙子，他看到钟曼文这个样子，猜想她身上可能刚刚发生了什么事，就热心地问："大姐，如果你不知道自己要去哪儿，我就拉着你在西海市区来回转转吧。"

钟曼文说："也好。"

小伙子说："其实，我看出来了，你有心事，虽然我不知道你究竟经历了什么，但你不能太消极，人活着就是要向前看，没什么大不了的，人生就没有过不去的坎儿。就拿我来说吧，从小爹妈死得早，跟着大伯大妈生活，也没念过什么书，十五岁就辍学来到西海市找活儿干，这期间，吃的苦受的累就不多说了，这还不算，辛辛苦苦赚的钱也被人骗了，我上哪儿说理去，只能自己承受，后来跑出租，刚开始跟人合伙，慢慢自己也买了辆车，这才渐渐好起来，人哪！哪有顺利的时候？今天熬到太阳落山，明天再接着迎接新太阳出来，这就是日子。"

"啊！小兄弟，你说的是哩！"钟曼文擦了擦眼泪，"真没想到，你看问题这么透彻。"

"啥透彻不透彻的，"小伙子说，"都是受苦受出来的，大姐，你无法理解我们这些底层的老百姓。"

"我能理解。"钟曼文说，"小兄弟，我真的理解你。"

小伙子说："那就好。"

小伙子的话让钟曼文突然想起了小萌，啊！小萌，又是很多天没有见到你了，阿姨想你了，我要去看看你。

于是，钟曼文对小伙子说："小兄弟，你把我送到西海汽车站吧！"

小伙子立刻就问："你要干啥啊？大姐，你不要冲动啊！你坐汽车走了，有没有和家人说一声啊？要不，家人会担心的。"

"你误会了，我临时有事啊！"钟曼文说，"我在南灵县有个资助的小女孩，我想去看看她。"

"哦！好人哪！大姐！"小伙子连连夸着钟曼文。

出租车很快就来到了西海汽车站，钟曼文多给了小伙子二十块车费，临下车时，小伙子说："大姐，好人一生平安！今后你一定要好好过日子。"

钟曼文点点头，说："我会的，小兄弟，你也一样。"

两人随后就告别了，钟曼文很快就坐上了开往南灵县的公共汽车，等她辗转换乘来到酸枣沟时，已经是下午三点了。因为是临时决定来的，她就没有事先告诉牛大伯和小萌。她急匆匆来到牛大伯家门口，发现门锁着，她想牛大伯一定是下地干活去了，就不要打扰他了，她想坐在门前的木桩上等一会儿。

钟曼文没事做，就低下头来看手机，这时候，身后有人喊："妹子！妹子！"钟曼文抬起头，看见一个女人扛着一个篮子正朝她走来，她站起来，等那人走近了，钟曼文才发现原来是上次见过一面的秀芝大姐，秀芝扛着一篮子刚洗过的衣服走了过来，钟曼文笑着说："秀芝大姐，你好！"

秀芝问："你啥时候来的？"

钟曼文说："有一阵子了，牛大伯家没人，我想可能下地干活了，我就在这儿等一会儿。"

"你……"秀芝满脸惊慌，"你还不知道吗？"

"怎么了？大姐。"钟曼文立刻就紧张起来了，"出什么事了？"

秀芝说："牛大伯已经……"

话还没说完，秀芝就开始抹眼泪。

钟曼文上前一把抓住秀芝的胳膊，焦急地问："大姐，到底怎么回事啊？"

秀芝这才鼻子一把泪一把地说："牛大伯前几天去世了。"

钟曼文问："得的什么病？上次来还好好的，怎么这么突然？"

秀芝说："在地里干活，突然间就倒在地上了，等医生赶到时，已经去世了。"

"啊！怎么会这样？"钟曼文松开秀芝的胳膊，泪如雨下，一下子瘫坐在地上，"牛大伯，我来晚了。"

秀芝放下篮子，扶起钟曼文坐在旁边的木桩上，说："妹子，牛大伯好可怜，小萌还那么小，这以后让小萌咋生活哩？"

"小萌，孩子，"钟曼文觉得脑子一片混乱，"小萌现在在哪儿？"

秀芝擦了一下脸上的泪水，说："小萌去上学了，住在学校里。"

钟曼文伤心地号啕大哭，秀芝一个劲儿地劝着她。

过了好一会儿，钟曼文才平静下来，秀芝才详细地对她说："唉！牛大伯命太苦了，二十五岁媳妇就病死了，留下一个儿子叫秋生，秋生长年在外打工。十二年前，秋生带着一个操着南方口音的女人来到酸枣沟村，第二年生下了小萌，南方女人不习惯这里的生活，一直吵嚷着要走，秋生没办法，也只好和女人一块儿外出继续打工，把小萌留在家里让牛大伯照看。打工原本也是好事，多少能赚点儿钱贴补家用，牛大伯和小萌的日子也能往前维持。谁知道，有一次，秋生在工地上一脚踩空，从三楼掉下了，当场就死了，尸首也没运回来，听说直接就火化了。工地的老板赔了秋生一笔钱，都被秋生的女人拿走了，后来，那女人回来看过一次小萌，走后再也没来过。"

钟曼文这才知道牛大伯和小萌的遭遇，她痛苦地说："牛大伯和小萌太可怜了。"

秀芝又和钟曼文聊了好多牛大伯和小萌家的事，钟曼文一直在掉眼泪。

临近傍晚的时候，钟曼文决定去风头峪小学看看小萌，于是，她告别了秀芝，一个人踏上了通往风头峪的山路。

太阳就要躲到山后去了，远方的山梁上洒下片片金光，初冬的大山，宁静极了，漫山遍野早已是枯黄一片，时不时飞过一两只叽叽喳喳叫个不停的麻雀，一会儿隐没在草丛中，一会儿又蹿上了光秃秃的白杨树上。北风吹来了，吹乱了钟曼文的长发，她泪水涟涟地走着，双眼迷离，蒙眬中，仿佛看到罗启铭拉着小萌朝她走来。啊！启铭，小萌，我的亲人。

一路走，一路哭，钟曼文跌跌撞撞来到了风头峪小学，学校早已放学，学校大门已经关上了。她使劲儿敲门，边敲边喊："沈老师，开开门啊！"

听到喊声，风头峪小学的沈红丽老师打开了大门，看到头发凌乱的钟曼文，惊讶地问："呀！你怎么来了？"

因为上次她们见过一面，沈红丽知道钟曼文是来找小萌的，就说："你是来找小萌的吧？"

钟曼文点点头。

沈红丽说："进来吧！外边太冷了。"

钟曼文就进了学校，沈红丽一边关学校大门，一边朝里喊："小萌，你看谁来了？"

　　小萌从宿舍里跑出来，看见了她常常想念的钟阿姨，一下子就哭了，她跑到钟曼文身边，钟曼文伸开双臂紧紧抱住了小萌，小萌哭着说："阿姨！爷爷没了，我就住在沈老师这里了。"

　　钟曼文一边给小萌擦眼泪一边说："阿姨都知道了，孩子，别怕，还有阿姨呢！"

　　旁边的沈红丽揉了揉红红的眼睛，说："咱们回屋吧！"

　　三个人回了宿舍。

　　就在这一瞬间，钟曼文突然做了一个决定：她要带小萌走，要带小萌回西海念书。

　　平静下来后，钟曼文对沈红丽说："沈老师，这几天辛苦您了，我和小萌都非常感谢您。"

　　沈红丽说："我是小萌的老师，这点儿小事是我应该做的。"

　　钟曼文说："沈老师，小萌在酸枣沟已经没了亲人，她还小，我想带她回西海念书。"

　　"啊！"沈红丽疑惑不解，"这怎么能行？"

　　钟曼文坚定地说："我已经决定了，沈老师，转学手续，我改天再来办理，我打算明天就带小萌回西海去，我一定要把她抚养长大。"

　　看着身边这个善良的女人，沈红丽热泪盈眶，她没说什么话，只是一直朝钟曼文点着头。

　　钟曼文轻轻地抚摸着小萌的头发，说："小萌，明天就跟阿姨回西海念书。"

　　小萌问："阿姨，到西海我还是住校吗？"

　　"不！"钟曼文摸了摸小萌红扑扑的脸，"你就和阿姨住在一起，我们永远也不会分开的。"

　　"阿姨！"小萌再也忍不住了，她一头扑在钟曼文的怀里哭个没完。

　　钟曼文抱着小萌，说："小萌，不哭，咱们收拾东西，回酸枣沟咱们家，明天一早咱们就回西海。"

小萌点了点头。

尽管沈红丽一再挽留她们两人在风头峪住一晚，但钟曼文委婉地谢绝了沈红丽的好意。收拾好小萌的生活用品后，两个人就告别了沈红丽，朝酸枣沟的方向走去。

刚来时的天气还是晴朗的，现在天气大变，天空灰蒙蒙的，再加上天色已晚，四周一片昏暗。钟曼文和小萌走在这静悄悄的山道上，这时候，北风又吹来了，吹乱了钟曼文和小萌的头发，小萌打了个哆嗦，钟曼文拉着小萌说："小萌，你是不是很冷啊？"

小萌说："阿姨，我不冷，有您在我身边，我感到很暖和。"

钟曼文说："好孩子，今后阿姨就是你的亲人了。"

小萌朝钟曼文点了点头。

"阿姨！飘雪了，"小萌扬起小手，"您看，雪花都落在我手心了。"

钟曼文抬起头，一片雪花无声地飘落在她美丽的睫毛上。她从包里掏出罗启铭送给她的那把小红伞，给小萌撑在头上，说："小萌，这是你罗叔叔生前送给阿姨的，现在阿姨送给你。"

小萌举着伞，高兴地说："谢谢阿姨！谢谢叔叔！"

紧接着，小萌就难过起来了，说："可是罗叔叔再也听不到我叫他叔叔了。"

钟曼文含着眼泪说："罗叔叔一定能听到的。"

小萌小心翼翼地把小红伞折叠起来，抱在怀里，红扑扑的笑脸紧紧贴在小红伞上。

钟曼文看到小萌如此爱惜那把伞，她知道小萌想她的罗叔叔了，钟曼文鼻子一酸，一行热泪顺着脸颊淌下。

"阿姨！"小萌突然说，"我想叫您一声'妈妈'。"

"啊！小萌，"钟曼文一把抱住小萌，朝她点点头，"嗯！好孩子，从今往后我就是你妈妈了。"

两个人泪流满面地在飘扬的雪花中紧紧拥抱着，很久都没有松开。

手机响了，是唐锦川打来的，钟曼文想都没想，立刻就挂断了，她动情地对小萌说："小萌，走，咱们回咱们自己的家。"

母女二人沿着已经发白的山道朝酸枣沟的方向走去，放眼望去，已经可以看到村里散落在山坡上的家家户户星星点点的灯火了。在这寂静的大山深处，在这广阔的人世间，总有一盏灯火是属于她们的，她们心头的灯火越来越明亮，正温暖地照耀着她们回家的路……

（全书完）

谁来描绘明天（跋）

一个新生命的诞生，需要一个长期孕育的过程。等他降生的时候，最先迎接他的是那一声啼哭，他的哭声带给母亲的是含着激动的泪花的微笑。母亲用她最温暖的双手迎接这个新生命的到来。在未来的日子里，不管是阳光灿烂，还是阴雨连绵；不管是晴空万里，还是电闪雷鸣，母亲都会一如既往地呵护他健康成长。

长篇小说《灯火渐暖》如同一个刚刚来到这个世界的新生命一样，我深情地拥抱了它，眼里闪着晶莹的泪花，倍感欣慰与激动。回想起与它并肩战斗的日日夜夜，我感慨万千。之前我已经完成了第三部长篇小说《生活至上》的写作，我还没有完全从《生活至上》的生活里走出来，依旧沉浸在和苗育红、陈天宇以及蓝梅相处的日子里，他们的喜怒哀乐让我对未来有了更多的期待，我不能停下写作的脚步，我要带着《生活至上》的嘱托继续前行。在写作的跑道上，哪怕前方不全是坦途，偶有泥泞和坑坑洼洼，我也要勇敢跑下去。

《灯火渐暖》是在 2021 年 7 月 23 日开始写的，那是暑假里一个普通的日子，我记得那天天气很好，窗外阳光灿烂，天空蔚蓝，偶有一两朵白云飘过，这就是大家所说的"大同蓝"。透过窗户，我看到小区里绿意盎然，喷泉和着动听的乐曲在尽情地挥洒着自己的风采，孩子们时不时穿过喷泉的水帘，愉快地打闹着，个个仰着天真的笑脸，对这个美好的世界充满了憧憬。

放眼向远处望去，高楼林立的城市沐浴在金色的阳光中，东北方向的市政府大楼像个威武的将士一样守护着整个城市。一声汽笛长鸣，62路公交车驶过小区外的街道，载着忙碌的人们涌向城市的每个角落，啊！生活是如此井然有序，就在那一瞬间，我郑重地在电脑上写下了"钟曼文"三个字，预示着在接下来很长一段时间里，我将要和这个名字一起欢笑，一起流泪了。小说依然和《生活至上》的"苗育红"一样，从女性视角来看待这个世界。但是在《灯火渐暖》里，钟曼文一出场已不像苗育红那样年轻，她已经三十五岁了，对于一个三十五岁的女性来说，心智都在渐渐趋于成熟，对生活已经有了更深层次的认识。在我先前的三部长篇小说里，我还没有真正涉及这个年龄层的女性，从《阳光一路成河》里的朱晓云和英花，到《月光照着我》里的杜丽丽和韩娜娜，再到《生活至上》里的苗育红和蓝梅，她们的年龄基本限定在二十多岁，对这个世界还缺乏必要的认知，对严酷的生活还不能做出充分的判断。钟曼文就不一样了，她已经渐渐步入中年，原本她就是一个成熟的职业女性，再加上经历了人生的重大变故，对生活有了更加严谨的认识。短时间的迷茫并不能遮住她的双眼，她实际上更知道自己未来需要什么。有了写作的对象，实际上这项庞大的工程还远没有开始，接下来还有大量繁重的工作需要我去完成，钟曼文从事着什么职业？她的爱情婚姻如何？她未来的生活是什么样的？她又和哪些人的生活联系在一起？她有什么样的结局？这一系列的问题摆在我面前，需要我一个人去战斗，我像一个紧急待命的战士，随时准备奔赴前线。

为了完成《灯火渐暖》的写作使命，我再次严肃地告诉自己：必须全身心地投入这场战斗。为此，我深感责任重大。小说的故事虽然是从夏末写起的，但故事的展开却是从秋天开始的。秋天原本是一年里收获的季节，但主人公钟曼文一出场就没有收获，只有失去，强烈的反差，带来的是人心的悲凉。我不是故意和大自然唱反调，而是遵从生活的实际，在大自然或者人生的秋季里，不全是收获。每个季节都有不同的故事发生，有人高兴，有人悲伤，钟曼文属于后者。她为了改变心境，主动选择辞职，告别了自己奋斗了十四年的工作。原本是要安静一段时间的，没想到却偶然间进了锦川摄影公司。为了把钟曼文的第二个职业完整地展现在读者面前，我走访了大同市内的好几家摄影公司。不管是作为一个采访者还是站在摄影师的相机前拍摄写真，我都用心去体会。这中间我要特别提提大同戛纳摄影公司，我数次到戛纳摄影采访和拍摄写真，戛纳摄影的老板谢先生和郭女士是一对恩爱夫妻，他们把大量的精力都倾注到了公司。公司先前位于大同市华林新天地，后来搬到了仿古街附近。从戛纳摄影公司刚刚起步的时候，我几乎就是他们的第一批顾客，他们每次都热情地接待我，对我提出的所有问题，他们都能详细而有耐心地回答我。还有年轻的摄影师安先生与化妆师乐乐小姐，总是给予我温暖的帮助。我在戛纳摄影了解到了这个行业的工作状况。但令我难过的是，就在我写这篇跋的前几天，我从摄影师安先生那里得知，由于老板谢先生和郭女士找到了新的商机，戛纳摄影公司已经改为其他公司了，不再继续经营摄影方面的业务了。我有好几次路过那里，心里充满了对戛纳摄影的想念。因为钟曼文工作的内容实际上就是以戛纳摄影公司为背景的。除了在戛纳摄影得到灵感之外，我还借着大女儿拍摄十二岁生日写真之际，又两次体验了位于迎宾街上的大同市快乐宝贝儿童摄影公司的工作模式。另外，为了增加更多的细节，我还以拍照的名义去了位于红旗街与源茂街交叉口的希久摩尔城大厦的小象摄影工作室，工作室的老板兼首席摄影师费先生是一位长相高大帅气而又幽默的人，他热心地帮我挑选衣服，不厌其烦地解答我提出的各种问题，还向我介绍了来他们工作室的各种各样的人和趣事，这为我接下来的写作提供了丰富的素材。

　　人物形象的丰满，离不开他人的陪衬，钟曼文弟弟钟曼武随之出场。钟曼武有主见、有理想，不满足于现状，现在的工作只是他积累经验的开始。他的身世是钟曼文的心病，她不愿接受这个事实，但不得不接受。我刚开始并不是这样设计钟曼武的人生的，因为有次在公交车上，邻座的两个女人在聊天，一个说她女儿谈了个男朋友，男朋友是抱养的，女人没法接受，但她女儿愿意，女人气得直抹眼泪。另一个女人在一旁劝她，说只要小伙子人好就行，那女人说女儿的男朋友家里还有个弟弟，弟弟才是亲生的，将来的财产肯定是要留给弟弟的，还说自己的女儿嫁过去享不了福的。她们两人一直在说这件事，我不知道两个年轻人的结局怎样，但在那一瞬间，我就决定改变原本设定好的钟曼武的人生走向。一回到家，我立刻就打开了电脑，在《灯火渐暖》的人物表里注明了钟曼武的写作方向。钟曼武人生轨道的改变，注定要掺入复杂而丰富的人际关系，这也是我将要写作的重要内容之一。通过各种人际关系的融合，展现城市的精神风貌。

前期的工作已经就绪，我信心百倍，责无旁贷，很快便进入了埋头工作的状态，各种角色在我的电脑上纷纷登场，他们的喜怒哀乐一一展现在我的文档中。我从 2021 年炎热的夏天写到金色的秋天，又从金色的秋天写到白雪皑皑的冬天，大同的冬天是最适合写作的季节，得益于大同冬天很好的暖气，我坐在温暖如春的屋里，望着窗外飘扬的雪花，思绪便会越过林立的高楼大厦飞到遥远的地方去，这时候也是最容易动情的时候，我尽情地抒发着心中的情感，让每一个人物都按照自己的生活轨道或欢笑或伤感。2021 年的冬天，除去繁忙的工作和健身，业余的所有时间几乎都在写作中度过了。不知不觉 2021 年的冬天悄然过去，2022 年的春风吹过了大同，《灯火渐暖》已经完成了"窗内有灯光"部分的写作。为了让小说的后半部分"窗外有烟火"顺利开展，我把小说将要写到的钟曼武的孪生兄弟梁冰的工作环境放在了理发店。我对理发店是熟悉的，尤其对大同大学周围的理发店更熟悉。我曾在一个叫"发丝缘"的理发店理过很长一段时间的头发，"发丝缘"当时位于大同大学南门外的一处临街商铺，开"发丝缘"的是一个叫贺世民的年轻的小伙子，人长得很帅气，手艺也很好，大同大学的很多大学生都到他店里理发。我认识他的时候，他不过二十岁刚出头，看起来和经常出入的大学生年纪相仿。他第一次给我理发时，我只是简单说了一下发型要求，没想到他就圆满地贯彻了我的意图，我非常满意。之后我就很少去别的店理发，基本选择"发丝缘"了，还在那里办了一张长期优惠卡。在长期的相处中，我渐渐了解到世民的来历，他一个人在城市里打拼的确很辛苦，但他非常热爱这份职业，把来店里的每一位顾客都视为上帝，总是竭尽全力为顾客服务，赢得了大同大学的大学生和周围小区居民的信赖，《灯火渐暖》里的梁冰大致就是以世民为原型来写作的。很遗憾的是，由于大同大学南门外的临街商铺要拆迁重新规划，"发丝缘"就不得不迁走了，后来世民告诉我他搬到大同师范高等专科学校了，因为大同师专离我家远了，我不方便再到世民的店里理发了，只能祝福他的理发店生意兴隆，也希望他在这个城市里凭着自己的技艺好好生活下去。我至今还保存着世民的微信，每每看到他的朋友圈有关他努力进步的动态，我都为他感到高兴。在城市里打拼的每一个人，只要是凭着自己勤劳的双手来占有一席之地，都是值得尊敬的。

2022年暑假来临，我像往常一样把父亲从河南老家接到大同避暑。由于我们乘坐的深圳航空ZH9299航班因天气原因延误了将近三个小时，我们在新郑机场停留了很长时间，望着候机大厅玻璃窗外的飞机不停地降落又起飞，繁忙的人们有回到故乡的，也有离开故乡的，我内心翻过一丝涟漪，不管你来自何方又会去向哪里，何尝不是为了寻找前方那温暖的灯火？无论是在繁华的城市，还是在偏僻的乡村，有灯火的地方就会有希望，但愿南来北往的人们都能点燃心中的灯火，照亮未来的生活。

又一个金色的秋天到来了，大同的秋天格外迷人，我经常沿着小区南门外的绿化带走走，为的就是感受一下秋天的味道，一片片叶子飘落下来，落在脚下、身上，这让我想起了故乡的秋天。每到这个季节，我总爱到山里走走，那一片片红黄绿掺杂在一起的色彩，分明就是生活的颜色，让人在陶醉中鼓起了生活的勇气。小说的主人公钟曼文从城市出发，沿着大山的褶皱，拥抱了小萌，在暗夜里，她用爱心之笔描绘出了生活的色彩，迎接她和小萌的是前方那渐暖的灯火。小说《灯火渐暖》在片片雪花飘落的描写中画上了句号。

　　写这篇跋时，正是 2022 年诺贝尔文学奖颁奖之际，法国 82 岁的女作家安妮·埃尔诺获得了 2022 年诺贝尔文学奖，她的小说《悠悠岁月》重新走入了人们的视野。借用她的书名，但愿每一位寻找光明的人都能在悠悠岁月里有温暖的灯火相伴。

　　感谢今天的执着，我们才有了明天的期待。

2022 年 10 月 3 日下午于大同睿和锦城